D1876147

www.blue-panther-books.de

Kim Shatner

VögelBar

Erotische Geschichten

www.blue-panther-books.de

BLUE PANTHER BOOKS TASCHENBUCH
BAND 2169

1. AUFLAGE: OKTOBER 2010

VOLLSTÄNDIGE TASCHENBUCHAUSGABE

ORIGINALAUSGABE
© 2010 BY BLUE PANTHER BOOKS, HAMBURG
ALL RIGHTS RESERVED

COVER: © PASCAL GENEST @ ISTOCK.COM
UMSCHLAGGESTALTUNG: WWW.HEUBACH-MEDIA.DE
GESETZT IN DER TRAJAN PRO UND ADOBE GARAMOND PRO

PRINTED IN GERMANY
ISBN 978-3-86277-037-3

WWW.BLUE-PANTHER-BOOKS.DE

VögelBar

Marc Feldmans Büro befand sich im vierten Stock eines vornehmen Geschäftshauses direkt an der King's Road.

Es war ein heißer Sommertag. Die Klimaanlage lief auf vollen Touren, und seine vierundzwanzigjährige Sekretärin Svenja, eine stets topgepflegte Blondine, trug heute einen dermaßen kurzen Rock, dass er zwangsläufig an Sex denken musste.

Er hätte Svenja jetzt nur allzu gern auf seinem Schreibtisch genagelt, so wie er es noch im letzten Sommer einfach dann getan hatte, wenn ihm danach zumute gewesen war. Aber seit ein paar Wochen war Svenja für ihn tabu. Seine Supersekretärin war nämlich in festen Händen. In sehr festen Händen.

Sie hatte sich selbst lange Zeit Hoffnungen auf diesen erfolgreichen und ziemlich attraktiven Selfmademan gemacht, aber sie hatte wie viele andere Frauen vor und neben ihr schließlich erkennen müssen, dass Marc Feldman für alles Mögliche geschaffen war, bloß nicht für eine feste Partnerschaft. Und schon gar nicht für die Ehe. Halb verbittert hatte sie sich schließlich eingestehen müssen, dass es keiner Frau jemals gelingen würde, Marc Feldman zum Traualtar zu führen. Aber da sie nun mal äußerst praktisch veranlagt war, hatte sie sich vor sechs Wochen mit der zweitbesten Lösung abgefunden und sich einen von Marcs äußerst betuchten Klienten geangelt. Und wie man hörte, schmiedeten die beiden bereits Heiratspläne.

Marc erhob sich aus seinem teuren schwarzen Ledersessel und trat ans Fenster. Gleißendes Sonnenlicht schlug ihm entgegen. Unter ihm lag die King's Road mit ihren exklusiven Geschäften und dem leicht versnobten Publikum. Er griff kurzerhand nach seinem Handy und wählte Sandys Nummer.

Sie ging sofort dran.

»Das ist bestimmt kein Zufall«, sagte sie lachend, »ich habe nämlich gerade an dich gedacht.«

Marc bemerkte ein verräterisches Ziehen in seiner Leistengegend und verzichtete auf das Einleitungsritual, das bei Sandy ohnehin nicht ankam.

»Ich würde dich gern sehen«, sagte er.

»Heute?«

»Ja. Ich hänge seit heute Morgen hier im Büro rum. Bei diesem geilen Wetter. Ist doch verrückt, oder?« Er sah auf die Uhr. »Es ist jetzt viertel nach drei. Termine habe ich heute Nachmittag keine mehr.«

»Ich könnte in einer Stunde bei dir sein.«

»Okay. Viertel nach vier im ›Starbucks‹.«

Marc überlegte, wann er Sandy zum letzten Mal gesehen hatte. Es musste im Februar gewesen sein. Jetzt war es Juli. Fünf lange Monate waren seitdem vergangen. Das war ausschließlich seine Schuld, und dumm war es außerdem, denn Sandy war nicht nur sehr attraktiv, sondern ihm auch noch zugetan. Marc hatte sie vor sieben Jahren auf der Geburtstagsparty seines Freundes Edward kennen gelernt. Sandy hatte damals keinen festen Freund gehabt und war allein auf der Party erschienen. Marc war damals ebenfalls gerade solo gewesen. Sie hatten den ganzen Abend über nett miteinander geplaudert, sich sehr gut verstanden und waren auch scharf aufeinander gewesen, und trotzdem war anschließend nichts gelaufen. Ein paar Tage später hatten sie miteinander telefoniert, und Sandy hatte ihn spontan auf einen Kaffee in ihr Appartement in der Innenstadt eingeladen. Irgendwie hatte sie das Bedürfnis, den interessanten Gedankenaustausch von Edwards Party fortzusetzen.

Marc war ein bekannter Astrologe, er schrieb exklusiv für ›Vanity Fair‹, und irgendwie gelang es ihm immer, seine weiblichen Gesprächspartner mit den Themen Sex und Liebe zu fesseln. »In deinem Horoskop bilden Venus und Pluto eine exakte Konjunktion. Ich nenne diesen Aspekt den schwarzen Sex«, hatte er zu ihr gesagt.

»Was heißt das?«, hatte sie wissen wollen.

»Das heißt, dass du ein Faible für ausgefallene Sexpraktiken hast. Ich glaube, dass Analverkehr für dich das Richtige wäre.«

Sandy hatte noch nie Analverkehr praktiziert, aber ihre Hormonausschüttung war durch seine Worte stark angeregt worden.

Nach zehn Minuten hatte Marc dann plötzlich zu ihr gesagt: »Eigentlich bin ich nur gekommen, um mit dir zu schlafen.«

Sandy hatte ihm diese Offenheit hoch angerechnet. Sie hatte gelacht und gesagt: »Ich wusste gleich, dass du ziemlich direkt bist.« Dann war sie aufgestanden, hatte sich in aller Seelenruhe ausgezogen und sich splitternackt auf ihr großes französisches Bett gesetzt.

Und sie hatten wirklich einen aufregenden Fick gehabt. Beim Ankleiden hatte Marc dann noch wissen wollen, weshalb sie Edwards Party neulich so fluchtartig verlassen hatte.

»Ich war wahnsinnig scharf an dem Abend«, sagte sie. »Ich hatte auch fest damit gerechnet, dass wir zwei anschließend noch zu mir fahren würden, aber dann warst du plötzlich verschwunden.«

»Ich war nur kurz in der Küche, um uns eine Kleinigkeit zu trinken zu holen. Als ich zurückkam, warst du nicht mehr da.«

»Ich hab mich in der Nacht noch dreimal selbst befriedigt«, setzte Sandy freimütig hinzu.

Dieser erste Fick mit Sandy lag ziemlich genau sieben Jahre zurück. Danach hatten sie sich nur noch alle paar Monate mal getroffen. Die relativ großen zeitlichen Abstände erklärten sich einerseits damit, dass keiner von ihnen ihrer exotischen Beziehung den Reiz des Besonderen nehmen wollte, andererseits damit, dass Sandy inzwischen in einer halbfesten Beziehung mit einem berühmten Maler lebte.

Die seltenen Zusammenkünfte zelebrierten sie dann aber auch stets mit großer Wiedersehensfreude und tabuloser Offenheit, meistens mit einer Flasche Champagner und fast immer in einer ungewöhnlichen Umgebung, häufig in der alten Villa ihrer Eltern in Highgate, wenn diese gerade verreist waren.

Nur ein einziges Mal hatte Sandy Marc bei ihm zu Hause besucht und war die Nacht über bei ihm geblieben.

In jener kalten Februarnacht, vor genau fünf Monaten, war dann auch dieser außergewöhnliche Satz gefallen: »Ich würde nicht immer wieder zu dir zurückkommen, wenn du normal wärst.«

Mit Sandy, das wusste er, würde er auf ewig die Erinnerung an jenes ungemein angenehme Gefühl verbinden, das er verspürte, wenn sein Penis in ihrem Anus einrastete. Er kannte nicht viele Frauen, die auf Analverkehr standen – die meisten lehnten ihn sogar ab –, aber Sandy war ganz versessen darauf, seinen harten Schwanz in ihrem Arsch zu spüren. Wie sie das machte, war ihm zwar ein Rätsel, aber Marc hatte das Gefühl, dass sie wirklich jedes Mal einen Orgasmus hatte.

***

Die Meteorologen hatten es vor Tagen angekündigt, und sie sollten Recht behalten. Mit siebenunddreißig Grad im Schatten war dies eindeutig der bisher heißeste Tag des Jahres. Von

Marcs Büro bis zum ›Starbucks‹ waren es dankenswerterweise weniger als hundert Meter.

In der schmalen Einkaufspassage zwischen der King's Road und dem ›Starbucks‹ standen sie sich schließlich gegenüber: Die attraktive Schmuckdesignerin und der Starastrologe.

Marc scannte ihre erotische Erscheinung in weniger als einer Sekunde. Sie trug wie immer kein Make-up, sie war halt eine Naturschönheit, aber ihr Gesicht, ihre ausdrucksstarken Augen, die hohen slawischen Wangenknochen schlugen ihn sofort in den Bann.

Sie trug Jeans, T-Shirt und Turnschuhe.

Trotz ihrer dreiunddreißig Jahre hatte sie noch immer den Körper einer Zwanzigjährigen, sehr schlank, sehr glatt und vom Aerobic gestählt. Ihre natürliche Haarfarbe war dunkelblond, aber sie hatte ihr Haar etwas heller gefärbt und trug es jetzt halblang. Die blauen Augen wirkten noch immer verspielt, aber manchmal auch etwas hilflos und melancholisch.

Sie setzten sich unter einen riesigen weißen Sonnenschirm und bestellten zwei Bitter Lemon. Die Sonne brannte heiß durch das Leinen des Schirms hindurch.

Marc fiel die leicht eingefallene Partie unter ihren Augen auf.

Sandy hatte seinen prüfenden Blick sofort bemerkt und wusste, was er dachte: Dass sie nämlich seit längerer Zeit nicht gefickt worden war.

Seit längerer Zeit hieß: Seit drei oder vier Tagen.

»Gestern Abend war Jeffrey bei mir, aber er war irgendwie zu schlapp. Er hat Fett angesetzt. Ich war geil, trotzdem hatte ich keine Lust auf ihn. Jeffrey will immer nur im Bett ficken. Das ist mir zu spießig. Vielleicht lasse ich mich heute Abend von Prewster ficken.« Sie lachte und entblößte eine Reihe sehr ebenmäßiger Zähne.

Prewster war der Hund ihrer Schwester. Ein schwarzes Riesenkalb. Ihre Schwester war zusammen mit ihren Eltern für ein paar Tage verreist, und Sandy musste solange in der elterlichen Villa übernachten und Prewster versorgen.

Sandy hatte eine klare, unkomplizierte, manchmal aber auch etwas drastische Ausdrucksweise. Einen auf kleines Mädchen machen war überhaupt nicht ihr Ding. Das war ein Punkt, der den meisten Männern Angst einflößte, weil sie ein solches Verhalten nicht kannten. Marc hingegen war von dieser Art der Offenheit geradezu begeistert. Dass sie hier gerade mal fünf Minuten zusammen saßen und Sandy sofort freimütig vom Ficken erzählte, entspannte die Situation ungemein.

»Lass uns mit deinem Wagen fahren«, sagte Marc, nachdem sie aufgestanden waren und er die Rechnung bezahlt hatte. »Ich hab keine Lust, meinen Wagen aus der Tiefgarage zu holen.«

»Kein Problem«, sagte sie.

Sie hatte ihren Wagen in einer Seitenstraße geparkt, weil sie in der King's Road keinen Parkplatz gefunden hatte. Es war ein altes Austin FX4-Taxi, das Jeffrey ihr von Zeit zu Zeit kostenlos reparierte.

Im Wagen war es heiß, die Straßen waren verstopft, und die Klamotten klebten am Leib.

***

Das Haus ihrer Eltern in Highgate war mit Efeu bewachsen und hatte selbst nach den Maßstäben dieser sehr teuren und exklusiven Gegend einen viel zu großen Garten. Es sah ziemlich alt aus. Und streng. Geradewegs wie ein Haus aus einer anderen Zeit – einer Zeit, als man noch große Gartenpartys gab und die Frauen fette Klunker trugen. Marc lugte neugierig durch die Windschutzscheibe und schätzte, dass es in den fünfziger Jahren erbaut worden war. Das einzige, was man zu seinen Gunsten sagen konnte, war, dass es ein Haus mit einer alten Seele war.

Sandy stieß das riesige Eisentor auf und ging voran. Zwischen dem Eisentor und der Haustür lag ein ungefähr fünfzehn Meter langer Kiesweg. Sandy kramte umständlich nach dem richtigen Schlüssel, dann schloss sie die Haustür auf.

Prewster sprang ihr freudig entgegen. Er war wirklich groß wie ein Kalb. Sandy fiel ihm um den Hals, drückte ihn und tobte mit ihm herum.

Wenig später stand Marc in der dunklen Diele. Die Luft war hier angenehm kühl, und er spürte sofort eine Art Mysterium. In dieser alten Villa herrschte eine Stimmung, wie sie gelegentlich in den ganz alten und kostbaren Romanen aufleuchtete. Nur war diese Stimmung noch viel schöner, schrecklicher und verzweifelter. Wohin er auch blickte – überall sah er nur diese finsteren, verwinkelten Flure und Zimmer.

Während Sandy sich um Prewster kümmerte, ihm Wasser und Fressen brachte, trat Marc in den Garten hinaus. Der war alt und riesig. Ein von hohen Bäumen und Hecken umzäuntes intimes Paradies. Hermetisch abgedichtet vor zudringlichen Blicken.

Auf einer großen, überdachten Terrasse standen ein Tisch, ein paar gepolsterte Gartenstühle und eine Liege, wie es sie seit mindestens dreißig Jahren nicht mehr zu kaufen gab. In einer Ecke stapelte sich Brennholz für den Kamin.

Marc wollte sich gerade in den Liegestuhl legen, als Sandy aus dem Haus trat. Prewster umsprang sie mit halsbrecherischen Manövern.

»Möchtest du was trinken?«, fragte sie.

»Irgendetwas Erfrischendes.«

»Ich sehe mal nach, ob Champagner im Haus ist.«

Drei Minuten später kam sie mit einer Flasche und zwei Gläsern zurück. »Champagner hab ich nicht gefunden, nur einen Bloomsbury Merret. Der tut's doch auch, oder?«

Sie reichte ihm die Flasche und stellte die beiden Gläser auf den Tisch.

Während Marc sich an der Flasche zu schaffen machte, setzte Sandy sich auf einen Gartenstuhl und gab gleich die Stoßrichtung vor. »Mister Nesmith erzählt mir immer Sauereien. Das macht mich ganz geil.«

Mister Nesmith, Mitte Sechzig und alleinstehend, war ihr Nachbar. Marc hatte ihn nur einmal kurz gesehen. Irgendwann – das war Jahre her – waren sie sich im Flur vor Sandys Wohnungstür begegnet. Sandy hatte sie miteinander bekannt gemacht. Sie hatten höflich ein paar Worte gewechselt, und das war's auch schon gewesen. Sandy hatte Marc viel über Mister Nesmith erzählt. Marc wusste deshalb, dass sie sich häufig von Mister Nesmith in Fahrt bringen ließ, aber sexuell lief angeblich nie was zwischen den beiden. Ficken ließ sie sich immer von anderen.

Marc hatte zwei Gläser gefüllt und reichte ihr eins.

Sie stießen an.

»Ich spüre den Zeitpunkt, an dem man was machen muss, immer ganz genau«, fuhr Sandy fort, »aber ich glaube, dass andere das nicht so spüren. Einmal war ich bei Mister Nesmith, da hat er mir erzählt, wie man mit einer Aubergine masturbiert. In dem Moment hätte er mich haben können. Aber er hat nichts gemacht. Ich bin danach rüber in meine Wohnung gegangen und hab eine Aubergine gesucht. In diesem Moment rief Tom an. Ich hab dann mit Tom gefickt.« Ihre Augenlider flatterten leicht. »Mister Nesmith hat mir vor kurzem auch ein Fistfucking-Video ausgeliehen. Ein Mann hat einer Frau die ganze Hand in die Fotze gesteckt. Die Frau hat tierisch abgespritzt.«

Ihr Blick sagte: Jetzt!

Marc erhob sich. Er trat hinter sie und beugte sich zu ihr hinunter. Ihre Münder fanden sich, und sie versanken in einem intensiven Zungenkuss. Dann glitten seine Hände in ihr T-Shirt und massierten ihre prallen Brüste. Ihre Brustwarzen versteiften sich. Ebenso sein Schwanz.

»Das kam aber überraschend«, sagte sie lächelnd.

Marc baute sich nun direkt vor ihr auf. Er öffnete den Reißverschluss ihrer Jeans und streifte sie ihr bis zu den Waden hinab. Die Turnschuhe störten. Nachdem er ihr sie ausgezogen hatte, befreite er sie ganz von der Jeans.

Automatisch öffnete sie ihre Beine.

Mit zwei Fingern seiner linken Hand schob er ihren Slip etwas zur Seite, beugte sich über sie und leckte ihre glatt rasierte Fotze. Sie stöhnte leise auf. Er leckte langsam und genüsslich, denn sie schmeckte sehr gut. Ihre inneren Schamlippen glitten wie von selbst auseinander, dann leckte er ihren Kitzler. Er sah kurz an ihr hoch. Ihre Augen waren geschlossen, die Lippen aufeinander gepresst. Ein gutes Zeichen, er machte weiter.

Dann kam Prewster. Er umsprang ihre Fotze und hielt alles für ein Spiel. Sandy richtete sich auf, zog sich ihr verschwitztes T-Shirt aus und warf es Prewster lachend an den Kopf. Eine Sekunde später hatte sie sich auch ihren Slip abgestreift.

Sie war jetzt vollkommen nackt, vollkommen frei und glitt tiefer in den Gartenstuhl. Die Beine hatte sie angezogen und so weit wie möglich gespreizt, sodass er sich ganz auf ihr feuchtes Loch konzentrieren konnte. Geil und offen lag ihre heiße Frucht vor ihm. Seine Zunge fuhr nun abwechselnd in ihre Fotze und in ihren Mund. Sie stöhnte und ihr Blick wurde glasig. Dann schob er zwei Finger seiner rechten Hand in ihre Fotze, der Daumen seiner linken Hand drang ohne Widerstand in ihren schwitzenden Anus.

»Versuch mal, die ganze Hand reinzustecken«, sagte sie.

Er zögerte einen Moment. Dann nahm er zunächst drei, später vier Finger, massierte und weitete sie und beobachtete sie genau. Ja, sie genoss es wirklich. Dann nahm er den Daumen dazu und steckte gleichzeitig den zweiten Finger seiner linken Hand in ihren Anus. Auch das ging unheimlich leicht. Seine rechte Hand steckte jetzt zur Hälfte in ihrer Fotze, aber er glaubte, weiter ginge es nicht. Ein Fick mit zwei Händen.

Sandy hatte jetzt ihren Mund halb geöffnet und stöhnte. Da ließ Marc plötzlich von ihr ab und zog sich ebenfalls aus.

»Leg dich da auf die Liege!«, sagte er.

Sie tat es.

Einen Moment lang betrachtete er ihre prallen, gebräunten Brüste, dann leckte er sie wieder. Sie griff nach seinem Schwanz und wichste ihn, aber für einen richtigen Fick war die Liege zu unbequem. Das sagte er ihr.

»Dann lass uns reingehen«, meinte sie und erhob sich. »Aber nimm deine Schuhe mit, sonst versteckt Prewster sie.«

Sie nahmen den Sekt und die Gläser an sich und gingen in die Villa. Sandy zeigte ihm das Schlafzimmer ihrer Schwester. Es hatte ein großes Bett.

Sie legte sich sofort breitbeinig darauf, damit Marc fortfahren konnte. Er beugte sich über sie, stellte aber fest, dass ihre Feuchtigkeit eine Spur nachgelassen hatte.

»Hast du Öl oder so was?«, fragte er.

»Ich sehe mal nach.« Sie rollte sich aus dem Bett und verschwand im Bad. Marc hörte nur, wie sie das Wort »Vaseline« sagte. Dann kam sie mit einer kleinen braunen Flasche zurück.

»Hier, probier mal das Öl!«

Marc schraubte den Verschluss ab und goss etwas Flüssigkeit über ihren blanken Venushügel. Er hatte sich in der Dosis verschätzt. Das Öl floss durch ihren Spalt aufs Bettlaken. Sofort waren ihre flinken Hände zur Stelle und verteilten das Öl auf ihrem Bauch und ihren Oberschenkeln. Marc goss sich noch etwas Öl über die Finger. Dann drang er mit seiner Hand in sie.

Seine Hand steckte jetzt wieder bis zur Hälfte in ihrer Fotze. Sie warf ihren Kopf zurück. Ja, das war genau das, was sie gebraucht hatte. Sie zog die Beine nach hinten, sodass seine Finger von oben in sie eindringen konnten.

Während er sie mit der rechten Hand fickte, verteilte seine linke das Öl auf ihrem Anus. Und wieder ging eine Ladung aufs Bettlaken.

»Das gute Öl«, stöhnte sie. »Das hat mir mein Heilpraktiker gemischt.« Und wieder flutschten zwei Finger seiner linken Hand in ihren Anus.

»Ist deine Hand ganz drin?«, stöhnte sie.

»Noch nicht ganz.«

Je härter er zustieß, desto stärker stöhnte sie auf. Dann war er endlich ganz drin. Seine geballte Faust steckte bis zum Handgelenk in ihr, weitete sie, peitschte sie hoch.

Sandy spürte, dass der erste Orgasmus im Anflug war. Es war einer dieser sehr intensiven Orgasmen, die tief aus der Bauchhöhle kommen.

Marc überlegte, wie er seinen knüppelharten Schwanz in ihren Arsch stecken und sie gleichzeitig mit der Faust ficken konnte. Da das nicht funktionierte wollte, zog er seine Faust vorsichtig wieder heraus und sagte: »Dreh dich um!«

Sandy ging auf die Knie und hielt ihm ihr steil aufgerichtetes Hinterteil entgegen. *Mein Gott, was für ein perfekter Arsch,* dachte Marc, *ganz glatt und glänzend.* Er nahm seinen Schwanz in die Hand und rieb ihn an Fotze und Anus entlang.

»Leg dich auf den Bauch!«, befahl er.

Diesmal gehorchte Sandy nicht, weil sie wusste, dass er sie bloß in den Arsch ficken wollte. Sie legte sich wieder auf den Rücken und machte ihm damit klar, dass sie weiter mit der Faust gefickt werden wollte.

Okay, dachte Marc, *wie du willst.* Er schob seine geballte Faust erneut in ihr weit geöffnetes Loch, drehte sie ein paar Mal hin und her und verpasste ihr dann noch härtere Stöße. Er brauchte nicht lange zu warten, und es kam ihr zum zweiten Mal. Ihr Gesicht verzog sich wie im Schmerz, ihr Körper erbebte. Sie schrie. Marc wartete, bis die Wellen ihres Orgasmus etwas abebbten, dann zog er seine Faust wieder heraus, legte sich auf sie und drang diesmal mit seinem Schwanz in sie ein. Er spürte, dass es auch ihm jeden Augenblick kommen würde. Er stieß nur wenige Male zu, dann zog er seinen Schwanz wieder heraus und spritzte ihr die volle Ladung auf den Bauch.

***

Nach dem Duschen legten sie sich wieder aufs Bett. Draußen war es noch immer sehr heiß, bloß das Licht wurde jetzt allmählich etwas weicher.

»Woran denkst du?«, fragte Sandy.

»Der Sex mit dir macht mir unglaublich viel Spaß, und ich überlege gerade, wie wir das ausweiten können.«

»Wie meinst du das?«

»Es gibt doch bestimmt viele junge und attraktive Menschen, die genau das Gleiche wollen wie wir.«

»Willst du einen Puff aufmachen?«

»Nein, aber vielleicht so eine Art Privatclub.«

»Einen Swinger?«

»Mal sehen. Ganz kultiviert natürlich. Ich würde mir die Menschen, die für eine Mitgliedschaft infrage kämen, vorher ganz genau ansehen.«

»Und wo willst du diese Menschen finden? Im Internet etwa?«

»Keine Ahnung. Ich denke mir, dass einem diese Menschen automatisch über den Weg laufen, sobald man offen dafür ist.«

»Ja, vielleicht.« Sie warf ihm einen lasziven Blick zu und dachte an all die schönen Dinge, die sie sich in ihrer Fantasie zwar ausgemalt oder auch schon auf Video gesehen, aber noch nie selbst erlebt hatte. Obwohl sie völlig ungebunden war und sich im Grunde aussuchen konnte, mit wem sie vögeln wollte, gab es in ihrem Leben doch eine Menge Fantasien, die sie noch nicht ausgelebt hatte.

»Wir müssten halt nur etwas aufmerksamer durchs Leben gehen und nach interessanten und sexuell aufgeschlossenen Menschen Ausschau halten«, fuhr Marc fort. »Und diese dann letztlich auch zusammenbringen.«

»Ich möchte es mal mit zehn Männern gleichzeitig treiben.«

Marc grinste. »Das ist 'ne typisch weibliche Fantasie. Umgekehrt wäre es wahrscheinlich einfacher.«

»Du meinst, ein Mann mit zehn Frauen?«

»Klar.«

»Und warum?«

»Frauen können teilen, Männer nicht.«

Sandy dachte kurz nach. »Stimmt! Trotzdem macht mich der Gedanke, von zehn Männern gleichzeitig benutzt zu werden, total scharf.«

Sie rollte sich auf die Seite und beugte ihren Oberkörper aus dem Bett, weil sie ihr Sektglas suchte.

Marc starrte auf ihren perfekt geformten Arsch.

»Wenn ich ehrlich bin«, sagte er, »hast du mir heute ein wenig den Spaß verdorben.«

»Wieso?«, fragte sie erstaunt.

»Ich hätte heute gern in deinem Arsch abgespritzt. Ich meine, ich spritze immer gern in deinem Arsch ab, aber heute hatte ich besonders große Lust dazu. Du weißt, dein Arsch ist einfach perfekt.«

»Das weiß ich, aber heute wollte ich von dir mit der Faust gefickt werden. Das ist doch mein gutes Recht, oder?«

»Wenn wir erst unseren Club gegründet haben, kannst du jeden Tag was Neues ausprobieren.«

»Ich hab ja doch nicht mal 'n Sandwich ausprobiert«, seufzte sie. »Das wäre jetzt eigentlich mein größter Wunsch.«

»Du Arme!« Er wälzte sich zu ihr und schob ihr zwei Finger in die Fotze, die noch immer etwas ölig war. »Diesen Wunsch sollte ich dir so schnell es geht erfüllen.«

»Ian und Jeffrey kann ich mit so was nicht kommen«, fuhr sie fort. »Die sind beide viel zu eifersüchtig Ian hat mich mal in den Arsch gefickt und mir gleichzeitig einen Vibrator in die Fotze geschoben. Das fand ich schon ziemlich geil. Aber zwei Männer gleichzeitig ist natürlich besser.« Sie sah ihn erwartungsvoll an. »Und du? Wärst du frei genug, mich zusammen mit einem anderen Mann gleichzeitig zu ficken?«

»Ich schon, aber den zweiten Mann müssen wir erst mal finden.«

»Der Gedanke an ein Sandwich macht mich unheimlich scharf.« Sie legte ihre Hand auf seinen erschlafften Schwanz und streichelte ihn. »Besorg's mir doch bitte noch mal!«

»Ich bin keine Frau, Sandy. Ich hab gerade tierisch abgespritzt, ich brauch 'ne kleine Pause.«

»Gut«, sagte Sandy mit gespielter Beleidigung, »dann treibe

ich es eben mit Prewster.«

Sie kletterte aus dem Bett.

»Das traust du dich nicht«, sagte Marc lachend.

Sie lächelte ihn böse an. »Wetten? Die Fantasie, mich von einem großen schwarzen Hund ficken zu lassen, habe ich schon länger. Wenn ich mal sechzig bin und bei den Männern nicht mehr so gut ankomme, lege ich mir als Erstes einen großen Hund zu.«

***

Marc warf seinen Tennisschläger wutentbrannt in die Ecke. Er hatte das Match gegen seinen Freund Eric, einen erfolgreichen londoner Anwalt, von Anfang an versaut. Und er kannte auch den Grund: Er hatte sich nicht konzentrieren können, weil er mit seinen Gedanken die ganze Zeit über bei Sandy gewesen war. Die gestrige Nummer mit ihr hatte es aber auch wirklich in sich gehabt. Er hatte den Eindruck, als käme ihm die ganze Sache erst jetzt so richtig zu Bewusstsein.

»Was ist los, mein Lieber?«, wollte Eric wissen. »So kenne ich dich ja gar nicht. Du warst heute überhaupt nicht bei der Sache.« Er klopfte seinem Freund etwas spöttisch auf die Schulter.

»Ich habe mich gestern mit Sandy getroffen.«

»Ach. Ist das die, die nie genug kriegen kann? Die immer so tierisch scharf ist?«

»Noch viel schärfer.«

Erics Augen leuchteten auf. »Trotzdem weigerst du dich hartnäckig, sie mir vorzustellen.«

»An mir liegt's nicht, Eric. Ich hätte sie dir sogar schon längst mal ausgeliehen, wenn ich nicht genau wüsste, was für ein Feigling du bist.«

»Feigling? Ich? Sag mal, spinnst du? He, was soll das?«

»Du wüsstest doch gar nichts mit ihr anzufangen. Ich gebe sie dir nicht, weil ich mich mit dir nicht blamieren will.«

Eric fühlte sich jetzt zu Recht tief gekränkt.

»Okay, das ist ein bisschen viel auf einmal, Marc. Wir können das gleich gern zu Ende diskutieren, aber jetzt gehe ich duschen.«

In der Umkleide zogen sich die beiden Männer wortlos ihre durchgeschwitzten Klamotten aus, streiften sich ihre Badelatschen über und schlurften, bewaffnet mit Duschgel und Handtuch, zu den Duschräumen.

Sie kannten sich schon viel zu lange, um noch irgendein Schamgefühl voreinander zu haben. Während Marc sich einseifte, bestaunte er das große Glied, das zwischen Erics Beinen baumelte. Das wäre schon die richtige Größe für Sandy, dachte er im Stillen, ich muss ihn nur dazu kriegen. Aber wenn der Rahmen stimmt, macht er bestimmt mit. Da bin ich mir sicher.

Marc betrachtete das Ziel, das er sich gesteckt hatte, als große, aber auch als lohnenswerte Herausforderung. Er wusste allerdings auch, dass es Eric nahezu unmöglich war, sich ebenso frei zu fühlen wie er. Eric war nämlich seit sechs Jahren verheiratet. Mit Paula, einer rassigen oberitalienischen Schönheit. Einer wahren Augenweide. Er selbst hätte Paula natürlich auch mal gern nach Strich und Faden durchgefickt, aber das konnte er Eric nicht antun. Vielleicht würde es sich irgendwann einmal von selbst ergeben. Keine Ahnung. Er würde es einfach dem Schicksal überlassen.

Eigentlich hätte Eric mit seiner Frau glücklich sein müssen. Tatsächlich war er total gefrustet. Er hatte seine Frau wirklich gern, keine Frage, aber irgendetwas trieb ihn schon seit Beginn seiner Ehe regelmäßig zu den verbotenen Früchten außerhalb der Ehe. Marc wusste das natürlich. Er wusste auch, dass Eric so gut wie keine moralischen Vorbehalte hatte, wenn es um das

Vögeln ging. Aber weil Eric in erster Linie Angst um seinen guten Ruf hatte, Angst, dass sein Hang zu außergewöhnlichen Eskapaden irgendwann mal ans Licht der Öffentlichkeit kommen könnte, ließ er sich auch schon mal eine gute Gelegenheit entgehen. Immer saß ihm die Angst im Nacken, dass sich die betreffende Frau in ihn verlieben und dann nicht dichthalten würde. Und so ging er mit seinen außerehelichen Bedürfnissen lieber zu einer Prostituierten, anstatt sich für kurze Zeit mal eine kleine versaute Freundin zuzulegen.

Aus dem Seitenwinkel seiner Augen bestaunte Marc noch einmal Erics Glied. Er selbst war zwar auch gut bestückt, aber mit Erics mächtigem Teil konnte er nicht mithalten. Im erigierten Zustand würde das Ding auf Sandy ziemlich großen Eindruck machen. Und sie würde sich dafür bestimmt erkenntlich zeigen.

»Also gut, ich hab's mir überlegt«, sagte Marc nach dem Duschen. »Erst mal sorry für das, was ich dir eben im Eifer des Gefechts an den Kopf geworfen habe. War nicht so gemeint, alter Kumpel.« Er puffte ihn freundschaftlich mit der Faust gegen die Brust. Dann griff er nach seinem Frotteehandtuch und rubbelte sich die Haare trocken. »Ich werde dich also mit ihr bekannt machen.«

»Ist das dein Ernst?«, fragte Eric.

»Mein voller Ernst. Sag mir Bescheid, wann es dir zeitlich am besten passt. Ich mache dann einen Termin mit ihr klar.«

Er blickte seinem Freund fest in die Augen: »Je eher, desto besser. Sie braucht es wirklich, Eric, denn sie hat im Moment keinen festen Freund.«

***

Marc hatte ganz grob ein Konzept entworfen und es Sandy am Telefon vorgestellt. Sandy hatte grundsätzlich eingewilligt, wollte aber zuerst ein Foto von Eric sehen. Marc nannte ihr die Homepage von Erics Kanzlei: »Da findest du ein Foto von ihm. In Wirklichkeit sieht er besser aus. Oder meinst du, ich würde dir Schrott vorstellen?« Trotzdem wollte sie sich die Sache erst durch den Kopf gehen lassen. Es kam ja nicht alle Tage vor, dass man als Frau in den Genuss von zwei Männern gleichzeitig kam. Auch wenn der Erfolg der ganzen Operation in erster Linie von ihrer Spontaneität und dem Instinkt für den richtigen Augenblick abhing – ganz ohne Planung würde es nicht gehen.

Am nächsten Tag rief sie Marc in seinem Büro an, um ihm mitzuteilen, dass Eric ihr vom Typ her gefiele und dass aus der Sache etwas werden könnte. Allerdings hätte sie ein paar kleine Varianten eingebaut, die sie selbst ihm vorher nicht anvertrauen würde. Er sollte sich halt überraschen lassen. Außerdem mochte sie sich mit ihm und Eric nicht an einem neutralen Ort, wie zum Beispiel einem Hotel, treffen, auch nicht bei Marc zu Hause, sondern in ihren eigenen vier Wänden, weil die ihr eben vertraut wären und sie sich dort auch am besten öffnen könnte.

»Hat dein Freund Eric auch wirklich keine Berührungsängste?«, hatte sie dann doch etwas unsicher nachgefragt.

»Hör mal, Sandy, die einzige Angst, die dieser ständig geile Typ hat, ist, dass seine Ehefrau irgendwann mal dahinter kommt. Und diese Gefahr ist bei dir ja wohl definitiv ausgeschlossen, oder täusche ich mich da?«

»Nein, das siehst du vollkommen richtig.«

»Eben. Und das hab ich ihm auch so erzählt.«

»Gut. Wann also kann unser Treffen stattfinden?«

»Ich habe Eric gesagt, dass wir uns am kommenden Freitag treffen, also übermorgen. So ab fünfzehn Uhr. Es hängt bloß von dir ab.«

»Freitagnachmittag ist okay«, sagte Sandy sofort.

»Super. Dann ruf ich jetzt beim Feinkostladen hier um die Ecke an, damit sie deinen Kühlschrank etwas auffüllen ... Champagner, Kaviar, du weißt schon, so ’n paar kleine Appetizer für zwischendurch. Du brauchst dich also um nichts zu kümmern. Sag mir bitte nur, um wie viel Uhr die Feinkostfritzen die Sachen bei dir abliefern sollen, damit du dann auch zu Hause bist.«

»Nicht vor elf. Vorher bin ich nicht ansprechbar.«

»Okay. Ich sage Eric, dass wir uns am Freitagnachmittag bei dir treffen.«

»Hat er denn meine Adresse?«

»Nein, Eric kommt vorher zu mir und holt mich ab. Dann fahren wir gemeinsam zu dir.«

»Gut. Ich freue mich«, sagte sie lachend.

***

Als Sandy an diesem Freitagvormittag die Augen aufschlug, brannte bereits ein solch starkes Verlangen in ihr, dass sie das Gefühl hatte, verrückt zu werden. Sie fuhr sich mit der Hand in den Schritt und bemerkte, dass sie feucht war. Mit halbgeschlossenen Augen lehnte sie sich über den Rand ihres Bettes und tastete nach dem pinkfarbenen Vibrator, der irgendwo da unten liegen musste. Sie hatte ihn. Es war eine Luxusausführung aus wasserdichtem Softjelly, mit einem in drei Stufen regelbaren Motor mit variierender Rotationsrichtung und einem kleinen Teufelchen obendrauf, dessen ausgestreckte rosa Zunge als Klitorisstimulator diente. Sie stellte den Vibrator auf Vibrationsstufe Zwei und schob ihn langsam in ihre Vagina. Sie stöhnte lustvoll auf. Der gewundene Schaft mit seinen Reizzacken hatte sie im Nu in Ekstase versetzt.

Nachdem es ihr zweimal gekommen war, fühlte sie sich

besser. Da war zwar immer noch ein Restsaldo an Geilheit zwischen ihren Beinen, aber damit musste sie jetzt leben. Schließlich galt es, den Großteil ihrer Lust für die beiden Herren aufzuheben, die um fünfzehn Uhr zu Besuch kämen.

Es klingelte an der Tür. Sandy kletterte aus dem Bett und zog sich rasch ein T-Shirt über. Dann griff sie nach der Haarbürste, fuhr sich damit ein paar Mal notdürftig durch ihre blonde Mähne und machte auf. Sie blickte in das leicht verschwitzte Gesicht eines etwa zwanzigjährigen Mannes, der auch sofort den Grund seines Kommens nannte. Er kam von dem Feinkostladen und brachte die Sachen vorbei, die Marc bestellt und natürlich bereits bezahlt hatte – einen Karton mit sechs Flaschen Veuve Cliquot sowie ein in Alufolie gehülltes Silbertablett mit exquisiten Leckereien.

Sandy bat den Mann herein und führte ihn in die Küche. »Stellen Sie alles dort auf den Tisch!«, sagte sie. Dann drückte sie ihm eine Fünf-Pfund-Note in die Hand und wünschte ihm noch einen schönen Tag.

Nachdem sie ihn wieder zur Tür geleitet hatte, ging sie in die Küche zurück, öffnete den Karton, nahm drei Flaschen heraus und stellte sie kalt. Im Kühlschrank räumte sie ein paar Sachen um, damit eine freie Fläche entstand. Dort landete schließlich das Tablett mit den mit pikanten Zutaten dekorierten Kanapees.

Für ihre Toilette nahm sie sich ausgiebig Zeit. Unter der Dusche enthaarte sie sich sorgfältig und wusch sich die Haare. Sie cremte sich mit wohlriechenden Essenzen ein und lackierte sich abschließend die Fingernägel. Auch ihr Appartement hatte sie mal wieder gründlich aufgeräumt.

Jetzt, zwei Stunden vor dem Date und dem hundertsten Blick in den Spiegel, brannte in ihr ein Analfieber, das unbedingt gelöscht werden musste. Sie konnte es kaum noch abwarten, von zwei starken Schwänzen gleichzeitig gefickt zu werden.

Gegen vierzehn Uhr wurde sie plötzlich unruhig. Angst beschlich sie. Ihr wurde ganz flau im Magen, und sie überlegte sogar einen Moment lang, ob sie das Date absagen sollte. *Du kannst doch jetzt nicht kneifen*, sagte sie dann zu sich selbst. *Du machst dich doch lächerlich*. Sie ging an den Kühlschrank, öffnete eine Flasche Champagner und füllte sich ein Glas. Sie leerte es in einem Zug. Dann schenkte sie sich ein zweites Glas ein. Sie musste sich einfach Mut antrinken.

Und plötzlich war es fünfzehn Uhr und es klingelte. Jetzt gab es kein Zurück mehr. Ihr Herz schlug bis zum Hals.

Sie öffnete die Tür und blickte zuerst in Marcs strahlendes Gesicht. Er sah aus wie immer. Die Souveränität und Dominanz, die er ausstrahlte, wirkten wohltuend und beruhigend. Sein Blick schien zu sagen: Mach dir bloß keine Sorgen. Ich werde die Zügel bis zum Schluss fest in der Hand halten und dafür sorgen, dass vor allem du auf deine Kosten kommst.

»Das ist Eric«, sagte er, nachdem er ihr den Begrüßungskuss gegeben hatte.

Eric küsste sie ebenfalls auf beide Wangen und strahlte sie mit einer so ehrlich empfundenen Bewunderung an, dass Angst und Unsicherheit schlagartig verschwanden. Eric registrierte ihr frisch geföhntes Haar, die gepflegte Sommerbräune, das sexy Minikleid und die superschicken High Heels. *Marc ist wirklich zu beneiden*, dachte er.

Während die Männer im Wohnzimmer verschwanden, holte Sandy eine neue Flasche Champagner aus dem Kühlschrank. Die beiden Kerle mussten ja nicht wissen, dass sie bereits eine halbe Flasche intus hatte. Sie fühlte, dass sie sehr stark begehrt wurde. Und dieses Gefühl tat ungemein gut.

»Marc, kommst du bitte mal und machst mir die Flasche auf?«, rief sie durch die Tür.

»Klar, Schatz.« Zwei Sekunden später war er bei ihr in der Küche und griff ihr sofort in den Schritt.

Sie wich keinen Millimeter zurück, sah ihn bloß an.

»Kannst du's noch aushalten?«, flüsterte er.

Sie schüttelte den Kopf. »Nicht mehr lange, Marc. Ich bin so was von scharf. Ich brauche es wirklich ganz, ganz schnell.«

Marc nickte verständnisvoll.

Dann schnappte er sich die Flasche Veuve Cliquot und öffnete sie professionell. »Wo sind die Gläser?«, fragte er.

»Die stehen schon drüben. Neben den Kanapees. Da steht auch der Sektkühler.«

Sie gingen ins Wohnzimmer zurück.

Sandy hatte die Jalousien den ganzen Tag über unten gelassen. Ihre Lamellen waren so eingestellt, dass sie die brütende Nachmittagshitze abhielten und stattdessen für ein warmes, erotisierendes Licht im Raum sorgten.

»Schön hast du's hier«, sagte Eric. »Man fühlt sich sofort wohl.«

»Danke«, erwiderte Sandy und ließ sich von Marc ein Glas Champagner reichen. »Lasst uns anstoßen.«

»Cheers!«

»Hmm, fantastisch!«, meinte Sandy. Sie schloss die Augen, um das Kribbeln auf ihrer Zunge besser genießen zu können. »Marc, du kennst dich doch mit meiner CD-Sammlung aus «

Marc nickte. »Ja, etwas.«

»Leg uns bitte was Passendes ein.«

»Du bist Schmuckdesignerin?«, fragte Eric.

Sie nickte eifrig. »Ja, das war immer mein Traumberuf. Für mich gibt's nichts Schöneres.«

»Ich würde mir deine Sachen gern mal anschauen.«

»Setz dich doch erst mal!«, schlug Sandy vor.

Eric nahm auf einer cremefarbenen Couch Platz, und Sandy setzte sich auf die Couch gegenüber. Zwischen ihnen stand ein kleiner Glastisch.

»Ich habe eine eigene Homepage, auf der du dir meine Pretiosen in aller Ruhe ansehen kannst Ich habe aber auch einen kleinen Katalog hier ... Für den Fall, dass du dir einen ersten Überblick verschaffen möchtest.«

»Kubanisch oder brasilianisch?«, rief Marc aus der Ecke. Er hockte vor Sandys CD-Sammlung und suchte noch immer nach passender Musik.

»Brasilianisch natürlich!«, rief Sandy zurück.

Ein paar Sekunden später füllte sich der Raum mit der leicht schwülstigen Musik Noel Rosas: »Quando o apito da fábrica de tecidos ...«

In ihrem Schoß begann es inzwischen zu kochen. Da unten war es so heiß, dass sie befürchtete, ihr Kleid könnte jeden Moment in Flammen aufgehen. Sie öffnete die Beine ein wenig, um Luft ranzulassen. Einen Slip trug sie nicht.

»Dann zeig mir doch bitte mal ein paar deiner Exponate«, sagte Eric schließlich.

»Aber gern.« Sie stellte ihr Glas ab, ging zum Sideboard und kam mit einem schwarzen Hochglanzprospekt zurück.

Sie reichte ihm den Prospekt und setzte sich wieder zurück auf die Couch. Mit einem Wink gab sie Marc zu verstehen, sich neben sie zu setzen.

»Hm, sehr edel gemacht«, lobte Eric anerkennend.

»Ist auch nur für die gehobenen Ansprüche«, mischte Marc sich ein und setzte sich neben Sandy. »Sandy bedient eine sehr exklusive Klientel. Stimmt's, Sandy?«

»Nun, ja ...« Ihr war dieses Kompliment irgendwie peinlich.

Eric blätterte interessiert in dem höchst eigenwillig gestalteten Katalog herum, wusste allerdings nicht, was er sagen sollte. Die Schmuckstücke waren extravagant, geheimnisvoll, eigenwillig. Verglichen mit der farbenfrohen Körper-Deko auf den Anfangsseiten wirkte der Halsschmuck aus Schnüren und Silberplatten auf den Folgeseiten geradezu konventionell. Keine Frage, Sandy war eine begabte Künstlerin.

»Was ist das denn?«, fragte er plötzlich. Er hielt den Prospekt hoch, sodass Sandy das Bild sehen konnte.

»Vaginal-Schmuck.« Sandy lachte.

Eine blitzblank enthaarte Vagina war auf dem Foto so stark vergrößert, dass man auf den ersten Blick gar nicht erkennen konnte, dass es eine Vagina war.

»Das ist Vaginal-Schmuck«, wiederholte Sandy. »Trägt deine Frau etwa keinen Vaginal-Schmuck?«

Eric schluckte und starrte auf die gestochen scharfen Bilder. »Ich glaube, die weiß gar nicht, was das ist ... Tut das nicht weh?«

»Nicht wenn der Schmuck professionell appliziert wird. Sieh her!« Sie schob ihr Minikleid bis zur Hüfte hoch und entblößte ihre Scham.

Eric zuckte zusammen.

Dann streifte sie sich in aller Seelenruhe die High Heels von den Füßen, drehte sich in seine Richtung und stellte ihren rechten Fuß auf der Couch ab. Eric starrte jetzt direkt in ihre spiegelblanke Fotze.

Dann schloss sie die Augen, legte sich zurück und wartete darauf, dass Marc aktiv wurde. »Was ist? Worauf wartest du?«

Marc fand, dass ihr dieser in Weißgold eingefasste Rubin ausgesprochen gut stand. Er beugte sich zu ihrer fleischigen Frucht hinunter und begann sie zu lecken.

Ah, das tat gut! Sandy zog die Luft tief durch die Nase ein, während sie sich von Marcs geschickter Zunge verwöhnen ließ.

Mit der linken Hand tastete sie nach ihrem Champagnerglas auf dem Tisch. Sie nahm einen großzügigen Schluck von der perlenden Flüssigkeit und fühlte sich schon ziemlich angetrunken. Dann ließ sie sich wieder fallen, hinuntergleiten in den Ozean purer Lust. Ihr Bewusstsein reduzierte sich auf die ausschließliche Wahrnehmung der Lust in ihrer Möse. Sie war jetzt nur noch Möse. Zuckende, vibrierende, heiße Möse.

Eric saß noch immer auf der gegenüberliegenden Couch. Auf Sandys leicht gebräunten Oberschenkeln glänzte zarter blonder Flaum. Er bildete sich ein, den betörenden Duft, den ihre Haut verströmte, riechen zu können.

Marcs Zunge fuhr langsam über ihren Körper, umspielte zärtlich die Knospen ihrer Brüste. Als er ihren Hals erreichte, wurde sie unruhig. Und als er versuchte, mit seiner Zunge auch in ihren Mund zu dringen, drückte sie ihn sanft von sich und knöpfte ihm stattdessen sein Hemd aus. Er half ihr dabei und entledigte sich auch seiner übrigen Kleidung.

Sandy spreizte ihre Schenkel.

Sie empfand große Wollust, als sein Schwanz zwischen ihre großen Schamlippen glitt, sie langsam voneinander löste und dann in den Raum der unendlichen Begierde vorstieß.

Nachdem er sie ungefähr fünf Minuten lang in der Missionarsstellung gefickt hatte, wurde er dieser Stellung überdrüssig. Er löste sich von ihr und setzte sich nun selber auf die Couch, sodass Sandy auf ihm reiten musste. Wenn er eins genau wusste, dann war es das: Sollte dieser Nachmittag wirklich wie geplant verlaufen, dann musste er von der ersten Minute an dominant bleiben.

Sie setzte sich auf ihn und begann mit den Reitbewegungen. Das war ihre Lieblingsstellung, weil sein Schwanz dann immer einen ganz bestimmten Lustpunkt traf. Ihre prallen Brüste wippten vor seinem Gesicht. Marc spürte, dass sie bereits klatschnass war.

Eric hatte ihnen die ganze Zeit über zugesehen, seine Hose geöffnet und maßvoll gewichst.

Nun fand Marc, dass es an der Zeit war, Eric ins Spiel zu bringen. »Komm, blas Eric mal einen!«, sagte er.

Eric gesellte sich zu ihnen und präsentierte sein erigiertes Glied.

Der Mann, den sie Pferd nannten, dachte Sandy. *In meinen Arsch kommt der nicht!* Dann ergriff sie ihn mit einer Hand und lutschte ihn. *Mein Gott, ist der groß!*

An ihrem lustvollen Stöhnen erkannte Marc, dass er sich auf der Zielgerade befand. Er drückte sie sanft von sich und griff nach der Tube »Anal Lube«, die neben ihm auf der Couch lag. Er rieb seinen Schwanz mit einer großen Menge des wohlriechenden Glibberzeugs ein.

Sandy wandte ihm jetzt ihren Rücken zu. Mit einer Hand führte sie vorsichtig sein hartes Rohr an ihren Anus, öffnete sich leicht und drückte seine Eichel dann vollständig in ihren Hintern. Sie hielt einen Moment inne, machte dann ein paar behutsame Reitbewegungen, bis der erste Schmerz nachließ. »Oaaaaah!« Ein tiefer rauer Laut entrang sich ihrer Brust, als sie seinen harten Schaft tiefer in sich eindringen fühlte. Als er schließlich ganz in ihr steckte, neigte sie ihren Oberkörper weit zurück, bis er auf Marcs Brust lag. Ihr Kopf ruhte nun auf seiner rechten Schulter. Sie zog ihre Beine an den Körper und präsentierte Eric ihr nasses Loch.

Ihre Augäpfel verdrehten sich nach oben, als Eric in ihre Vagina eindrang. Mein Gott, was für eine geile Lust! Allein die Vorstellung, dass sie jetzt nur noch ein hilflos zuckendes

Fleischbündel war, das von zwei knüppelharten Schwänzen aufgespießt wurde.

Es war einfach die perfekte Inszenierung. Sandy fühlte sich wie die Hauptdarstellerin in einem Film, und sie wünschte sich, dass diese Freuden niemals aufhören würden. Sie hatte sich oft vorgestellt, wie es wohl wäre, von zwei harten Ruten gleichzeitig gefickt zu werden, aber die Wollust, die sie nun in der Realität erlebte, war tausendmal schöner als die bloße Vorstellung. Es gab einfach nichts Schöneres, als sich vollständig hinzugeben. Nie hatte sie sich mehr als Frau gefühlt als in diesen Momenten der unendlichen Lust. Und dieser Lust gab sie mit inbrünstigen Lauten Ausdruck.

»Ich glaube, ich bin heute sehr gefügig«, stöhnte sie schließlich. »Ihr könnt alles mit mir machen ... Bitte, macht alles mit mir!«

Wenn du einer Frau gibst, was sie will, ist sie dir völlig verfügbar. Eine uralte Weisheit, deren Richtigkeit sich gerade wieder herausstellte.

Sandys Lust, sich bis zur Besinnungslosigkeit hinzugeben, war grenzenlos. Die Lust explodierte nicht nur in ihren Ficklöchern – sie explodierte in ihrem Gehirn, in ihrem Mund, in ihren Füßen. Sie befand sich in einem Dauerorgasmus. Sie hätte nicht sagen können, wo der eine Orgasmus abebbte und der nächste sich bereits ankündigte. Welle über Welle brandete über sie hinweg. Sie war wie in Trance und fühlte sich wie in einem Flammenmeer nie endender Ekstase.

»Bitte ...«, stammelte sie mit allerletzter Kraft. »Spritzt mir bitte ins Gesicht!«

Die Männer lösten sich vorsichtig von ihr, und Sandys schweißdurchtränkter Körper fiel benommen auf die Couch. Dann stellten sie sich über sie und wichsten solange, bis es ihnen fast gleichzeitig kam. Sie ächzten und stöhnten, während sie ihr heißes Sperma in Sandys Gesicht spritzten.

In den nächsten Minuten sagte niemand ein Wort. Man hörte nur ihr schweres Atmen. Sie lagen mit geschlossenen Augen auf der Couch. Die Musik war verstummt, und niemand verspürte das Bedürfnis, die CD noch einmal zu hören.

Dann gingen sie der Reihe nach duschen, tranken noch etwas Champagner und nahmen von den Kanapees.

Schließlich sagte Sandy: »Kommt, wir gehen in mein Schlafzimmer. Ich muss mich etwas ausruhen Ich möchte aber eure Schwänze auf meiner Haut spüren.«

Wenig später lagen sie zu dritt in Sandys großem Bett.

***

Ohne es zu wollen, hatten sie ungefähr neunzig Minuten lang fest geschlafen.

»Du hast mir eine sehr große Freude bereitet«, sagte Sandy nach dem Erwachen zu Marc. »Wenn das so weitergeht, könnte das echt was werden mit unserem Club.«

Sie hatte ihren Slip inzwischen wieder abgestreift und sah Marc aus verschleierten Augen an. Anscheinend erachtete sie es jetzt für notwendig, die nächste Runde einzuleiten. In ihrer Sucht nach Orgasmen war sie wirklich unersättlich.

»Willst du damit andeuten, dass ich mir eine Belohnung verdient habe?«, fragte Marc.

»Ich denke schon«, sagte sie und streichelte ihn. »Wenn du ebenfalls eine bestimmte sexuelle Fantasie hast, bei deren Realisierung ich dir helfen könnte, dann lass es mich bitte wissen.«

»Da brauche ich aber nicht lange zu überlegen«, sagte Marc. »Ich möchte es mit zwei Frauen gleichzeitig treiben ... Mit dir und mit einer Freundin von dir.«

»Das ist zwar verständlich, aber mit meinen Freundinnen

kann ich darüber nicht sprechen. Die sind viel zu spießig. Die einzige Freundin, die ich lange genug kenne und bei der ich mir so was vorstellen könnte, ist Emily.«

»Edwards Frau?«

»Kennst du eine andere Emily?«

»Nein.«

»Ich schlage vor, du fragst sie erst mal, was sie von einem Dreier hält.«

Marc kannte Emily und Edward seit vielen Jahren. Er hatte auch mal was mit Emily gehabt, aber das lag lange zurück, und davon wusste absolut niemand. Nicht einmal Sandy. Er fragte sich, wieso sie plötzlich Emilys Namen erwähnte. Sprach aus ihr die legendäre weibliche Intuition?

»Ich werde sie wirklich fragen«, sagte er und schloss die Augen. Emily war die unkomplizierteste Frau, die er kannte. Sie würde entweder Ja sagen oder Nein, aber sie würde weder herumzicken noch beleidigt reagieren.

***

Sie hatten sich zum Kaffee in einem kleinen Waldcafé verabredet, zehn Meilen außerhalb der City. Emily trug ein schlichtes weißes Designerkleid mit goldenen Knöpfen. Sie hatte halblanges schwarzes Haar, das sehr modisch geschnitten war, warme braune Augen und eine leicht gebogene Nase – der Typ Frau eben, nach dem sich die Männer gewöhnlich umdrehten.

»Mein lieber Marc«, begann sie, »du weißt, dass Edward seit dieser Sache damals mit Anthony extrem misstrauisch ist. Ich muss vorsichtig sein. Ein größeres Risiko würde ich nur dann auf mich nehmen, wenn die Sache mit einem außerordentlichen Kick verbunden wäre. Eine kleine banale Affäre – das läuft im Moment nicht.«

Marc nickte verständnisvoll. Er konnte sich sehr gut in

Emilys Situation hineinversetzen. Die Affäre, die sie mit Anthony gehabt hatte, war gerade mal drei Jahre her. Und die Wunde, die sie ihrem Ehemann Edward damit beigebracht hatte, würde wahrscheinlich nie verheilen.

Edwards unsichtbare Augen waren einfach überall. Selbst für dieses harmlose Kaffeetrinken konnten sie keines der schicken Szene-Cafés in der City wählen, sondern mussten in ein spießiges Waldcafé ausweichen.

Sie redeten eine Weile über relativ belanglose Dinge, doch Emily fühlte sich zunehmend unbehaglich. Sie merkte, dass Marc nicht zum Punkt kam.

»Komm, lass uns spazieren gehen!«, sagte sie endlich.

Marc rief die Bedienung und zahlte.

Der Wald war menschenleer. Nach ein paar hundert Metern blieb Marc plötzlich stehen und zog sie an sich. Sie ließ es widerstandslos geschehen.

Dann berührte er ihre Brust. »Sind die immer noch so schön?«, fragte er.

»Möchtest du sie sehen?«

»Ja.«

Ohne Zögern streifte sie die Träger ihres Kleides ab und zeigte ihm ihre leicht gebräunten festen Brüste. Marc berührte ihre Brustwarzen.

»Ich liebe diese Art von Freiheit, die von dir ausgeht«, sagte er. »Ich kenne keine zweite Frau, die so offen und frei ist wie du.«

»Du weißt doch, dass ich ein Naturkind bin.« Sie lächelte.

»Das weiß ich, Emily. Und deshalb mag ich dich auch so.«

Ihr gefiel dieser Satz. Sie lächelte und küsste ihn flüchtig auf den Mund. »Ich mag dich noch viel mehr, Marc.«

Marc errötete. »Ist das dein Ernst?«

Sie nickte langsam und sah ihm dabei tief in die Augen.

»Spürst du das nicht? Ich habe mich schon damals sehr stark zu dir hingezogen gefühlt. Und ich habe unsere kleine Geschichte nicht vergessen, Marc. Du bedeutest mir sehr viel. Es gibt keinen zweiten Mann, mit dem ich mich so verbunden fühle wie mit dir.«

Das Gespräch entwickelte sich in eine Richtung, die ihm gar nicht gefiel. Noch immer hatte er Emily nicht den wahren Grund genannt, weshalb er sich an diesem Nachmittag mit ihr verabredet hatte. Und Emily hatte das Gespräch in eine Richtung gelenkt, vor der er schon immer Angst gehabt hatte: Die Angst, sich an eine Frau zu binden.

Emily sah ihm fest in die Augen, so fest, dass er ihrem Blick nicht ausweichen konnte. »Was ist der wahre Grund, weshalb du mich heute so dringend sprechen musstest?«, fragte sie.

Er war klug genug, jetzt die Wahrheit zu sagen. Alles andere hätte ihn in ihren Augen nur herabgesetzt, denn sie hätte die Wahrheit sowieso gespürt.

»Ich hab dich auch wahnsinnig gern, Emily, aber ich will keine Neuauflage unserer damaligen Affäre. Ich möchte nur einen gemeinsamen Sex-Nachmittag mit dir und Sandy.«

»Sandy? Sandy Summers?«

»Ja.«

»Ihr habt wieder Kontakt?«

»Wir waren immer in Kontakt.«

»Davon weiß ich ja gar nichts.«

»Wir sind halt ein verschwiegenes Team.«

»Du willst Sex?«

»Eine Ménage à trois mit dir und Sandy«, sagte er mit aller Bestimmtheit. »Sandy hab ich schon gefragt. Sie ist einverstanden. Es fehlt nur noch deine Zustimmung.«

Dass Emily vollkommen anders getaktet war als all die

anderen Frauen, die er kannte, merkte er an ihrer Reaktion: »Die Vorstellung reizt mich schon«, sagte sie ruhig. »Ich mag Sandy sehr. Ich habe aber noch nie mit einer anderen Frau Sex gehabt.«

»Darf ich deine Antwort als ein grundsätzliches Ja auffassen?«

Sie lachte. »Sagen wir so: Ich bin neugierig.«

Marc fiel ein Stein vom Herzen. Emily war also mit im Boot.

***

Es gab nur einen einzigen Grund, weshalb sie sich an diesem sonnigen Dienstagnachmittag verabredet hatten: Sie waren heiß auf Sex, und sie wollten diesen Sex zu dritt.

Als Marc bei Sandy eintraf, war Emily schon da. Die beiden Frauen saßen in der Küche und quatschten bei einem Erfrischungsgetränk. Emily trug einen kurzen Mini. Sie war nur leicht geschminkt und wirkte wie immer ganz natürlich und locker. Sandy trug eine sexy Jeans und ein T-Shirt, machte aber im Großen und Ganzen einen etwas angespannten Eindruck.

»Was darf ich dir anbieten?«, fragte Sandy, nachdem Marc sich gesetzt hatte.

»Hast du Eistee da?«

»Ja, hab ich.« Sie stand auf und ging in die Küche.

»Und? Hat dein eifersüchtiger Ehemann dich gehen lassen?«, neckte Marc Emily.

»Ach, der kann mich mal ... Ich kann mich mit meinen Freunden treffen, wann und wo ich will.«

»Edward ist aber auch extrem eifersüchtig«, meinte Sandy, als sie mit dem Eistee zurückkam. »Den hätte ich gar nicht erst geheiratet.«

»Vor der Ehe war der nicht so. Er hat sich erst später so entwickelt«, sagte Emily. »Eigentlich fing der ganze Scheiß in dem Moment an, wo er mit dem Ehevertrag um die Ecke kam.

Den hätte ich gar nicht unterschreiben dürfen. Aber damals hatte ich eben viel zu wenig Selbstbewusstsein. Ich hab mir halt immer alles bieten lassen.«

»Besitzdenken ist fürchterlich«, sagte Sandy.

»Ja«, bestätigte Emily. »Und das wird mir auch immer klarer.«

Nach einem halbstündigen lockeren Geplauder hielt Marc den Moment für gekommen. Er ergriff Emilys Hand und zog sie sanft zu sich herüber.

Sie ließ sich willig ziehen, lächelte und nahm auf seinem linken Oberschenkel Platz.

Marc hoffte, dass sich Emilys völlige Gelöstheit auf Sandy übertragen würde. So angespannt, wie Sandy wirkte, stand zu befürchten, dass sie im letzten Moment doch noch kneifen würde.

Er streichelte Emilys nackte Schenkel und küsste sie, und war überrascht, wie willig und verspielt sie war. Sie kuschelte sich an ihn, sah ihm tief in die Augen. Sie tauschten Zungenküsse aus wie zwei Teenies. In seinen Händen wurde sie zu Wachs. Er war voller Vorfreude und bekam ein ziemlich hartes Rohr.

Seine rechte Hand fuhr sanft zwischen ihre Beine. Er wusste, dass Sandy jede seiner Bewegungen beobachtete, und er hoffte, dass es sie heißmachen und sie sich daran beteiligen würde.

Stattdessen fühlte sie sich ausgegrenzt. Sie saß abseits, nippte an ihrem Getränk, und ihre Gesichtszüge spannten sich. Es war ihr offensichtlich unangenehm, den beiden beim Knutschen zuzusehen.

»Wollen wir rübergehen?«, fragte Emily schließlich. Marcs Zärtlichkeiten hatten sie heiß gemacht.

»Ja.«

Sie erhob sich langsam von seinem Schoß und ging vor.

Sie setzte zum ersten Mal einen Fuß in Sandys Schlafzimmer, sah sich kurz um und prüfte dann mit einem kurzen Händedruck die Festigkeit des Bettes. Dann zog sie sich mit einer Gelassenheit aus, als sei dies die selbstverständlichste Sache der Welt.

Marc hatte gehofft, dass Sandy jetzt unaufgefordert nachkommen würde. Stattdessen griff sie nach ihrem Autoschlüssel. »Ich lass euch jetzt allein«, rief sie durch die geöffnete Schlafzimmertür. »Ich bin in einer Stunde zurück.«

Marc und Emily waren so verdutzt, dass sie nichts erwiderten.

Die Wohnungstür wurde halblaut zugezogen.

»Was hat sie denn plötzlich?«, fragte Marc.

Emily lag nackt auf dem Bett und sagte nichts.

Als er sich zu ihr legte, sie zärtlich küsste und dabei seinen Oberschenkel sanft zwischen ihre leicht geöffneten Beine drückte, sagte sie: »Du bist mir unheimlich vertraut, weißt du das?« Aber insgeheim hoffte sie doch, dass er sich jetzt nicht allzu lange bei der Knutscherei aufhalten würde, sondern schnell zur Sache käme, denn das Kribbeln in ihrem Schoß war kaum noch zu ertragen. »Ich habe mir das schon mal genau so vorgestellt«, sagte sie, während er mit seinen Fingern behutsam ihre Muschi streichelte. Dann richtete sie sich plötzlich auf, und ihr Mund bewegte sich hinunter zu seinem Schwanz, um seine Eichel mit ihrer Zunge zu umspielen. »Ich habe viele Fantasien«, sagte sie.

Und Marc antwortete: »Dann leb sie doch aus!«

Vielleicht entwickelte eine Frau, die mit einem so asexuellen Mann wie Edward verheiratet war, automatisch viele Fantasien, dachte er. Und vielleicht war Emily, die auf andere wie die Unschuld vom Lande wirkte, eben deshalb so offen für neue Erfahrungen. Jedenfalls war es schon etwas verwunderlich, dass ausgerechnet sie, die vor anderen gern das Unschuldslamm spielte, einer Ménage à trois sofort zugestimmt hatte, während eine Frau wie Sandy, die aus ihrer Geilheit nie einen Hehl machte, fluchtartig das Weite gesucht hatte. *Stille Wasser sind halt tief*, dachte Marc.

Sie liebten sich in verschiedenen Stellungen, aber schließlich wollte sie doch wieder in der Missionarsstellung genommen werden, weil es für sie einfach bequemer war. Als Marc den Mösensaft an seinem Schwanz sah, beschloss er spontan, sie in den Arsch zu ficken. Sie vorher zu fragen, empfahl sich nicht. Frauen wollten keine Männer, die vorher Fragen stellten. Frauen wollten, dass man etwas mit ihnen tat!

Da er nicht wusste, wo Sandy die Tube »Anal Lube« hingestellt hatte, musste er es mit Emilys eigenem Mösensaft versuchen. Er zog seinen Schwanz heraus und drückte ihn vorsichtig gegen ihren Anus. Sie schob ihm ihren Unterleib bereitwillig entgegen. Aber nachdem er ungefähr drei oder vier Zentimeter eingedrungen war, bildete sich auf Emilys Stirn plötzlich eine senkrechte Falte. Sie machte ihren Mund weit auf, dann öffnete sie die Augen, und ihr Blick schien zu sagen: In meiner Muschi war's schöner.

Okay, dachte Marc, war wohl doch nicht der richtige Moment, aber wenigsten war ich schon mal drin. Er zog seinen Schwanz wieder raus und fickte in ihrer Fotze weiter. Sie ließ sich erneut fallen, und er merkte, dass sie jetzt mit doppelter Lust weiterfickte. Es kostete ihn große Mühe, nicht sofort abzuspritzen, als er sah, wie es ihr kam. »Ja, bitte fick mich, Marc! Fick mich so fest, wie du kannst!« Ihre Fingernägel krallten sich in seinen Rücken, und sie atmete schwer. »Ja, fick mich! Fick mich! Fick mich!«

Dann kam es ihr. Ein unkontrolliertes Zucken durchlief ihren Körper, der nur noch ein einziges Stöhnen und vollkommene Hingabe war. Sie nahm ihn ganz tief in sich auf.

Als er sie schließlich auf den Bauch drehte, ließ sie es widerstandslos mit sich geschehen. Sie war jetzt in einem Zustand, wo er alles mit ihr machen konnte. Er spreizte ihre Beine und kniete sich zwischen sie. Mit der linken Hand spreizte er ihre Arschbacken, mit der rechten nahm er seinen harten Schwanz in die Hand und drückte ihn gegen ihre verschwitzte Rosette. Sie leistete keinerlei Widerstand. Er drang problemlos in sie ein, er musste nur ganz wenig Druck ausüben. Sie nahm ihn willig mit einer Öffnung auf, in die kein anderer Mann zuvor eingedrungen war. Wenige Stöße reichten aus, um Marc einen gewaltigen Orgasmus zu bescheren. Tief erregt spritzte er sein Sperma in ihren Darm.

»Was hast du mit mir gemacht?«, war schließlich alles, was sie sagte.

Ja, so war sie, die liebe Emily.

Später, als sie zusammen unter der Dusche standen, wurde ihm klar, wie sehr er Emily mochte und wie weiblich sie war. Ihm wurde ebenfalls klar, dass ihn mehr mit ihr verband als die pure Lust am Sex, und dass zwischen ihnen ein unausgesprochenes Einverständnis existierte, ein geheimes Band, das von niemandem durchtrennt werden konnte. Da war ein gemeinsames Fluidum, das sie umgab und von dem nur sie beide wussten.

Er wusste es seit ein paar Minuten, aber sie wusste es schon seit langem. Sie gehörten zusammen. Diese Erkenntnis schmerzte – sie allerdings weniger als ihn.

***

Am nächsten Tag stellte Marc Sandy zur Rede. »Du wusstest, was zwischen uns ausgemacht war.«

»Ja, wusste ich«, sagte sie genervt, »aber es ging nicht … Ich wusste nicht, dass ihr euch so nahe steht.«

»Dabei lief alles so fantastisch!«, erzürnte sich Marc. »Emily war bereit! Weißt du, was das heißt? Sie war bereit, mit dir und mir zusammen Sex zu haben. Und was machst du? Du haust einfach ab!«

»Das verstehst du nicht. Ich würde sehr gern mal Sex mit einer anderen Frau haben, aber dann muss das vollkommen anonym sein. Emily kenne ich, seitdem ich vierzehn bin. Kannst du dich überhaupt in mich hineinversetzen? Ich kenne Emily seit zwanzig Jahren! Wie soll das gehen? Wie stellst du dir das vor? Als ihr hier vor meinen Augen geknutscht habt, da kamen in mir die ganzen Erinnerungen hoch ... Marc, es ging nicht! Emily steht mir einfach zu nahe. Ich konnte nicht, obwohl ich heiß war.«

Ihre Worte besänftigten ihn. »Aber grundsätzlich hättest du nichts gegen Sex mit einer anderen Frau?«

»Nein, natürlich nicht, das hab ich dir doch gesagt. Es muss aber eine Fremde sein, das habe ich jetzt begriffen. Bring mir irgendeine gut aussehende, scharfe Frau hierher, und wir werden Sex zu dritt haben. Das verspreche ich dir!«

***

Ja, sie ist eindeutig eine Frau, dachte Paula.

Natürlich gab es auch Männer, die spätabends als Gast in diesen überwiegend von Frauen frequentierten Chat kamen und dort kurzzeitig ein anderes Geschlecht vortäuschten, aber meistens flogen sie auf, denn kein Mann kann eine Frau über längere Zeit imitieren.

LaTigresse war eindeutig eine Frau. Eine Frau, die sie zwar noch nicht persönlich kennengelernt hatte, von der sie aber wusste, dass sie sie irgendwann kennenlernen musste. Ganz einfach, weil sie von ihr fasziniert war. Die Fantasie dieser Frau, ihr Charme, ihr Feingefühl, ihre gewählte Ausdrucksweise … *La Tigresse* hatte eindeutig Klasse, und sie kam bestimmt aus besseren Kreisen.

Paula war von Natur aus ein vorsichtiger und zurückhaltender Mensch. Es hatte einige Zeit gedauert, ehe sie den inneren Zwang empfand, ihr Misstrauen zu überwinden und der geheimnisvollen Chat-Partnerin, die sie nur als *La Tigresse* kannte, ihre E-Mail-Adresse preiszugeben.

Aber heute würde sie es tun.

Eric, ihr Mann, lag bereits seit Stunden im Bett und schlief fest. Sie konnte sein Schnarchen sogar durch die beiden Türen hören, die ihr kleines Arbeitszimmer vom Schlafzimmer trennten.

Sie schenkte sich ein weiteres Glas Rotwein ein und bemühte sich um einen klaren Gedanken. Aber es ging nicht, sie war zu erregt. Dann fasste sie sich ein Herz …

Sie warf ihr langes dunkles Haar in den Nacken, presste die Lippen aufeinander, dann ließ sie *La Tigresse* eine geheime Nachricht zukommen, die von den anderen Chattern nicht mitgelesen werden konnte.

»Ich möchte dich gern persönlich kennenlernen«, schrieb sie.

Sekunden später kam die Antwort: »Ich dich auch.«

Paula musste lächeln. Sie hatten bereits festgestellt, dass sie auch in London wohnte.

Erst kam ein Smilie, dann die Antwort von *La Tigresse*: »Okay, dann komm bitte sofort vorbei!!!« Und wieder ein Smilie, weil natürlich nicht ernst gemeint.

Paula zögerte mit der Antwort. »Sofort geht leider nicht. Aber wann hättest du denn mal Zeit, Süße?«

Sie setzte dieses »Süße« hinzu, obwohl sie es gar nicht wollte. Aber es floss irgendwie automatisch aus ihren Fingern. Sie gab dem Wein die Schuld. Ihr Herz schlug jetzt bis zum Hals.

»Sag du!«, lautete die Antwort.

»Ich gebe dir meine private E-Mail-Adresse, dann können wir alles Weitere besprechen, okay?« Und sie gab sie ihr.

»Okay, notiert. Schreibe dir sofort. Bis gleich.«

»Bis gleich.«

Paula sah, wie *LaTigresse* den Chat verließ. Daraufhin verließ sie den Chat ebenfalls. *Puuuh, Paula, was tust du da?*

Jetzt gab es kein Zurück mehr.

Etwas benommen ging sie zum Klo, um Pipi zu machen.

Nachdem sie zu ihrem Computer zurückgekehrt war, rief sie ihren E-Mail-Account auf. Im Posteingang lag eine Nachricht von *LaTigresse!*

»Hallo *Babyface*, find ich ja total geil, dass du dir endlich ein Herz gefasst hast. Ich hatte die Hoffnung nämlich nie aufgegeben, dich auch mal privat kennenzulernen.«

Paula wurde von einer geheimnisvollen Erregung erfasst. Der Text schien vor ihren Augen zu verschwimmen. *Stopp!*, sagte eine innere Stimme, *du weißt so gut wie nichts über diese Frau. Du weißt ja noch nicht mal, wie alt sie ist, geschweige denn wie sie aussieht* ... Sie hatte zwar das Gefühl, mit einer Gleichaltrigen zu chatten, aber dieses Gefühl konnte genauso gut trügen. Sie drückte auf »Antworten«, dann schrieb sie:

»Hallo *LaTigresse*, ja, ich bin auch ganz stolz auf meinen Mut. Ich habe lange vor diesem Schritt zurückgeschreckt, aber du gehst mir einfach nicht aus dem Kopf. Die Sachen, die du schreibst, erregen mich sehr. Du musst wissen, dass das, was wir hier tun, für mich absolutes Neuland ist. Im Chat klinge ich vielleicht mutig, aber ich bin es nicht wirklich. In Wirklichkeit bin ich ein ängstlicher Mensch. Aber ich bin auch sehr neugierig auf das, was mich mit dir erwartet. Wie alt bist du denn? Ich bin 31. Bis gleich, Paula.«

Sie unterschrieb die Mail mit ihrem wahren Vornamen.

Die Antwort kam Sekunden später.

»Hallo Paula, ich bin 33 Jahre alt. Ich hab dir mal ein aktuelles Foto von mir beigefügt, damit du weißt, wie ich aussehe. Schick mir bitte auch ein Foto von dir. Bin gaaaaaaanz neugierig. Liebe Grüße, Sandy.«

Als Paula das angehängte Foto im jpg-Format öffnete, war sie sehr angetan. Sandy war nicht nur schön, sie war aufregend. Sie schloss die Augen und sah, wie diese Frau sie auf den Mund küsste und sie überall berührte, und sie wusste sofort, dass dieses Bild sie in ihre nächste Masturbation begleiten würde.

Dann schrieb sie schnell zurück: »Ja, du gefällst mir sehr. Anbei auch ein Foto von mir. Sei mir bitte nicht böse, wenn ich dich auf morgen vertröste. Ich bin echt müde und muss morgen früh raus. Liebe Grüße, Paula.«

Als sie ihren Computer herunterfuhr, war sie ganz durcheinander. Auf dem Weg ins Badezimmer versuchte sie sich mit dem Gedanken zu beruhigen, dass es ja nicht zwangsläufig zum Sex mit Sandy kommen musste, obwohl sie wusste, dass es genau darauf hinauslief.

Bevor sie zu Bett ging, masturbierte sie heftig, und sie wusste, dass sich in ihrem Leben gerade etwas geändert hatte. Etwas Grundsätzliches.

Den ganzen nächsten Tag fieberte sie den späten Abendstunden entgegen, wenn Eric bereits schlafen würde und sie sich nach Herzenslust Sandy öffnen konnte.

***

Paula hatte das Gefühl, dass in ihrem ganzen Freundes- und Bekanntenkreis die gleiche Unsicherheit und Verwirrung herrschte, wie in ihrem eigenen Leben, aber sie konnten mit niemandem darüber sprechen. Sie fühlte schon seit längerem so eine Art Umbruch, so etwas wie eine Zeitenwende, konnte ihr Gefühl aber nicht in Worte kleiden. Sie hatte Hilfe in esoterischen Zeitschriften gesucht, aber schnell erkannt, dass das nicht wirklich ihre Welt war. Sie hatte unbewusst einen neuen Weg eingeschlagen, aber wohin die Reise ging, wusste sie nicht. Sie wusste nur, dass sie ihr altes Leben so nicht weiterführen wollte. Die erste Frau, die wirklich zu spüren schien, dass sie sich in einem Umbruch befand und ihre alte Haut abstreifen wollte, war *LaTigresse*. Paula suchte nur deshalb ihre Nähe, weil sie instinktiv ahnte, dass sie ihr den Übergang in eine neue, reichere Erotik eröffnen würde.

Das Wetter war wunderschön, die Sonne schien, und es war nicht zu heiß. Die beiden Frauen hatten sich auf einen Waldspaziergang geeinigt.

Als sie sich nun zum ersten Mal gegenüberstanden, wussten sie beide sofort, dass es eine schicksalhafte Begegnung war. Sie spürten eine Art von Vertrauen, das sie selbst am meisten überraschte.

»Die Kunst besteht darin, zu tun, worauf man Lust hat, und es nicht allzu ernst zu nehmen«, sagte Sandy nach einer Weile. »Und rechtzeitig aufzuwachen.«

»Ich weiß aber nicht, worauf ich Lust habe«, antwortete Paula. »Ich weiß nur, dass ich etwas Neues erleben muss, sonst werde ich verrückt.«

Sandy musste schmunzeln. »Es gibt viele Frauen, die nicht wissen, was sie wollen. Und wenn sie es wissen, teilen sie es ihren Partnern nicht mit. Wir sollten also zuerst mal herausfinden, was du wirklich willst.«

»Hilfst du mir dabei?«

»Ich werde mir die größte Mühe geben.«

Nach einer halben Stunde war Paula bereit, Sandy in ihre

Wohnung zu begleiten. Sie zitterte am ganzen Körper, als Sandy sie im Schlafzimmer in den Arm nahm und küsste. Sandys Lippen waren weich, und Paula fühlte sich in ihrer Gegenwart sofort geborgen. Diese Frau war sehr erfahren, und sie hatte die Führung übernommen, was Paula nur recht war. Willig ließ sie sich von ihr die Träger ihres Kleides über die Schultern streifen.

Als sie sich, nur noch mit einem Slip bekleidet, gegenüberstanden, wurde Sandy von der vernichtenden Schönheit dieses Frauenkörpers sehr stark erregt. Sie dachte an Marc, den es wahrscheinlich umhauen würde, wenn er sie jetzt so sähe. Dann nahm sie Paula an die Hand und zog sie auf ihr großes Bett.

»Ich bin keine echte Lesbe«, sagte Sandy, »aber ich werde sehr liebevoll zu dir sein.«

»Ich bin auch keine Lesbe, aber ich weiß, dass ich das, was wir hier tun, tun muss.«

Sie machten keine großen Sachen miteinander, sie küssten und streichelten sich und genossen die Wärme und Anschmiegsamkeit, wie sie nur ein weiblicher Körper besitzt. Und sie legten immer wieder kleine Gesprächspausen ein.

»Das erste Gebot lautet: Schäme dich niemals für deine Fantasien«, sagte Sandy. »Verdränge sie nicht. Male sie dir immer wieder neu aus, schmücke sie immer weiter aus.«

»Ich habe schon als Kind viel fantasiert. Meine heutigen Fantasien sind mehr oder weniger entfernte Versionen meiner Fantasien von damals«, sagte Paula. »Immer möchte ich, dass man mich einfach nur nimmt ... wortlos ... wie selbstverständlich.«

»Weiß das dein Mann?«

»Ich habe seltsamerweise nie Fantasien mit meinem Mann.«

»Mit anderen Männern?«

»Ja. Oft.«

»Immer dieselben Männer?«

»Das weiß ich nicht, weil sie alle maskiert sind. Ich kann ihre Gesichter nicht erkennen. Und das will ich auch gar nicht. Aber ich genieße es, ihnen vollkommen hilflos ausgeliefert zu sein. Danach muss ich mich immer selbst befriedigen.« Paula sah Sandy plötzlich fest in die Augen. »Ich möchte mich unzähligen Händen und Schwänzen hingeben. Das wäre mein größter Traum.«

»Ja«, seufzte Sandy, »das möchte ich auch mal erleben.«

»Aber dann denke ich wieder, dass solche Fantasien nicht richtig sind. Ich bekomme jedes Mal ein schlechtes Gewissen.«

»Ob du richtig oder falsch denkst, ist nicht so wichtig. Entscheidend ist, dass du für dich selber denkst.«

»Das hast du lieb gesagt.« Sie streichelte Sandy zärtlich über die Wange.

»Dass uns eine Sache fehlt, sollte uns aber nicht davon abhalten, alles andere zu genießen«, sagte Sandy lachend und kramte ihren Luxusvibrator unterm Bett hervor. »Das ist mein Freund für einsame Stunden.«

»Lass sehen!« Sie nahm das Gerät in die Hand und befühlte es neugierig. »Fühlt sich fantastisch an.«

»Warte erst mal ab, was der alles kann.«

Sandy erwies sich als wahre Meisterin in der Kunst der Liebe. Sie hatte ein feines Gespür für Rhythmus und Intensität des stufenlos regulierbaren Vibrators. Und mit ihrer Zunge stimulierte sie zusätzlich Paulas Klitoris.

Für Paula war es Genuss pur. Sie vergaß alles um sich herum und ließ sich auf diesem Ozean der Lust hemmungslos treiben. Sie wusste nicht, wie viel Zeit vergangen war. Sie wusste nur, dass sie drauf und dran war, sich in Sandy zu verlieben. Auf dem Gipfel ihrer Lust schrie sie laut auf und krallte ihre Fingernägel in Sandys Fleisch.

Nachdem die ersten großen Wonnen abgeebbt waren, war sie wieder ansprechbar.

»Könntest du dir auch Liebe zu dritt vorstellen?«, fragte Sandy.

»In welcher Konstellation?«

»Du. Ich. Und ein ganz toller Mann.«

»Ich kann mir zwar nicht vorstellen, wie mich ein halber Mann befriedigen soll, aber wenn du sagst, dass er toll ist, dann ist er es auch.« Sie lachte.

»Ich verspreche dir nicht zu viel.«

»Okay. Wann stellst du ihn mir vor?«

»Ich ruf ihn gleich an. Wie sieht's denn mit deiner zeitlichen Verfügbarkeit aus?«

Paula überlegte. »Jetzt Samstag, so ab vierzehn Uhr, würde mir sehr gut passen. Dann steht mein Mann wieder stundenlang auf dem Tennisplatz.«

»Das trifft sich gut. Samstag kann er auch immer.«

»Weißt du was?« Paula war plötzlich Feuer und Flamme. »Wir machen das hier in deiner Wohnung, und wir werden alle Masken tragen. Was hältst du von dieser Idee?«

»Super Idee!«, sagte Sandy und setzte gleich noch einen drauf. »Und niemand darf dabei ein Wort sprechen. Wir werden uns nur durch Zeichen verständigen.«

»Hu, ist das aufregend!« Sie fiel Sandy dankbar in die Arme.

***

Nachdem Paula gegangen war, rief Sandy Marc an.

»Na, Meister, wie geht's?«, fragte sie.

»Ganz gut. Und dir?«

»Sehr gut, weil ich nämlich jetzt mein Versprechen bei dir einlösen kann.«

»Was für ein Versprechen?«

»Ich hab die zweite Lady für unseren flotten Dreier.«

»Ist nicht wahr!«

»Und ob das wahr ist! Sie sieht sehr gut aus, und sie hat einen Körper, in den ich mich verlieben könnte.«

»Wie alt?«

»Einunddreißig.«

»Wann stellst du sie mir vor?«

»Deshalb rufe ich dich ja an.«

Fünf Minuten später war Marc vollkommen im Bilde. Samstag ginge okay, sagte er. Würde ihm super passen. Die Idee mit den Masken fand er auch toll. Irgendwo würde er schon welche auftreiben. Ansonsten wie immer: Kanapees und Champagner vom Feinkostladen um die Ecke.

Bis Samstag waren es noch drei Tage.

Sandy gefiel Paulas Idee von Stunde zu Stunde besser. Die dunkelhaarige Schönheit sollte voll auf ihre Kosten kommen, deshalb durfte nichts schief gehen. Sie überlegte sich ein paar Punkte, die es zu beachten galt, und informierte dann sowohl Paula als auch Marc mit zwei getrennten E-Mails. Am wichtigsten erschien es ihr, dass sich die beiden nicht schon im Treppenhaus begegneten. Deshalb sollten sie mit einer halben Stunde Abstand bei ihr aufkreuzen. Paula sollte um vierzehn Uhr erscheinen, damit sie sich bei einem Gläschen Champagner schon mal etwas akklimatisieren konnte, Marc dürfte frühestens um halb drei hinzustoßen. Wenn er in der Tür erschiene, müsste er bereits die Maske tragen. Und von diesem Moment an würde absolutes Schweigen gelten, damit Paula in den vollkommenen Genuss ihrer ausgelebten Fantasie käme. Die beiden Masken für die Ladies müsste er ihr aber schon am Freitagabend vorbeibringen, denn weder sie noch Paula besaßen eine. Dass niemand ein Wort sprechen dürfte, schien der schwierigste Punkt zu sein. Was war mit der Musik? Wollte Paula überhaupt Musik beim Sex haben, oder zog sie die Stille vor? Sie würde sie fragen müssen.

»Ach, noch was«, setzte sie in ihrer E-Mail an Marc hinzu. »Die Lady steht auf leichte Erziehung. Es wäre vermutlich nicht verkehrt, wenn du einen auf dominant machen würdest. Sie ist betörend schön, aber lass dich davon nicht beeindrucken. Nimm bitte nicht allzu viel Rücksicht auf sie. Liebe Grüße, Sandy.«

»Alles kein Problem«, mailte Marc. »Die Masken bringe ich dir am Freitagabend vorbei, die kleinen Leckereien werden am Samstagmorgen gegen elf angeliefert. Du musst sie nur kalt stellen. Ich hab nur eine letzte Frage: Ist die schöne Unbekannte denn auch rasiert? Du weißt, dass ich Pelzunterwäsche nicht ausstehen kann.«

»Sie ist blitzblank!«, schrieb Sandy zurück und setzte ein fettes Smilie hinterher.

***

Die feinen Kanapees und der Champagner standen bereits kalt. Die Wohnung war aufgeräumt und sauber. Das Schlafzimmer ausgiebig gelüftet worden. In der Stunde bis zu Paulas Eintreffen versuchte Sandy sich mit Yoga abzulenken. Dann klingelte es.

Sie hatte die Tür kaum geöffnet, als Paula ihr auch schon in die Arme fiel und sie an sich drückte. Aber bitte keinen Kuss, damit der sorgfältig aufgetragene Lippenstift nicht verschmierte.

»Ich kann dir gar nicht sagen, wie aufgeregt ich bin!«, rief Paula.

»Frag mich mal!«, lachte Sandy. »Ich hab die ganze Nacht kein Auge zugetan.«

»Du siehst fantastisch aus!«

»Und du erst. Mir scheint, wir haben den gleichen Geschmack.«

Ja, die beiden Damen hatten sich in todschicke Sommerkleider geworfen. Aber die würden sie gleich ablegen müssen, denn es war ausgemacht, dass der sehr dominante Herr sie nackt zu empfangen wünschte.

»Ich bin völlig durcheinander«, stöhnte Paula. »Wie soll das denn gleich ablaufen? Ich glaub, ich hab die Hälfte schon wieder vergessen.«

»Komm doch erst mal rein!« Sandy schloss die Tür hinter Paula und führte sie in die Küche, wo bereits zwei mit Champagner gefüllte Gläser auf sie warteten. »Hier. Zur Stärkung.«

Paula nahm das Glas dankbar entgegen, und die Damen stießen an.

»Zeig mir mal unsere Masken!«, sagte Paula. »Ich bin so was von neugierig, das glaubst du nicht. Und nochmals vielen Dank, dass du die Planung übernommen hast.«

»Kein Problem, hab ich doch gern getan.« Sie verschwand für einen Augenblick und kam kurz darauf mit zwei fantastisch bemalten Masken wieder. »Hier, nimm die! Die passt am besten zu deinem Typ.«

Paula zog sich die Maske über und betrachtete sich im nächsten Spiegel. Sie war sofort in einer anderen Welt. Die Maske verdeckte großräumig ihre Augenpartie, ließ aber die untere Gesichtshälfte frei. Sie hatte dadurch etwas Katzenartiges, das ihre Weiblichkeit noch stärker zur Geltung brachte. »Ich zieh mich schon mal aus, damit ich sehe, welchen Gesamteindruck ich mache.«

»Tu das, Schatz. Musst du noch duschen?«

»Ja, muss ich auch noch.«

»Dann geh! Der Herr duldet keine Verspätung.«

»Okay, okay.«

Paula streifte sich die Maske wieder ab, zog ihr Kleid aus und stürmte ins Bad. »Du, ich glaube, ich brauche noch ein Glas Champagner!«, rief sie durch die geöffnete Tür.

Drei Minuten später stand sie maskiert und splitternackt vor Sandy, die sich nun ebenfalls entkleidet hatte.

»Komm, zieh dir deine Maske über!«, sagte Paula. »Ich will sehen, wie wir zusammen aussehen.«

Sandy hatte den gleichen Typ Maske, nur in einer anderen Farbe.

Sekunden später standen sie nackt, maskiert und nur mit ihren Champagnergläsern bewaffnet vor dem großen Schlafzimmerspiegel und bewunderten sich gegenseitig.

Der gestrenge Herr klingelte kurz nach halb drei.

Während Sandy zur Tür ging, um ihn hereinzulassen, verharrte Paula ängstlich im Schlafzimmer. Ihre Angst war nun nicht mehr aufgesetzt, sie hatte wirklich welche! Diese Mischung aus Angst, Neugier und körperlicher Erregung brachte sie ganz durcheinander. Sie konnte nur ahnen, was da draußen vor sich ging. Der gestrenge Herr würde jeden Moment in der Tür erscheinen.

Das Schlafzimmerfenster war halb verdunkelt. Von draußen fiel ein so unwirkliches Licht herein, dass sie keine Mühe hatte, wie von selbst in eine andere Welt hinüberzugleiten. In dieser anderen Welt war auch sie ein anderer Mensch. Nein, eigentlich war sie dort nur sie selbst. Die eigentliche Paula. Die Paula, die sie sich nie wirklich hatte eingestehen wollen.

Sie lag schon im Bett auf dem Rücken, als der Maskierte mit

seinem stark erigierten Glied zur Tür hereintrat. Sie erwartete ein paar zärtliche Küsse, zumindest ein paar Streicheleinheiten. Nichts dergleichen! Er drückte einfach ihre Beine auseinander und drang rücksichtslos in sie ein. Obwohl sie geil war, spürte sie einen deutlichen Schmerz, der aber schnell in pure Lust überging.

Der Maskierte bewegte sich nur ganz langsam in ihr, aber ob sie Schmerz oder Lust verspürte, war ihm völlig egal. Sie war ausschließlich zum Ficken da, ausschließlich zu seinem Vergnügen, und dieser Gedanke bereitete ihr große Lust. Noch nie war sie bei einem Mann so schnell zum Orgasmus gekommen.

Den Fremden ließ ihre Erregung vollkommen kalt. Er fickte sie mit einer Ruhe, Ausdauer und Konzentration, als trennten sie Welten. Auch als sie rasend vor Lust mit beiden Fäusten gegen seine Brust trommelte, ließ ihn das völlig kalt. Die Wellen der Orgasmen brandeten jetzt mit einer Intensität über sie hinweg, dass sie einen Moment lang glaubte, das Bewusstsein zu verlieren. Sie befand sich in einem fast schon lebensbedrohlichen Dauerorgasmus.

Dann löste er sich von ihr.

Als er sie auf den Bauch drehte und ein großes Kopfkissen unter ihr Becken schob, ahnte sie, was jetzt kommen würde. Obwohl sie nicht die geringste Erfahrung mit Analverkehr hatte, entspannte sich ihr Körper wie von selbst. So als führte er schon lange ein Eigenleben.

Ihr Schließmuskel öffnete sich ein wenig, während sie hörte, wie er eine Tube Gleitgel öffnete, um seinen Schwanz damit zu versehen.

Ohne jede Vorwarnung drang er in sie ein. Sie hatte das Gefühl, zu zerreißen und stieß einen gellenden Schrei aus. Der Maskierte reagierte, indem er seinen Schwanz wieder herauszog – wofür sie dankbar war –, aber nur, um im nächsten Moment noch brutaler in sie einzudringen.

Diese Mischung aus Schmerz und Lust war einfach unbeschreiblich. Der Mann trieb sie buchstäblich in den Wahnsinn. Und sie war auch noch überzeugt, es stünde ihm zu. Diesem göttlichen Fremden stand einfach alles zu, was sie zu bieten hatte, und er sollte sich auch alles nehmen. Sie war nicht mehr als ein kleines dreckiges Fickstück, an dem er seine grenzenlose Lust befriedigen konnte. Ihr ängstliches Flehen und ihre gellenden Schreie berührten ihn nicht im Geringsten. Als ihr plötzlich der Mund zugehalten wurde, blinzelte sie und erkannte Sandys Umrisse.

Endlich ließ der Fremde von ihr ab und drehte sie wieder auf den Rücken. Sandy pufte sie leicht von hinten, damit sie ihren Oberkörper aufrichtete. Dann fuhr sie ihr mit zwei Fingern in den Mund, damit sie ihn für den Fremden öffnete. Paula stieß ihre Hand weg und riss ihren Mund bereitwillig auf. Und als der Fremde sein Sperma in ihren Mund spritzte, schluckte sie alles gierig hinunter. Sie wollte ihn auch dort ganz in sich aufnehmen. Dann fiel sie ermattet und maßlos befriedigt zurück in die Laken.

Sandy reichte ihr ein Glas Champagner, damit sie den salzigen Geschmack des Spermas hinunterspülen konnte. Sie trank dankbar davon, aber weniger wegen des Spermas, sondern weil sie durstig war. Sandy sagte kein Wort, aber sie streichelte ihr anerkennend über ihre glühenden Wangen.

Als Paula die Augen wieder aufschlug, sah sie, wie Sandy die letzten Tropfen Sperma vom Schwanz des Fremden schleckte. Ohne groß zu überlegen, gesellte sie sich zu ihnen und begann nun ebenfalls mit ihren Liebkosungen. Es spielte überhaupt keine Rolle, dass sie sich alle zum Schweigen verpflichtet hatten, sie empfand es sogar als angenehm. In diesem Moment wusste sie ganz genau, dass sie nie wieder die Alte sein würde. Und dass sie freiwillig nie wieder auf solche Ekstasen, wie sie sie heute erleben durfte, verzichten würde.

Erst jetzt bemerkte sie das interessante Muttermal auf der Brust des Fremden. Es hatte die Form eines Halbmondes. Zärtlich presste sie ihre Lippen darauf.

Paula hatte ihre Fantasie, von einem wildfremden Mann einfach unterworfen und genommen werden, intensiv ausgelebt. Niemand hatte gesprochen, weder der Fremde noch sie hatte seine Identität preisgegeben. Aber sie wussten beide, dass sie an diesem Nachmittag süchtig aufeinander geworden waren und an eine möglichst rasche Wiederholung dachten.

»Bei aller Liebe«, sagte Sandy später, »ich kann euch mein Appartement aber nicht jeden Tag zur Verfügung stellen. Nehmt euch meinetwegen ein Hotel oder fickt im Wald.«

***

Am nächsten Tag erhielt Marc einen Anruf von Eric.

»Ich bin dir noch was schuldig, wegen der geilen Nummer neulich«, sagte er. »Sandy ist wirklich eine Granate. Das können wir gern mal wiederholen.«

Marc lachte. »Da muss ich sie aber erst mal fragen, ob sie mit dir auch zufrieden war.«

»He, Mann, hör mal. Klar war die zufrieden. Das hast du ihr doch angesehen.«

»War ja auch bloß ein Scherz, Eric.«

»Wieso warst du gestern eigentlich nicht beim Tennis? Ich habe dich vermisst. Und dein Handy war aus.«

»Ja, tut mir leid. Ein wichtiger Kunde hatte sich plötzlich gemeldet. Er brauchte sofort eine Beratung wegen einer riskanten Geschäftstransaktion.«

»Ach so, kann ja mal vorkommen Weshalb ich jetzt anrufe, Marc. Sag mal, hast du nächsten Samstag schon was vor? So wie's aussieht, bleibt das Wetter bis dahin stabil. Paula und ich würden dich gern zu einer kleinen Grillparty einladen.«

»Das ist eine gute Idee. Da sag ich sofort zu.«

»Fein. Wir freuen uns. Ist sechzehn Uhr okay?«

»Ja, das passt mir sehr gut.«

Er hängte ein, zog sich seine Joggingklamotten an und fuhr in den Wald. Eine halbe Stunde Joggen war das Mindeste, was sein Körper zweimal die Woche brauchte. Er ertappte sich dabei, wie er fast ununterbrochen an die schöne Unbekannte dachte. Er wurde das Gefühl nicht los, dass sie sein Leben auf wunderbare Weise bereicherte.

Als er wieder zu Hause war, sah er auf dem Display seines Handys, dass Sandy angerufen hatte. Nach dem Duschen rief er sie zurück.

»Du hast versucht, mich zu erreichen?«

»Ja, Marc. Danke für deinen Rückruf. Es gibt bereits einen solchen Club, wie du ihn dir vorstellst«, sagte sie.

»Ach nee.«

»Doch. Ich hab mal ein bisschen rumgehört. Weit außerhalb der City gibt es einen Club, der von einem Franzosen geführt wird. Da soll es richtig hart zur Sache gehen.«

»Wollen wir uns den mal zusammen ansehen? Ich meine, mehr als uns nicht reinlassen, können die ja nicht.«

»Du bist gut, ich weiß ja noch nicht einmal, wo der Club genau liegt.«

»Das kann man doch übers Internet herausfinden. Weißt du, wie der Club heißt?«

»›Club Soixante-Douze‹.« Sie buchstabierte ihm den Namen. »Aber im Internet wirst du nichts finden. Der Laden ist so was von speziell, dass die Adresse nur unter der Hand gehandelt wird. Jeffrey war vor Jahren mal da. Er weiß aber auch nicht mehr so genau, wie man dahin kommt.«

»Hm. Wollen wir's einfach mal versuchen?«

»Nee, das ist mir zu doof. Ich werde Jeffrey aber noch mal in den Arsch treten. Vielleicht hat er ja irgendwo noch die Telefonnummer herumliegen.«

»Okay, du sagst mir aber bitte sofort Bescheid, wenn du was Genaues weißt.«

»Na klar.«

***

»Ich hab Jeffrey Beine gemacht«, sagte Sandy lachend, »da fiel es ihm wieder ein.« Sie hatte Marc in seinem Büro auf eine Tasse Kaffee besucht und saß nun mit übereinander geschlagenen Beinen vor seinem Schreibtisch. »Der ›Club Soixante-Douze‹ liegt ungefähr fünfzehn Meilen von hier, mitten im Wald. Jeffrey hat mir genau erklärt, wo wir abbiegen müssen, damit wir nicht daran vorbeifahren.«

»Du kommst also mit.«

»Neugierig bin ich schon. Ich war noch nie in so einem speziellen Etablissement.«

»Du warst noch nie in einem Swingerclub?«

»Ich hab dir doch gesagt, dass das kein Swingerclub im üblichen Sinne ist. Swingerclubs findet man im Internet, und gegen ein bestimmtes Eintrittsentgelt kann da praktisch jeder rein. Der ›Club Soixante-Douze‹ richtet sich aber an eine sehr spezielle Klientel. Öffentlich zugängliche Informationen haben solche Leute nicht gern.«

»Das heißt konkret?«

»Das heißt, dass du nur über die Empfehlung eines anderen Clubmitglieds rein kommst.«

»Also stehen wir auf dem Schlauch.«

»Nicht zwingend.« Sie nahm einen Schluck von dem heißen Kaffee. »Jeffrey ist zwar kein Mitglied mehr, aber er kennt jemanden, der sich dort seit Jahren fröhlich vergnügt und sich bereiterklärt hat, uns zu empfehlen.«

»Fein.«

»Aber jetzt kommt der Clou: Die Herrschaften zahlen Mitgliedsbeiträge. Ab zehntausend Pfund jährlich.«

»Ach du Scheiße. Jetzt weiß ich auch, warum die sich ›Soixante-Douze‹ nennen. Das ist ein Club für reiche, fette Säcke ab zweiundsiebzig, die mit Edelnutten vögeln. Nein danke, kann ich gern drauf verzichten. Das erinnert mich an diesen Film mit Tom Cruise und Nicole Kidman. Wie hieß der noch gleich?«

»Eyes wide shut«, sagte Sandy.

»Ja, genau der. Da hab ich das Gruseln gekriegt. Bloß nichts in der Art.«

»Dann musst du wohl deinen eigenen Club gründen.«

»So sieht's aus. Was hältst du denn von der Idee?«

»Also, grundsätzlich finde ich die Idee mit dem Club ganz gut. Ich glaube auch, dass es der Renner wird. Mich würde die Sache allerdings nicht so sehr begeistern. Ich verliere den Reiz, wenn ich etwas ohne Mühe haben kann. Je schwieriger etwas zu kriegen ist, desto interessanter wird es für mich, und erst dann macht es mich richtig heiß. Guten Sex habe ich zu Hause. Es muss halt ein besonderer Kick dabei sein, und ich glaube, den hätte ich in so einem Club nicht.«

»Kann ich irgendwo nachvollziehen«, erwiderte Marc.

»Aber weißt du, für wen das eventuell was wäre?«

»Sag's mir.«

»Für Emily.«

»Ach, die doch nicht.«

»Vertu dich da mal nicht. Du weißt, stille Wasser sind tief.«

»Ja, das sagt man so. Aber Emily hat nach dieser Sache mit Anthony so was von die Nase voll. Bei der muss erst mal Ruhe einkehren.«

»Sie hat so gut wie keinen Sex mehr, außer neulich, als du sie gevögelt hast.«

»Woher willst du wissen, dass sie keinen Sex mehr hat?«

»Weil sie's mir gesagt hat«, meinte Sandy. »Sie ist der Typ dafür, glaub's mir. Wenn du einen reichen Mann hast und mehr Geld da ist als genug, wenn du also nicht mehr die Sorge ums Überleben hast und stattdessen plötzlich die Freiheit hast, zum Psychiater zu gehen, dich jederzeit mit deinen Freundinnen zu treffen, dann wirst du automatisch immer unzufriedener, weil du deine Ansprüche immer höher schraubst.«

Marc erinnerte sich an den Waldspaziergang mit Emily. Sie hatte gesagt: *Ein größeres Risiko würde ich nur dann auf mich nehmen, wenn die Sache mit einem außerordentlichen Kick verbunden wäre.* »Soll ich sie mal darauf ansprechen?«, fragte er.

»Wenn du's auf die richtige Art und Weise machst, sicher. Sie ist bestimmt offen für so was.«

»Aber erst mal müssen wir unseren Club gründen. Dafür brauchen wir attraktive und interessante Leute.«

»Erst mal braucht der Club einen Namen.«

»Club Sandy«, witzelte er.

»Nee, bloß nicht. Wie wäre es mit ›Vögelbar‹?«

Einen Augenblick starrte Marc sie an, ließ die Idee sacken. Dann verzogen sich seine Mundwinkel zu einem Lächeln. »Du bist wunderbar! Das klingt super!« Er erhob sich, als gäbe es etwas Feierliches zu verkünden. »Liebe Sandy, die ›Vögelbar‹ ist hiermit gegründet!«

»Amen!«

»Sollen wir das jetzt nicht irgendwo feiern?«

»Geht nicht. Tom kommt gleich zu mir.«

***

Marc saß an seinem Schreibtisch und kontrollierte die Kontoauszüge. Die Geschäfte liefen gut. Astrologische Beratung war seit Jahren der ganz große Renner. Die größten Umsätze brachte allerdings das Internet. Für relativ wenig Geld konnten sich die Kunden bei seiner Firma online ihr Horoskop herunterladen. Hier machte es einfach die Masse. Die eigentliche Arbeit erledigte der Computer. Der Rest seiner Einnahmen ergab sich aus seiner privaten Beratung. Die war allerdings nie unter fünfhundert Pfund zu haben. Das war sein Satz für Privatkunden. Unternehmen zahlten natürlich, je nach Aufgabenstellung, mehr.

Er dachte an Emily und an das, was Sandy über sie gesagt hatte

In diesem Moment klingelte sein Handy. Es war Emily.

»Wie geht es dir, mein Schatz?«, fragte sie.

»Ist ja lustig, hab gerade an dich gedacht«, sagte Marc.

»Das ist so bei Seelenpartnern.«

»Ich weiß. Ich hätte dich auch schon längst anrufen müssen. Mir geht's gut, und dir?«

»Mir geht es so super, das kannst du dir nicht vorstellen. Edward ist für drei Tage verreist. Die Spannung hier im Haus ist sofort raus.« Sie lachte. »Ich möchte mich gern mit dir treffen, Marc.«

»Heute?«

»Ja. Aber nur, wenn du Zeit hast. Ich weiß ja, dass du immer so viel zu tun hast.«

»Ab heute Mittag hätte ich Zeit.«

»Super, dann lade ich dich zu dem neuen Japaner ein. Ins ›MoschMosch‹. Ist ein Uhr okay? Ich würde dich von deinem Büro abholen.«

»Das wäre perfekt. Heute Nachmittag ist hier sowieso nichts los. Vielleicht können wir danach noch was unternehmen.«

»Ja, wir könnten zum Beispiel in die neue Kunstausstellung fahren«, schlug Emily vor. »Aber das ist mir eigentlich egal. Ich möchte einfach nur mit dir zusammen sein, weil du mir so gut tust. Mit dir kann ich immer so schön lachen. Als ich dich das letzte Mal getroffen habe, hatte ich anschließend einen kreativen Ausbruch. Ich hab danach fünf Bilder gemalt.«

»Na, dann muss ich heute mal wieder mein Bestes geben. Ich stehe um dreizehn Uhr unten an der Straße, okay?«

»Gut, mein Schatz. Bis dann.«

Nach dem Telefonat lehnte er sich in seinen schwarzen Ledersessel zurück und dachte nach. Emily war tatsächlich so was wie eine Seelenfreundin, die einzige Frau, mit der er in einer Art telepathischer Verbindung stand. Aber ihre Verbindung war wirklich nur seelischer Art, denn geschlafen hatte er mit ihr höchstens fünfmal. Genau wusste er es gar nicht mehr.

Emily wartete draußen im Wagen auf ihn. Er öffnete die Beifahrertür, stieg ein und gab ihr einen Kuss auf die Wange. Sie trug ein schwarzes Minikleid, eine weiße Perlenkette und ein paar elegante Ohrclips.

»Du siehst fantastisch aus, mein Schatz«, sagte er.

»So sehe ich immer aus, wenn der Bekloppte nicht da ist.« Sie meinte Edward. »Kennst du das ›MoschMosch‹?«

»Nein, da war ich noch nicht.«

»Die machen tolle Nudelgerichte. Lass dich überraschen.« Sie setzte den Blinker und fuhr los.

Beim Japaner saßen sie draußen. Das Wetter war zwar recht

schwül, aber unter der riesigen Markise ließ es sich aushalten. Sie bestellten zwei exquisite Nudelsuppen und tranken dazu alkoholfreies Bier.

»Hast du schon eine Vorstellung, was wir anschließend machen wollen?«, fragte Marc.

»Wenn ich mit dir zusammen bin, passiert eigentlich immer was«, lachte sie. »Aber bitte nichts planen. Die Sachen einfach auf sich zukommen lassen ... Ich war übrigens eben noch bei ›Amstore‹ und hab mir ein paar neue CDs gekauft. Kennst du ›gotan project‹?«

»Nie gehört.«

»Electronic Tango. Ich sag's dir, da geht die Post ab. Die hören wir gleich bei mir im Auto.«

Nachdem Emily gezahlt hatte, gingen sie zu ihrem Auto, und sie legte die betreffende CD ein. Es war hochwertige Lounge-Musik, hervorragend geeignet zum Relaxen. Marc mochte diese Musik sofort.

»Wir fahren in die ›Docklands‹«, sagte sie.

»Wieso?«

»Weil ich das gerade so beschlossen habe.« Sie lächelte ihn an. »Ich war noch nie da, aber an deiner Seite hab ich einfach Lust dazu.«

Die ›Docklands‹ waren riesig und hatten eine vollkommen andere Atmosphäre als die City. Emily kurvte eine Weile ziellos umher und sagte im Minutentakt: »Da könnten wir hingehen. Oder da. Oder da.« Schließlich fand sie einen freien Parkplatz in einer Seitenstraße.

Als sie den Motor abgestellt hatte, legte Marc seine Hand auf ihre schlanken gebräunten Oberschenkel.

»Mir läuft ein Schauer über den Rücken«, sagte sie.

Er beugte sich zu ihr herüber, aber sie hielt ihm nur ihre

Wange hin. »Denk an meinen Lippenstift.«

Er streichelte sie zärtlich, und seine Hand wanderte hoch zu ihrer Möse. »Ich dachte, dass du bei diesem Wetter mal keinen Slip trägst«, sagte er.

»Ich muss da unten immer was anhaben.« Lachend schob sie seine Hand weg. »Komm, lass uns gehen.«

Wie du meinst, dachte Marc.

Sie stiegen aus und spazierten eine Weile umher. Marc hatte den Eindruck, dass sie sich nur inspirieren lassen wollte. Weniger von den Menschen – allzu viele liefen hier um diese Uhrzeit ja nicht herum, weil sie in ihren Büros saßen –, als von der überwiegend futuristisch gestalteten Architektur.

»Ich möchte gern am Wasser sitzen«, sagte sie schließlich. »Da unten ist eine Bar.« Sie zeigte mit dem Finger in die Richtung. Die Bar gehörte zum ›Hilton London Docklands Hotel‹.

Sie stiegen eine große und breite Holztreppe hinunter und nahmen unter einem riesigen Sonnenschirm Platz. Die Terrasse war fast menschenleer. Außer ihnen gab es da nur noch eine kleine Gruppe von Geschäftsleuten, die aber mehrere Meter von ihnen entfernt saß.

Die ›Terrace Lounge Bar‹ lag direkt an der Themse. Als der Kellner kam, um ihre Bestellung entgegenzunehmen, bestellte sich Emily einen Cappuccino und ein Wasser, Marc entschied sich für einen normalen Kaffee. Während ihres lockeren Geplauders versuchte er abzuschätzen, ob mit ihr heute noch was laufen würde, aber das konnte er beim besten Willen nicht sagen. So wie es augenblicklich aussah, wollte sie sich einfach nur mit ihm unterhalten.

Er kannte Emily. Sie würde es bis zuletzt offen lassen. Ob sie sich heute von ihm flachlegen lassen würde, hing also ausschließlich von ihm ab. Er wusste, dass sie ihm rückhaltlos vertraute, und sie hatte auch schon des Öfteren durchblicken lassen, dass sie mehr für ihn empfand als bloße Freundschaft. Wenn heute trotzdem nichts laufen würde, konnte es dafür nur zwei Gründe geben: Entweder hatte sie gerade ihre Tage, oder es würde ihm nicht hinreichend gelingen, ihre Hormonausschüttung anzuregen.

Sie lachte viel. Das war schon mal ein gutes Zeichen. Er nahm ihre Hände, streichelte sie und plauderte weiter, als ob nichts wäre. Körperkontakt war ein wichtiges Element bei der hohen Kunst der Verführung. Sie erwiderte seine Streicheleinheiten, vielleicht unbewusst, auf jeden Fall lag sehr viel Zärtlichkeit darin, und allmählich synchronisierten sich ihre Gesten.

Die Luft hier unten am Wasser war wunderbar klar, viel besser als in der schwülen Innenstadt, und Emilys gute Laune stieg weiter an.

»Komm, wir fahren noch irgendwo hin!«, sagte sie schließlich, und in ihrer Stimme lag gleichzeitig etwas Unternehmungslustiges und Geheimnisvolles.

Es dauerte etwas, bis sie die Orientierung wiedergefunden hatte, dann brauste sie mit unbekanntem Ziel davon. Marc gab keinerlei Kommentar ab, er wusste bloß, dass dies nicht der Weg zurück in die City war.

Irgendwann befanden sie sich in einem reinen Waldgebiet. Marc wusste nicht im Mindesten, wo sie waren, jedenfalls war er noch nie in seinem Leben hier gewesen. Emily verlangsamte das Tempo und ließ den Wagen ausrollen. Sie hatte einen geeigneten Parkplatz gefunden.

Sie stiegen aus.

»Komm, hier ist es so schön. Lass uns ein bisschen spazieren gehen.« Sie hielt ihm ihre Hand hin, damit er sie ergriff.

Das Gebiet war eine Mischung aus dichtem Waldbestand und landwirtschaftlicher Nutzfläche. Dazwischen verlief ein schmaler Wanderweg, den sie nun beschritten.

Sie gingen eine Weile Händchen haltend durch die wunderbare Natur und entfernten sich dabei immer mehr von der Straße.

»Ist das nicht wunderschön hier?«, fragte sie.

»Ja, wunderschön«, säuselte er, wobei er in Wirklichkeit dachte, dass sie hier höchst wahrscheinlich mutterseelenallein waren.

Als er sie endlich an sich zog, um sie zu küssen, schloss sie sofort die Augen. Sie küsste mit der Leidenschaft einer Ertrinkenden – so empfand er es zumindest. Und als sie fast gleichzeitig im hohen Gras versanken, trug sie nichts weiter am Körper als ihren Slip. Aber auch der flog Sekunden später im hohen Bogen durch die Luft.

Er drang mit einer Härte in sie ein, dass sie aufstöhnte. Aber das war genau das, was sie wollte. Ihre Leidenschaft war unbeschreiblich, und sie kam unwahrscheinlich schnell. Sie schrie wie am Spieß, aber niemand hätte sie hier hören können. Marc wurde durch ihre Schreie nur noch geiler. Er hatte sie noch keine fünf Minuten lang gefickt, als er merkte, dass er sich nicht länger zurückhalten konnte. Er spritzte die volle Ladung in sie rein.

»Irgendwann sind wir zwei noch mal miteinander verheiratet«, sagte er später, während er befriedigt im Gras lag und in den blauen Himmel blinzelte.

Emily lag mit ihrem Kopf auf seiner Brust und streichelte ihn. »Das sind wir doch schon, Liebster. Das sind wir doch schon seit langem.«

Nie im Leben ist diese Frau etwas für die ›Vögelbar‹, dachte Marc. Er wusste noch nicht, wie sehr er sich täuschen sollte.

***

»Viele Frauen sind nur auf ihren guten Ruf bedacht, aber die anderen werden glücklich«, sagte Sandy.

»Der Spruch ist gut. Ist der von dir?«, fragte Paula.

»Keine Ahnung, ich hatte ihn gerade so im Ohr.«

»Ich kenne auch einen: Ich bevorzuge junge Männer. Sie wissen nicht, was sie tun. Aber sie tun es die ganze Nacht.«

»Ha, den kenne ich. Der ist von Madonna.«

»Richtig!« Sie richtete sich auf und griff nach ihrem Champagnerglas, das neben dem Bett stand.

Sie hatten sich wieder in Sandys Appartement getroffen. Wo auch sonst? In einem Hotelzimmer hätte es wahrscheinlich nicht halb so viel Spaß gemacht, und bei Paula zu Hause ging es nun mal nicht.

»Der Sex mit dem maskierten Fremden war der schönste Sex meines Lebens«, schwärmte Paula, »aber ich habe immer noch ein schlechtes Gewissen, weil du dabei zu kurz gekommen bist.«

»Du, das stimmt nicht«, ereiferte sich Sandy sofort. »Ich habe euch dabei zugesehen und mich die ganze Zeit selbst befriedigt. Es war auch für mich ein wahnsinnig tolles Erlebnis. So was Erregendes kriegt man ja nicht alle Tage geboten.«

»Was war denn dein aufregendstes Erlebnis bisher?«, wollte Paula wissen.

Sandy dachte sofort an das Sandwich mit Marc und Eric und musste unwillkürlich schmunzeln. »Ich habe es neulich mit zwei Männern gleichzeitig gemacht, und ich muss sagen, dass ich das verdammt geil fand. Ich kam sehr schnell und sehr heftig zum Höhepunkt.«

»Mit zwei Männern gleichzeitig?« Paula konnte nicht glauben, was sie da hörte. Sie spürte aber, wie ihre Möse anschwoll.

»Ja. Es hat mich unglaublich erregt, zwei Schwänze gleichzeitig in mir zu spüren.«

»Jetzt sag nicht, du hast ...«

»Doch. Einen vorn, einen hinten.«

»Wie soll das denn bitteschön gehen?«

Sandy erklärte es ihr. »Die Männer müssen dabei sehr vorsichtig sein und den passenden Takt finden. Außerdem dürfen sie keine Berührungsängste haben.«

»Sandy! Das kann ich nicht glauben.«

»Möchtest du wissen, wie sich das anfühlt?«

»Ich weiß nicht.«

Sandy rollte sich zur Seite und tastete nach der Sammlung von Vibratoren unter ihrem Bett. Sie hatte sofort die beiden richtigen ausgewählt.

Sie legte die Teile zwischen sich und Paula auf die Decke.

»Der hier ist stufenlos regelbar und speziell für die Muschi. Das kleine Teufelchen hier oben ist nur für die Stimulation der Klitoris. Der streckt immer so schön die Zunge raus. Wirst du ja gleich sehen. Ist voll witzig ... Und dieser hier dient ausschließlich der analen Stimulation. Ein irrsinnig geiles Teil, sag ich dir ... Also: vaginal, klitoral und anal. Was willst du mehr?«

Paula befühlte die Teile mit wachsender Erregung.

»Die sind übrigens alle komplett sterilisiert«, ergänzte Sandy, »du brauchst dir also keine Sorgen zu machen. Das mache ich nach jedem Gebrauch.«

Paula wusste einfach nicht, was sie sagen sollte.

»Bist du schon feucht?«, fragte Sandy.

»Ich bin klatschnass!«

Sandy ergriff den ersten Vibrator, schob den Schalter am Bedienungsteil von »off« auf »on« und wählte die niedrigste Vibrationsstufe. Dann teilte sie Paulas innere Schamlippen und drückte das mächtige Teil ganz behutsam in ihre Vagina.

Die zog sofort ihre Beine an und begann zu stöhnen. Sandy bewegte den Vibrator zunächst nur langsam, wobei sie sehr genau darauf achtete, wie Paula reagierte. Als ihr Stöhnen schwerer wurde, erhöhte sie die Vibration und stieß etwas heftiger zu.

»Hier!«, sagte sie schließlich. »Du kannst es dir selbst am besten machen. Ich kümmere mich inzwischen um den anderen Lümmel.«

Während Paula sich nun selbst mit dem Vibrator an den richtigen Stellen stimulierte, befeuchtete Sandy den zweiten Vibrator, der etwas kleiner war als der erste, mit einer großen Menge Gleitgel.

»Leg dich auf die Seite!«, sagte sie.

Paula gehorchte.

Sandy drückte sich zusätzlich etwas Gleitgel auf die Fingerspitzen und massierte damit liebevoll Paulas Rosette. Sie hatte sicherheitshalber etwas mehr von dem Gleitgel genommen als eigentlich nötig war. Als ihr Zeigefinger in Paulas Anus drang, stöhnte diese noch einmal lustvoll auf. Sandy nahm nun den zweiten Vibrator zur Hand. Paulas Schließmuskel war eindeutig zur Aufnahme bereit. Sandy drückte den Vibrator mit sanfter Gewalt hinein, wobei sie sich alle Mühe gab, ihr die Illusion eines zweiten Schwanzes zu verschaffen, das hieß, langsame, rhythmische Stöße, bis auch das zweite Teil zur Hälfte in ihr steckte.

»Warte mal kurz«, stöhnte Paula. »Ich muss die Stellung wechseln.«

Sie ging auf die Knie, legte sich auf den Bauch und reckte Sandy ihren prächtig geformten Arsch entgegen. »Ich glaube, im Doggystyle geht's noch besser.«

»Ganz wie du willst, Liebes.«

Sandy hatte die beiden Vibratoren nun wieder selbst in der Hand und bearbeitete Paulas Löcher mit großer Konzentration und Hingabe. Sie fand es gar nicht so einfach, den richtigen Rhythmus für Paula zu finden, aber als sie merkte, wie schnell diese in totale Raserei verfiel, empfand sie auch selbst eine große Befriedigung.

Paula hatte das Gefühl, den Orgasmus ihres Lebens zu haben.

»Weißt du, was das ist?«, fragte sie, nachdem die großen Wellen der Lust allmählich wieder abgeklungen waren. »Das ist Genuss pur!«

***

Als Marc am Samstagnachmittag – wie immer verspätet – bei Eric vorfuhr, sah er gleich, dass vor den Garagen kein Platz mehr für seinen Wagen war. Vier Autos der gehobenen Klasse standen da. Sie gehörten Leuten, die er nicht kannte. Er parkte an der Straße, zog die Autoschlüssel ab und betrat den gepflasterten Weg, der zu der weiß getünchten Villa führte. Es war ein drückend heißer Tag, und er fragte sich, ob eine Grillparty das Richtige war.

Er nahm seine Sonnenbrille ab und klingelte.

»Hi!«, sagte Eric. »Schön, dass du gekommen bist. Die andern sind schon da. Komm rein, altes Haus.«

Die andern – das waren zwei Juristen aus Erics Kanzlei sowie zwei betuchte Mandanten. Sie waren alle mit ihren Frauen gekommen. Alles gute Freunde von Eric.

Eric führte seinen Freund durch die marmorne Eingangshalle ins Wohnzimmer und von dort nach draußen auf die Terrasse. Dann machte er ihn mit den übrigen Gästen bekannt.

»Wo ist Paula?«, fragte Marc.

»Ach, der war's zu heiß. Die schwimmt da draußen ein paar Runden. Ich schmeiß jetzt erst mal den Grill an ... He Leute, wer Lust hat, kann sich ein bisschen im Pool vergnügen. Der ist groß genug für euch alle. Badehosen und Bikinis gibt's bei mir. Bitte melden!«

Paula kletterte gerade aus dem Pool. Sie rubbelte sich die Haare mit einem Badetuch trocken. In ihrem knappen Bikini sah sie einfach nur hinreißend aus.

»Hi, Marc«, sagte sie, als sie ihn sah. »Schön, dass du gekommen bist. Wir sehen uns ja so selten. Wenn du schwimmen willst – das Wasser ist traumhaft.«

Nachdem Marc sofort ja gesagt hatte, stellte sich heraus, dass auch die anderen Herren ins Wasser wollten. Ihre Frauen hingegen ließen sich auch durch gutes Zureden nicht zu der kleinen Abkühlung bewegen. Sie zogen den Klatsch an einem schattigen Plätzchen dem Badespaß vor.

Eric kam kurz darauf mit einem ganzen Sortiment an Badehosen wieder. Die Männer wählten ihre passende Größe, dann zogen sie sich drinnen um.

Sie waren wie kleine Kinder. Sie rannten grölend durch den Garten und sprangen fast gleichzeitig ins Wasser. Paula stand mit einem Glas Champagner am Rand und sah ihnen belustigt zu.

Nach ungefähr einer halben Stunde sagte Eric: »Ich glaube, wir können gleich die ersten Würstchen auf den Grill legen. Ich geh mal kurz an Land und seh nach, Leute.« Er rubbelte sich trocken, dann machte er sich auf den Weg zum Grill.

»Ich komme mit!«, rief Marc ihm hinterher.

Als er aus dem Wasser stieg, stand Paula schon am Rand, um ihm sein Badetuch zu reichen. Im selben Moment entdeckte sie auf seiner Brust das Muttermal in der Form eines Halbmondes. Sie war so geschockt, dass es ihr die Sprache verschlug.

»Was ist?«, fragte Marc lachend, als er ihren entsetzten Blick sah. »Hast wohl noch nie einen so tollen Männerkörper gesehen.«

»Ach nichts«, sagte sie und lächelte verkrampft. Dann lief sie schnell ins Haus, bevor die anderen merkten, was mit ihr los war.

Sie stellte sich unter die Dusche und weinte hemmungslos. Der Fremde, der sie wie magisch in ihren Bann gezogen hatte, war nun kein Fremder mehr. Schlimmer noch: Sie hatte mit dem besten Freund ihres Mannes geschlafen! Sie war völlig verzweifelt. Was sollte sie denn jetzt tun? Nichts würde mehr so wie vorher sein.

Als sie vor dem großen Badezimmerspiegel stand und ihre verquollenen Augen sah, wurde sie von den widersprüchlichsten Emotionen geplagt. Sie befand sich in einem realen Albtraum, soviel stand fest. Und wie es jetzt weitergehen sollte, stand in den Sternen. An Marcs unschuldiger Reaktion hatte sie gemerkt, dass er nicht den leisesten Schimmer hatte, wen er letzten Samstag in Sandys Appartement so meisterhaft durchgevögelt hatte ... Aber eines war auch klar: Verzichten konnte sie auf diese Ficks nicht mehr. Lieber würde sie sterben. Sie war von diesem Mann sexuell bereits abhängig. Und sie würde alles dafür tun, dass das Spiel so weiterlief wie bisher. Sie würden sich weiterhin nur maskiert treffen, und niemand würde ein Wort dabei sprechen.

Während sie sich die Haare föhnte, überlegte sie, ob es klug wäre, Sandy einzuweihen. Ja, das war es. Unbedingt. Sie musste ihr diesen Vertrauensvorschuss einfach gewähren, denn das Spiel lag jetzt vollkommen in Sandys Hand. Wenn Sandy plaudern würde und Marc ihre Identität preisgäbe, wäre alles sofort aus. Sie musste sie deshalb sofort informieren! Sie ging in ihr Arbeitszimmer und wählte Sandys Nummer.

»Jetzt mach dir mal keine Sorgen, Liebes«, sagte Sandy, nachdem sie sich alles ruhig angehört hatte. »Ich halte absolut dicht. Das verspreche ich dir!«

»Vielen, vielen Dank«, sagte Paula und legte erleichtert auf. Und während sie sich ankleidete, dachte sie: *Marc Feldman, nie im Leben hätte ich dir so etwas zugetraut.*

Bevor sie sich wieder nach draußen zu ihren Gästen begab, trug sie ein Parfum auf, das sie nur ganz selten benutzte. Denn es musste absolut ausgeschlossen sein, dass Marc Feldman sie allein schon am Duft wiedererkannte.

***

»Mr. Feldman, Ihr Besuch ist da.«

»Führen Sie ihn bitte herein!«

Marc erhob sich und trat um seinen Schreibtisch herum, damit er die neue Kundin begrüßen konnte.

Augenblicke später führte Svenja eine sehr attraktive und elegante Dame in sein Büro. Sie war groß, schlank und schwarzhaarig. Das gelbe Prada Kostüm und die modische Brille unterstrichen ihren Typ und verstärkten ihre erotische Ausstrahlung. Marc schätzte sie auf fünfunddreißig.

»Nicole du Barry«, stellte sie sich mit einem deutlich vernehmbaren französischen Akzent vor und reichte ihm die Hand.

»Marc Feldman. Nehmen Sie doch bitte Platz, Madame du Barry. Darf ich Ihnen etwas zu trinken anbieten?«

»Sehr gern. Ein Wasser, bitte!«, sagte sie, während sie sich in einen der beiden bequemen Freischwinger vor seinem Schreibtisch setzte.

»Zwei Perrier, bitte!«, sprach Marc in seine Sprechanlage und nahm ebenfalls Platz. »Womit kann ich Ihnen dienen, Madame?«

Sie zögerte mit der Antwort. »Ich brauche die Zusicherung

Ihrer absoluten Diskretion, Monsieur.«

»Seien Sie unbesorgt, Madame. Wir arbeiten hier mit der Diskretion eines Geheimdienstes.«

»Das ist gut, denn mein Anliegen ist äußerst heikel.«

Marc horchte auf.

»Nun, es geht um meinen Mann«, fuhr sie schleppend fort. »Er betreibt ... ein Etablissement ... ein Etablissement eines ganz speziellen Typs, wenn Sie verstehen, was ich meine, Monsieur.«

»Ich denke, ich kann Ihnen folgen, Madame.«

»Nun, es passieren dort Dinge, die – wie sagt man auf Englisch – absolument incorrect sind.«

»Dann wäre es ein Fall für die Polizei und nicht für einen Astrologen.«

»Bon.« Sie lächelte bitter. »Mein Mann betreibt ein Luxus-Etablissement für eine sehr vermögende und prominente Klientel, und zu seinen Kunden gehören auch Richter, Staatsanwälte und hohe Polizeibeamte. Es wäre unmöglich, gegen diese Kreise auf juristischem Wege etwas einzuleiten.«

»Hm, das hört sich aber wirklich heikel an.«

»Sehr richtig. Sehr heikel.«

»Und was gedenken Sie in Anbetracht dieser ... verzwickten Situation zu tun?«

Es klopfte an der Tür. Svenja, seine Sekretärin, kam kurz darauf mit einem Tablett, zwei Gläsern und dem Perrier herein.

Als sie wieder gegangen war, sagte Madame du Barry: »Ich habe mich daher entschlossen, die Angelegenheit selbst in die Hand zu nehmen.«

Marc war auf das Schlimmste gefasst.

»Ich möchte meinen Mann beseitigen lassen«, sagte sie kühl.

»Madame!«

»Keine Sorge, Sie werden da nicht mit hineingezogen. Von

meinem Besuch hier bei Ihnen erfährt niemand. Und ich verlange auch keine Rechnung. Ich bezahle Sie bar, Monsieur. Compris?«

Sie öffnete ihre Handtasche, nahm einen weißen Umschlag heraus und schob ihn über den Schreibtisch. »Da sind tausend Pfund drin. Wenn Sie mehr möchten, sagen Sie es.«

»Madame, ich bin offen gesagt sprachlos.«

»Ich habe genau eine Stunde Zeit, dann muss ich Sie wieder verlassen, Monsieur. Ich nenne Ihnen meine Geburtsdaten, und Sie sagen mir, ob ich in den nächsten zwölf Monaten ein glückliches Händchen für ungewöhnliche Operationen habe. Das wäre alles.«

Marc nickte.

»12. Juli 1964, 12 Uhr 45, Paris.«

Marc pfiff unhörbar durch die Zähne. Madame war fünfundvierzig, er hatte sie auf höchstens fünfunddreißig geschätzt. Was man für Geld nicht alles kriegen kann!

Er tippte ihre Daten in den Rechner. Auf dem Bildschirm erschien die Skizze ihres Horoskops.

Fünfundvierzig Minuten später hatte er eine sehr zufriedene Kundin vor sich sitzen.

»Voilà, Monsieur«, sagte sie beim Abschied. »Sie gefallen mir.«

»Vielen Dank.« Er spürte, wie er rot wurde.

»Sie gefallen mir sogar sehr.« Sie sah ihn auf eine Art an, der unzweifelhaft zu entnehmen war, dass sie sich für ihn interessierte.

»Sie sind aufregend, Madame. Und sehr attraktiv, wenn ich mir erlauben darf, es in dieser Form zu sagen.«

Madame du Barry öffnete ihre Handtasche und überreichte ihm ihre Karte. »Vielleicht trinken wir mal einen Kaffee zusammen?«

Marc warf einen kurzen Blick darauf. Sie hatte ihm soeben ihre Handynummer gegeben.

»Ich heiße übrigens Nicole«, ergänzte sie und reichte ihm lächelnd die Hand.

»Nennen Sie mich doch bitte Marc!«

»Es war mir ein Vergnügen, Sie kennengelernt zu haben, Marc.«

Dann ließ sie sich von ihm zur Tür geleiten.

»Das war aber ein ganz heißer Feger«, sagte Svenja, während sie das Tablett von Marcs Schreibtisch räumte.

»Nichts weiter als eine Geschäftsbeziehung, liebe Svenja.«

»Ach so.« Svenja sah ihren Chef spöttisch an. »Du magst zwar ein Starastrologe sein, lieber Marc, aber was weibliche Intuition betrifft, hast du keinen blassen Schimmer.«

***

Paula kam – nur mit einem knappen türkisfarbenen Slip bekleidet – aus dem Bad und ging sofort in ihr Arbeitszimmer. Eric lag bereits seit zwei Stunden im Bett und schlief fest. Sie schenkte sich ein Glas Rotwein ein und sah aus dem Fenster. Die Nacht war wunderschön und tiefblau. Paula war schon wieder geil. In letzter Zeit war sie eigentlich ständig geil, sodass sie sich mindestens zweimal am Tag selbst befriedigen musste. Sie fuhr sich mit der Hand prüfend zwischen ihre Beine. Ihre Möse war stark angeschwollen.

Sie war sehr stolz auf sich. Sie hatte neue Wege der sexuellen Erfüllung eingeschlagen, und diese erwiesen sich als äußerst wohltuend. In kürzester Zeit hatte sie zwei fantastische Liebesabenteuer erlebt. Zwei mit Sandy und eins mit Sandy und Marc gemeinsam. Wenn sie an Marc dachte, lief ihr ein Schauer über den Rücken. Sie liebte den Gedanken, seine Sexsklavin zu sein, und sie genoss den Kick, dass er es nicht einmal wusste. Und er durfte es auch unter keinen Umständen jemals erfahren. Ihr Mann Eric hatte offenbar nicht die Spur Einfühlungsvermögen, andernfalls wäre ihm ihr euphorischer Gemütszustand längst aufgefallen.

Der Gedanke an die Doppelpenetration in Sandys Appartement ließ ihr keine Ruhe mehr. Einen Vibrator in ihrer Muschi, den anderen in ihrem Po, dazu Sandys Hände, die ihre Brüste kneteten – das war einfach der Gipfel der Lust. Sie stellte sich vor, wie Sandy von zwei gut gebauten Männern gleichzeitig penetriert worden war, wie sie geschrien und geschwitzt und um Gnade gefleht hatte. Sie streichelte sich, während sie so fantasierte, und ihr Atem wurde schwerer. Als es ihr kam, ging sie vor Lust in die Knie. Sie fragte sich, ob sie wirklich den Mut zu einem Sandwich aufbrächte.

Kurz vor Mitternacht schrieb sie eine SMS an Sandy.

»Liebe Sandy, begleitest du mich in einen Sexshop, damit ich mir ebenfalls ein paar Lovetoys zulegen kann? Trau mich nicht alleine. LG, Paula.«

Die ist ja süß, dachte Sandy und wählte Paulas Nummer.

Paula ging sofort dran.

»Hi, du bist echt süß!«, sagte Sandy. »Lovetoys brauchst du also.«

»Ja, unbedingt!« Sie sprach ganz leise, damit Eric nicht wach wurde. »Und deine Beratung brauche ich auch. Bist du einverstanden?«

»Von mir aus können wir morgen Nachmittag im ›Pleasure Dome‹ vorbeischauen und anschließend noch irgendwo was trinken.«

»Oh, das ist lieb von dir. So gegen sechzehn Uhr?«

»Ja, das würde passen.«

»Danke, ich hol dich von zu Hause ab. Gute Nacht, mein Schatz.«

»Gute Nacht. Schlaf schön.«

***

Der ›Pleasure Dome‹ galt als der exklusivste Sexartikel-Shop Londons.

Eine gut gewachsene Blondine in schwarzer Latexcorsage und mit einer sehr freundlichen Ausstrahlung empfing sie. Sie bot den beiden Damen ihre Beratung an und klärte sie zunächst darüber auf, dass der ›Pleasure Dome‹ dreigeschossig war. Es gab ein Erdgeschoss und zwei Kellergeschosse. Im zweiten Kellergeschoss gab es auch einige Verliese, um einer sehr speziellen Klientel für ihre Käufe ein ansprechendes atmosphärisches Umfeld zu bieten.

Im Erdgeschoss gab es eine unendliche Vielfalt an Magazinen und Sexspielzeugen, wie sie auch die großen Versandhäuser über das Internet anboten.

Die Damen ließen kurz ihre Blicke umherschweifen, dann wollte Sandy wissen, was denn das erste Kellergeschoss zu bieten hätte.

»Dort führen wir unsere sehr speziellen Fucking machines. Die werden in letzter Zeit stark nachgefragt und kommen alle aus Amerika.«

»Ich denke, so was interessiert mich«, meinte Paula.

»Sehr gern. Folgen Sie mir bitte.«

Sie stiegen die marmorne Treppe hinunter.

»Vielleicht möchten Sie sich erst mal in Ruhe allein umsehen?«

»Das wäre wohl das Beste.«

»Gut. Rufen Sie mich, wenn ich Ihnen behilflich sein darf.«

Nach etwa zehn Minuten, während derer Sandy und Paula lebhaft über die möglichen Vor- und Nachteile dieser Maschinen diskutiert hatten, wählte Paula ein exklusives Stück aus.

»Ich bewundere Ihren Geschmack«, sagte die Verkäuferin. »Doppelpenetration ist natürlich das Geilste, was es gibt. Aber wie oft kommen wir Frauen schon mal in den Genuss von zwei Männern gleichzeitig? Da ist so eine Maschine natürlich genau das Richtige. Der Double Penetrator mit Multiple-Orgasm-Garantie ist unser Prunkstück. Die klitorale, vaginale und anale Stimulation sind stufenlos und getrennt steuerbar ...«

»Den nehme ich. Was kostet er?«, fragte Paula.

»Oh, Sie haben aber einen exquisiten Geschmack.« Die Verkäuferin setzte ein honigsüßes Lächeln auf. »Das ist die Luxusversion des Double Penetrators. Sie umfasst eine Bondage-Liege, die Maschinenhalterung, die Fickmaschinen-Regelung sowie diverses Zubehör. Durch die universellen Verstellmöglichkeiten ist diese Maschine praktisch für jeden Einsatzort geeignet. Das Komplett-Set ist in wenigen Minuten zusammengebaut und sofort einsetzbar. Es kostet regulär zweitausend Pfund, aber ich kann es Ihnen für einsneun lassen.«

»Abgemacht.«

Sandys Gegenwart machte Paula Mut. »Wir brauchen noch ein bisschen Outfit, findest du nicht, Sandy?«

»Wie du willst, Liebes. Schwebt dir etwas Spezielles vor?«

»Ich dachte an Overknee Highheels.«

»Oh ja, ich habe verschiedene Modelle vorrätig«, sagte die Verkäuferin. »Die Kundschaft möchte Overknee Highheels fast immer in Rot oder Schwarz. Schwarz würde Ihnen ganz ausgezeichnet stehen.«

»Ja, ich glaube, ich nehme sie in Schwarz.«

»Lack oder Leder?«

»Lack natürlich.«

Danach entschied sich Paula noch für ein paar Masken, Mundknebel, Fesseln aus Kalbsleder, armlange Lackhandschuhe und eine Lederpeitsche. Das Slavery-Set war perfekt.

»Benötigen Sie noch Gleitgel?«, fragte die Bedienung, als es oben ans Bezahlen ging.

»Ja, Gleitgel brauche ich auch«, sagte Paula und sah dabei Sandy an. »Möchtest du nicht auch so einen Double Penetrator?«

Sandy lachte. »Wenn ich ihn mir leisten könnte.«

»Wir nehmen noch einen weiteren Double Penetrator«, sagte Paula zu der Bedienung. »Der geht auch auf die Rechnung.« Und zu Sandy: »Den schenke ich dir.«

»Du bist aber sehr großzügig.«

»Das hast du dir verdient.«

Paula zückte ihre Kreditkarte. Der Gesamtbetrag bewegte sich im astronomischen Bereich.

»An welche Adresse darf ich die Maschinen schicken?«, fragte die Verkäuferin.

»So viel wiegen die doch nicht, oder? Dann nehmen wir sie nämlich gleich mit. Wenn Sie nur so freundlich wären und sie uns in den Kofferraum tragen ließen. Ich habe direkt vor der Tür geparkt.«

»Wie Sie wünschen«, sagte die Verkäuferin. Sie rief nach einem kräftigen Boy.

»Den Kaffee trinken wir bei mir«, meinte Sandy, als sie wieder in Paulas Wagen saßen. »Ich bin jetzt so scharf, ich möchte die Maschine gleich ausprobieren.«

»Das dachte ich mir.«

***

Die Tragetaschen mit dem Slavery-Set ließ Paula in ihrem Auto. Die brauchte sie im Moment nicht. Sie würde den Inhalt zu einem späteren Zeitpunkt sorgfältig begutachten. Um die Kartons mit den Bauteilen und dem Zubehör in Sandys

Wohnung zu tragen, mussten sie mehrmals gehen, und obwohl sie nur ganz leichte Kleidung trugen, schwitzten sie.

»Auf den Kaffee kann ich jetzt gut verzichten«, sagte Paula, als die Tür von Sandys Appartement hinter ihnen zuknallte.

»Ich auch«, meinte Sandy. »Komm, lass uns erst mal ein Gläschen Champagner trinken, bevor wir die Maschinen zusammenbauen.«

»Gute Idee. Kann ich mal kurz bei dir duschen?«

»Klar. Muss ich auch noch.« Sandy ging in die Küche und holte die angebrochene Flasche aus dem Kühlschrank. Während sie die perlende Flüssigkeit in zwei Gläser füllte, hörte sie auch schon die prasselnde Dusche.

Kurz darauf kam Paula nackt zu ihr in die Küche.

Sandy saß erschöpft auf einem Stuhl. »Hier, dein Glas.«

Als Paula dankbar das Glas entgegennahm, fuhr Sandy ihr mit der Hand in den Schritt. »Ich glaube, da freut sich schon eine.«

»Das kannst du aber laut sagen«, sagte Paula lachend.

»Ich geh jetzt auch mal schnell duschen. Bis gleich.«

Paula holte unterdessen ein Messer aus der Küchenschublade und schlitzte die Pappkartons auf.

Sandy kam kurz darauf hinzu, sie war nun ebenfalls nackt, und gemeinsam hoben sie die Bauteile aus den Kartons.

»Wohin damit?«, fragte Paula.

»Wir bauen sie im Wohnzimmer zusammen. Da habe ich auch einen Doppelstecker.«

»Doppelstecker!« Paula musste über diesen unbeabsichtigten Wortwitz herzlich lachen.

Nach fünfzehn Minuten hatten sie die einzelnen Bauteile perfekt ineinander gesteckt.

Die Bondage-Liegen waren von beeindruckender Ästhetik.

Es handelte sich um leichte, aber widerstandsfähige Glasfasergestelle mit mächtigen kalbslederbezogenen schwarzen Seitenlehnen, über die man die gespreizten Beine hängen konnte, und mit geschwungenen Rückenlehnen, an deren Ende die Hände über dem Kopf zusammengekettet wurden. Auch die Rückenlehnen waren mit weichem, schwarzem Kalbsleder überzogen.

»Wow!«, entfuhr es Paula, als die Frauen als letzten Arbeitsschritt die Maschinen in die entsprechenden Halterungen schoben. »Wirklich beeindruckend.«

»Wir brauchen noch das Gleitgel.«

»Mist, das liegt unten im Kofferraum.«

»Keine Sorge, ich hab noch genug hier.« Sandy ging in ihr Schlafzimmer und kam kurz darauf mit einer großen Tube »Anal Lube« wieder. »So, jetzt müssten wir eigentlich alles haben.«

Sie stellten die erste Maschine an.

Langsam wie Interkontinentalraketen stiegen die Vibratoren aus ihren Silos: Ein sehr natürlich wirkender, geäderter Schwanz inklusive Klitorisstimulator sowie ein konisch zulaufender Dildo für die anale Stimulation.

Die Frauen packten ordentlich Gleitgel auf die Lustraketen, dann streichelten und küssten sie sich und schmierten sich die Rosetten ein.

Unter ihren wechselseitigen Küssen und Berührungen öffneten sich ihre Körper noch mehr.

»Möchtest du Platz nehmen?«, fragte Paula, die das Kribbeln zwischen den Beinen allmählich nervös machte.

»Nein, du fängst an, schließlich hast du die Maschinen auch bezahlt.«

Paula atmete tief durch, bevor sie es wagte, sich auf die

beeindruckende Bondage-Liege zu hangeln. Sie zitterte vor Erregung, und ihr Herz schlug ihr bis zum Hals.

Von Platznehmen im eigentlichen Sinne konnte natürlich keine Rede sein, es war mehr ein Liegen, da der Hintern frei zugänglich blieb. Paulas Körpergewicht wurde zum überwiegenden Teil von ihren auf den seitlichen Lehnen ruhenden Oberschenkeln sowie von der weich gepolsterten Rückenlehne getragen, die sie als sehr angenehm empfand.

Sie reckte ihre Arme hoch, um sich von Sandy die Handschellen überstreifen zu lassen. Dann schloss sie die Augen und wartete darauf, dass sich die sanft vibrierenden Schäfte ihren vor Sehnsucht vergehenden Löchern endlich näherten.

Sandy griff nach der Fernbedienung. Geschickt manövrierte sie das mächtige Glied gegen Paulas Fotzeneingang, während sich die konisch zulaufende Spitze des analen Penetrators dem hinteren Lustloch näherte.

Die Maschine drang ganz langsam in sie.

»Oaaah!«, stöhnte Paula auf.

Obwohl sie noch keine kräftigen Stöße empfangen hatte, brachte sie allein das Gefühl des totalen Ausgefülltseins fast um den Verstand. Und am geilsten war der Stimulator für die Klitoris, das konnte sie nach dieser kurzen Kostprobe bereits sicher beurteilen.

»Soll ich eine Stufe höher stellen?«, fragte Sandy nach einer Weile. Sie hielt noch immer die Fernbedienung in den Händen.

»Ja, mach bitte stärker ... Oh, Sandy, das ist so was von geil!« Paulas Atmung beschleunigte sich, und die Stöße wurden allmählich heftiger. »Das ist einfach der Wahnsinn!«

Sandy hatte die beiden Fickkolben auf unterschiedliche Geschwindigkeiten eingestellt, sodass Paulas Fotze und Arsch mal abwechselnd, mal gleichzeitig penetriert wurden. Diese

Art gefickt zu werden, steigerte Paulas Lust noch mehr.

»Komm, ich kette dich los«, sagte Sandy schließlich. »Es ist besser, wenn du die Maschine selbst bedienst.« Dabei dachte sie natürlich weniger an Paulas Lust als an ihre eigene, denn sie konnte es nicht erwarten, nun ihrerseits die Wundermaschine auszuprobieren. Paulas lustverzerrtes Gesicht machte sie dermaßen an, dass sie keine Sekunde länger warten wollte. Ihre Muschi begann bereits stark zu pochen. Sie liebte dieses Gefühl, wenn die Spannung außergewöhnlich stark war, wenn die Lust in ihrem Körper immer stärker wurde, und wenn es von Minute zu Minute heißer in ihr brannte.

Sie befreite Paula von den Handschellen und überreichte ihr die Fernbedienung. Dann schnappte sie sich ihre eigene Fernbedienung, hangelte sich auf die zweite Bondage-Liege und ließ nun ihrerseits die weit gespreizten Beine über die seitlichen Lehnen herunterhängen.

Während Paulas Atem schwerer wurde und allmählich in lautes Japsen überging, brachte Sandy sich in Position. Sie zog ihre Schamlippen auseinander und ließ die beiden Fickkolben langsam in ihre Löcher gleiten.

Dann schloss sie die Augen, um sich besser auf die Maschinensteuerung zu konzentrieren. Au, Mann, war das geil!

Paulas Körper vollführte inzwischen zuckende Bewegungen. Der Kitzel in ihrer Möse schraubte sich zur Ekstase empor. Sandy sah, dass ihre Freundin kurz vor ihrem ersten Orgasmus stand und sich nun den letzten Kick gab, indem sie ihre Klitoris maximal reizen ließ.

Paulas Beine hatten schon die ganze Zeit über gezittert, und als die ersten Explosionen erfolgten, strafften sie sich bis in die Zehenspitzen. Ihr Körper bäumte sich auf, und verzweifelt biss sie die Zähne zusammen. Am ganzen Körper war ihr der Schweiß ausgebrochen. Dann schrie sie ihre Lust hemmungslos hinaus.

Als sie kam, pisste sie alles voll und bemerkte es nicht einmal.

Paulas Ekstase übertrug sich auf ihre Freundin. Sandy keuchte, während die beiden Kolben immer kräftiger in die Zentren ihrer Lust vorstießen und sie in immer größere Höhen jagten, ohne dass sie etwas dagegen tun konnte. Sie bog ihren Rücken durch und drängte ihren Unterleib nach vorn, wohl wissend, dass sich ihr Orgasmus nicht länger aufhalten ließ.

Und dann schrie sie, wie sie noch nie in ihrem Leben geschrien hatte. Hemmungslos. Triumphierend ... Sie schrie so laut, dass man es vermutlich noch mehrere Etagen tiefer hören konnte. Was sie empfand, war nicht bloß Ekstase. Es war ein Tsunami, der in immer gewaltigeren Wellen über sie hinwegfegte. Sie verlor jedes Zeitgefühl. Ihr Bewusstsein benebelte sich, und ihre tobende Lust ging allmählich über in einen Zustand schmelzender Auflösung.

Die Mädchen hatten aufgehört, ihre Orgasmen zu zählen, aber als sie eine Stunde später selig umschlungen in Sandys Bett lagen, wussten sie, dass die Verkäuferin aus dem »Pleasure Dome« recht gehabt hatte: Double Penetrators waren tatsächlich das Geilste, was es auf diesem Planeten gab.

***

Marc hatte die Handynummer von Nicole du Barry gleich abgespeichert. Dann hatte er ihr eine SMS geschrieben: »Sie haben einen großen Eindruck bei mir hinterlassen, Nicole. Gern würde ich Ihr Angebot auf einen Kaffee annehmen. LG, Marc Feldman.«

Es erfolgte zunächst keinerlei Reaktion. Aber nach drei Tagen rief sie ihn auf seinem Handy an.

»Hallo Marc. Gern würde ich Sie wiedersehen ...«

Dann nannte sie ihm eine Straße und eine Hausnummer. Marc hatte keine Ahnung, wo das sein sollte, denn London war bekanntlich riesig.

»Haben Sie in Ihrem Wagen ein Navigationsgerät?«, fragte sie.

»Ja, natürlich.«

»Gut, dann erwarte ich Sie morgen um sechzehn Uhr zum Kaffee.«

***

Am nächsten Tag fuhr Marc zu der Adresse, die ihm Nicole genannt hatte. Er stieg aus und stand vor einer langen und hohen Mauer. In der Mitte befand sich ein breites Eisentor. Es gab den Blick auf eine Prachtvilla frei. Überall waren Überwachungskameras angebracht.

Marc klingelte. Aus der Ferne ertönte ein tiefer Gong, danach hörte er Hundegebell.

»Ich mache Ihnen das große Tor auf, dann können Sie mit Ihrem Wagen reinfahren«, sagte eine weibliche Stimme aus der Sprechanlage.

Während sich das Tor langsam öffnete, ging Marc zu seinem Wagen zurück. Dann fuhr er die Auffahrt hoch und parkte vor einer der Garagen.

Nicole trug einen engen schwarzen Rock und eine relativ weit aufgeknöpfte weiße Rüschenbluse.

»Mein Mann ist geschäftlich in die Schweiz gefahren«, sagte sie zur Begrüßung. »Da dachte ich mir, dass wir uns genauso gut hier bei mir unterhalten könnten.«

Das kann ja lustig werden, dachte Marc.

Zwei identisch aussehende Mädchen in geblümten kurzen Sommerkleidchen, beide noch keine zwanzig, erschienen im Hintergrund. Sie waren jung, schön und sehr blond.

»Ah, Ihre Töchter?«

»Nein, das sind meine Angestellten. Sie heißen Selma und Aline. Zwillinge. Eineiig. Leider sind sie taubstumm. Sie können aber von den Lippen lesen. Sie arbeiteten kurzzeitig in dem Etablissement meines Mannes, dann hab ich sie da herausgeholt. Hier im Haushalt sind sie mir nützlicher.«

Marc zog eine Augenbraue hoch.

»Gefallen Sie Ihnen?«, fragte Nicole.

»Sie sind sehr hübsch.«

»Das sind sie zweifellos. Sie sind nicht nur fleißig, sondern auch sehr geschickt. Besonders auf einem bestimmten Gebiet.« Sie lachte. »Sie stehen auf leichte Erziehung.«

»Oh!«

Dann geleitete Sie ihn in den Salon, wo bereits für sie gedeckt war.

»Nehmen Sie doch bitte Platz, Marc!«

Sie führten eine anregende Unterhaltung. Nicole du Barry war sehr intelligent, stellte Marc nach kurzer Zeit fest. Viel intelligenter, als er zunächst angenommen hatte. Sie stellte ihm eine Reihe raffinierter Fragen und erzählte viel aus ihrem Leben.

»Ich weiß nicht genau, was es ist, Marc. Aber irgendetwas zieht mich zu Ihnen hin«, sagte sie schließlich.

»Da geht es mir nicht anders, Nicole.«

»Lesen Sie viel?«

»Natürlich, wenn es meine Zeit erlaubt.«

»Lesen Sie auch erotische Literatur?«

»Selten bis gar nicht. Vor zwanzig Jahren habe ich Henry Miller gelesen, das fand ich damals recht lustig.«

»Ich schreibe erotische Literatur, veröffentliche aber unter Pseudonym.«

»Unter welchem?«

»Das verrate ich Ihnen, sobald wir uns etwas besser kennen.«

Sie lachte ihn mit einem geheimnisvollen Glitzern in ihren Augen an. »Und der beste Ort zum Kennenlernen ist noch immer das Bett.«

Sie blickte ihn auffordernd an.

Marc lächelte verlegen zurück.

»Es ist gleich fünf, Marc. Bei einer Französin ist die Zeit zwischen fünf und sieben immer für die Liebe reserviert. De cinq à sept, wie man bei uns sagt.«

Dann erhob sie sich, hielt ihm ihre Hand hin und fragte: »Wollen wir?«

Marc nickte. Dieser Frau brauchte man wirklich nicht zu erklären, wie man einen Mann geschickt verführte. Sie war direkt, offen, herzlich.

Sie nahm ihn mit hoch in ihr Schlafzimmer.

»Ich habe fast jedes erdenkliche Laster ausgekostet. Jetzt, mit fünfundvierzig, ziehe ich die Liebe in einem bequemen Bett vor.« Dann fügte sie hinzu: »Mach dich bitte frisch. Schräg gegenüber ist das Bad.«

Während er duschte, zog sich Nicole splitternackt aus und betrachtete sich im Spiegel. Sie war groß, schön und noch immer sehr schlank. Ihre leicht gebräunte Haut schimmerte weich. Kleine Brüste sind ein Riesenvorteil, dachte sie, die hängen auch mit fünfundvierzig noch nicht. Dann streichelte sie ihre dunklen Nippel, die sofort hart wurden.

Als Marc nackt und erregt das Schlafzimmer betrat, schloss er automatisch die Tür hinter sich. Nicole räkelte sich bereits in den seidigen Laken.

»Nein, lass die Tür bitte einen Spalt offen stehen!«, sagte sie. »Selma und Aline spähen immer durch die Tür, wenn ich Liebe mache. Sie glauben, ich würde sie nicht bemerken, aber ich bekomme es natürlich jedes Mal mit. Es hat für mich einen ganz besonderen Reiz, wenn die beiden mir dabei zusehen.«

»Vielleicht haben sie Lust mitzumachen.«

»Bestimmt.«

Sie duftete fantastisch. Als er ihre spiegelglatte Muschi leckte, stellte er fest, dass sie schon ziemlich feucht war.

Marc hatte nicht viel Erfahrung mit reiferen Frauen, aber er wusste bereits, dass ihre Lust, sich hinzugeben, größer war als die der jüngeren Frauen. Reifere Frauen verspürten eine größere Lust, sich auszuliefern. Fast noch mehr als den eigentlichen Akt liebten sie das ganze Drumherum: Das gegenseitige Erforschen des Körpers, seiner sensibelsten Regionen, seiner unterschiedlichen Reizzonen. Bei Nicole kam hinzu, dass sie leicht exhibitionistisch veranlagt war. Sie liebte es, wenn ihr jemand beim Sex zusah und sie auch die letzten Schutzschilde niederreißen konnte. Diese höchst intimen Momente, wo sie alle Masken fallen lassen konnte, wo alle Eitelkeiten und gesellschaftlichen Zwänge in sich zusammenfielen, bereiteten ihr die größte Lust.

Sie gab ihm sanft zu verstehen, dass er sich auf den Rücken legen sollte.

Marc tat wie geheißen. Sein Schwanz war inzwischen knüppelhart geworden.

Nicole schlängelte sich über seinen vor Geilheit strotzenden Körper und bedeckte ihn, jede Sekunde genussvoll auskostend, von oben bis unten mit Küssen. Als sie seinen Schwanz erreichte, blickte sie kurz an ihm hoch und lächelte. Ihre Lippen zitterten leicht, während sich ihr Mund langsam über seine Eichel senkte, an deren Spitze bereits ein einzelner Tropfen glänzte. Sie schloss die Augen und überließ ihrer Zunge das langsame und nuancenreiche Spiel.

»Mhm, ist das gut«, stöhnte er, während sie dieses Kompliment zu erwidern suchte, indem sie ihn mit zusätzlichen Zärtlichkeiten bedachte.

Nach einiger Zeit ließ sie von ihm ab und legte sich ihrerseits auf den Rücken. »Ich will dich in mir spüren, Chérie.«

Nichts lieber als das, dachte Marc und spreizte ihre Beine.

Sie stieß einen spitzen Schrei aus, als er in sie drang und dabei sehr geschickt an ihrer Klitoris, dem sensibelsten Punkt ihres Körpers, entlangrieb.

Einige Augenblicke später war Nicole, die inzwischen keuchend atmete, klatschnass. Ihre Stöhnlaute wurden länger und länger, aber aus irgendeinem Grund wollte sie noch nicht kommen.

Zwischendurch öffnete sie immer mal wieder die Augen und schaute auf die Schlafzimmertür. Und als sie Selma und Aline durch den Spalt blinzeln sah, winkte sie sie herein. Die Tür öffnete sich ganz langsam, und die beiden Mädchen schauten ziemlich verschämt drein, weil sie sich ertappt sahen.

»Nun kommt schon her!«, forderte sie sie auf. »Madame und Monsieur beißen nicht.«

Die Mädchen kamen ein paar Schritte näher.

»Zieht euch aus!«, befahl Nicole, und als sich die Mädchen eingeschüchtert anblickten, setzte sie etwas schärfer hinzu: »Ein bisschen schneller, bitte! Monsieur will nicht ewig warten.«

»Eine ungewöhnliche Situation«, fand Marc.

»Keine Sorge, die beiden wurden von mir sehr gut erzogen. Sie kennen es nicht anders.«

»Wie alt sind sie überhaupt?«

»Sie sind gerade neunzehn geworden, haben aber die Erfahrung von alten Kurtisanen.«

Die Mädchen zogen sich aus und kletterten zu ihnen ins Bett. Nicole rückte etwas zur Seite.

»Und was ist jetzt mit dir?«, fragte Marc.

»Ich schau euch zu, was sonst?«

Die Mädchen waren sich schnell einig. Selma setzte sich auf Marcs harten Schwanz und begann ihn vorsichtig zu reiten. Aline stülpte ihre Möse über Marcs Gesicht, um sie von ihm lecken zu lassen. Dabei streichelten sich die Zwillingsschwestern gegenseitig und tauschten Zungenküsse aus.

»Gefällt dir das?«, fragte Nicole.

»Und wie!«, stöhnte Marc.

»Den Mädchen scheint es auch zu gefallen. Die kleine Abwechslung tut ihnen sichtbar gut.«

Als es Selma kam, wand sie sich wie ein Aal. Aber auf dem Höhepunkt ihrer Lust wurde sie von Aline weggestoßen, weil sie sich ebenfalls ein paar Stöße gönnen wollte.

Aline ritt ihn äußerst heftig, sodass Nicole die Sorge hatte, Marc könnte vorzeitig abspritzen.

»So, jetzt ist es aber genug!«, sagte sie schließlich. »Ich bin ja auch noch da. Los, zieht euch an und verschwindet wieder.«

Widerstrebend ergriffen die Mädchen ihre Kleider und gingen hinaus.

»Bist du schon gekommen?«, fragte Nicole.

»Ich war kurz davor.«

»Das ist gut. Ich möchte, dass du bei mir abspritzt.«

Sie zog eine Schublade auf und entnahm ihr eine Tube mit Gleitgel. Damit rieb sie Marcs Schwanz ein.

»Der Franzose sucht immer zuerst das hintere Loch«, sagte sie. »Bei euch Engländern ist es genau umgekehrt.«

Sie wandte ihm ihren Rücken zu und setzte sich vorsichtig auf ihn. Dabei nahm sie seinen Schwanz in die Hand und drückte ihn langsam gegen ihre Rosette.

Sie stöhnte auf wie ein Tier, als er fast vollständig in ihrem

Anus verschwand. Dann ritt sie ihn, zunächst quälend langsam, dann schneller werdend, während sie sich gleichzeitig mit flinken Fingern den Kitzler rieb. Sie keuchte, japste, glitt auf seinem Schwanz auf und nieder, bis ihr der Schweiß den Rücken runterlief. Zum Ende einer Nummer auch noch anal genommen zu werden, hatte ihre Lust schon immer schnell in die Höhe geschraubt. Oh, wie sie es liebte, von einem jungen Mann kraftvoll in den Arsch gefickt zu werden!

Die Empfindungen, die sich in Nicoles komplettem Unterleib ausbreiteten, wurden intensiver. Sie räkelte und wand sich fast qualvoll auf Marcs hartem Schwanz. Zwischendurch knetete sie immer mal wieder ihre Brust oder zwirbelte ihre Nippel.

Ihr Orgasmus ließ sich nicht länger aufhalten. Sie stand so dicht vor einem gewaltigen Höhepunkt, dass sie ihn durch lautes Schreien beschleunigen wollte. Nicht nur ihr Unterleib, ihr gesamter Körper sehnte sich verzweifelt nach der Erlösung.

Marc keuchte nun ebenfalls.

»Ich muss spritzen!«, schrie er.

»Spritz! Spritz! Spritz alles in meinen Arsch!«, schrie Nicole zurück.

Und dann kam sie. Bäumte sich auf. Schrie. Zuckte und zappelte vor Lust. Dabei flog ihr Kopf unkontrollierbar von einer Seite zur anderen.

Sie explodierten fast gleichzeitig in einem Irrsinns-Orgasmus.

Später plauderten sie noch ein bisschen im Bett. Nicole erzählte ihm vom »Club Soixante-Douze«, und Marc eröffnete ihr seine Vision von der »Vögelbar«.

Die Idee gefiel ihr. »Ich bin dabei«, sagte sie.

***

Marc saß in seinem Büro und wählte Sandys Nummer. Um elf Uhr hatte er einen wichtigen Kundentermin, aber vorher musste er noch schnell seine alte Freundin anrufen, um ihr mitzuteilen, dass er ein weiteres Clubmitglied gewonnen hätte.

Sandy reagierte wenig begeistert. »Mann oder Frau?«

»Eine attraktive Französin.«

Er hatte damit gerechnet, dass Sandy nun neugierig nach Details fragen würde. Stattdessen sagte sie: »Ich hab mal 'ne ganz ernste Frage, Marc. Wo willst du die ganzen Leute eigentlich unterbringen? Wir brauchen doch einen Clubraum und eine Bar, oder meinst du, ich hab große Lust darauf, zuzusehen, wie sich mein Appartement allmählich in einen Swingerclub verwandelt?«

»Ich werde mich selbstverständlich um eine entsprechende Räumlichkeit bemühen, aber erst, wenn es an der Zeit ist. Solange wir bloß so wenige sind, können wir uns doch weiterhin bei dir treffen. Es spricht doch nichts dagegen, oder?«

»Wie viele Kandidaten hast du denn bis jetzt zusammen?«

»Wir zwei und die Französin.«

»Das ist ja nicht gerade viel. Was ist mit deinem Freund Eric?«

»Den hab ich noch nicht gefragt.«

»Macht Emily mit?«

»Die hab ich auch noch nicht gefragt.«

»Die würde aber mitmachen.«

»Ja, das sagst du.«

»Ich hab noch ein anderes Problem«, fuhr Sandy fort. »Unsere Ménage à trois neulich mit der Maskierung fand sehr großen Anklang.«

»Das heißt, dass deine kleine Freundin mit den Unterwerfungsfantasien nach mir verlangt.«

»Sieht so aus. Könntest du diesen Samstag wieder?«

»Muss mal sehen.«

»Das heißt, du hast keine Lust.«

»Sandy, du weißt, dass ich in Wirklichkeit kein strenger Herr bin und dass auch diese Show mit der Maskierung nicht wirklich mein Ding ist.«

»Ja, das weiß ich. Aber das ist nun mal ein wesentlicher Bestandteil ihrer sexuellen Wünsche. Ich kann ihr nicht das geben, was du ihr geben kannst.«

»Ich finde die Maskierung so blöd. Und das Schweigen genauso. Können wir nicht einen ganz normalen flotten Dreier ohne diese blöden Masken machen und uns dabei unterhalten?«

»Das geht in diesem Fall nicht.«

»Wieso geht das nicht?«

»Weil das nun mal Bestandteil ihrer Fantasie ist.«

»Und wenn ich ihr die Maske beim nächsten Mal einfach vom Kopf reiße?«

Sandy lachte. »Das würde ich dir nicht raten.«

»Wie heißt deine obskure Freundin überhaupt?«

»Das kann ich dir auch nicht sagen.«

»Jetzt hör mir mal genau zu, Sandy. Diese Frau hat zweifellos einen wahnsinnig aufregenden Körper, aber irgendwo ist bei mir die Schmerzgrenze. Vielleicht wäre das mal was für Eric.«

»Ja, frag ihn doch mal.«

»Mach ich. Jetzt muss ich aber aufhören. Draußen wartet ein Kunde. Bis später.«

»Bye.«

Sandy machte sich wirklich Sorgen. Sie hatte nicht nur Marc mit seinen Swinger-Ambitionen am Hals, sondern auch noch Paula, die ihr Appartement inzwischen als eine Art zweites Zuhause betrachtete. Paula hatte gesagt, dass sie den Double Penetrator aus Angst, ihr Mann könnte ihn finden, nicht bei sich unterbringen wollte. Also blieb er bei ihr stehen, in ihrem

Wohnzimmer. Und bald würde wahrscheinlich auch noch diese Französin bei ihr aufkreuzen. Die Sache wuchs ihr allmählich über den Kopf.

***

An diesem Vormittag war es richtig heiß. Die Sonne stach jetzt schon heftig, und wahrscheinlich würde es in wenigen Stunden drückend schwül werden.

Paula war allein zu Hause und schwamm ein paar Runden in ihrem Pool. Ihre Gedanken kreisten ausschließlich um Sex und Liebe. Dieser Double Penetrator war wirklich der Hit. Die Maschine fickte unendlich ausdauernd, und sie selbst konnte das Tempo, den Rhythmus und die Intensität der Penetration bestimmen. Was gab es Schöneres? Sie hatten beide vor Lust geschrien. Sie konnte sich gar nicht mehr daran erinnern, wie oft es ihr gekommen war, sie wusste nur, dass es sehr oft gewesen war.

Aber da gab es etwas, was sie wurmte. Ja, sie spürte geradezu Neid, denn Sandy hatte es mit zwei echten Männern getrieben. Das war ein wesentlicher Unterschied. Sandy hatte ihr nicht gesagt, wer die beiden Männer waren, aber es mussten wirklich coole Typen sein. Es war nicht ausgeschlossen, dass einer der beiden Kerle Marc war. Sie hielt das sogar für ziemlich wahrscheinlich. Aber wer war dann der zweite Stecher? War es vielleicht ein Freund von Marc? Oder ein ganz Fremder? Sandy kannte wahrscheinlich viele Männer.

Sie stieg aus dem Pool und rubbelte sich trocken.

In diesem Moment klingelte ihr Handy. Es lag auf dem großen Terrassentisch.

Sie lief über den Rasen und nahm den Anruf entgegen. Es war ihre alte Freundin Holly, die mit ihr tratschen wollte. Aber dazu hatte sie jetzt keine Lust. Holly gehörte zwar genauso wie sie zur so genannten Society, aber weil Paula selbst noch an soziale Schichten glaubte, konnte sie sich von dieser dummen Pute nicht wirklich trennen. Sie vertröstete Holly auf einen späteren Zeitpunkt.

Sie ging ins Haus und zog sich ihren nassen Bikini aus. Dann legte sie sich nackt auf eine Ledercouch und grübelte. Wenn sie sich selbst gegenüber ehrlich war, hatte die Nummer mit Marc etwas an Anziehung verloren. Natürlich war er ein fantastischer Liebhaber, aber jetzt, wo sie wusste, wer der Maskierte in Wirklichkeit war, verlor die Sache etwas an Reiz. Sandy kannte bestimmt eine Menge anderer interessanter Männer. Vielleicht ließe sich die Nummer mit einem anderen wiederholen.

Es gab aber noch andere Fantasien in ihrem Kopf. Eine öffentliche Demütigung zum Beispiel. Wenn sie sich vorstellte, wie sie ein Fremder, völlig nackt und auf allen vieren kriechend, an einem Hundehalsband durch die Stadt führte, und alle Menschen ihnen dabei zusahen, wurde sie auf der Stelle feucht. Und dann müsste sie dieser Fremde in aller Öffentlichkeit auch noch ficken, und die Leute würden drum herum stehen und applaudieren.

***

Marc saß in einem Bistro um die Ecke und aß gerade eine Kleinigkeit, als er einen Anruf von Sandy erhielt.

»Es geht um meine geheimnisvolle Freundin«, sagte sie.

»Was ist mit der?«

»Ich hab ihr von unserer Nummer mit dir und Eric erzählt. Natürlich anonym. Keine Nennung von Namen, so wie wir's abgemacht hatten.«

»Ja, ist okay. Und?«

»Jetzt ist sie natürlich auch ganz scharf auf ein Sandwich.«

»Kann ich mir vorstellen, aber ich habe Eric noch gar nicht gesprochen.«

»Ich hab mir folgendes gedacht, Marc. Die Frau hat einen unglaublichen Nachholbedarf, aber ich habe ihr gesagt, so auf die Schnelle könnte ich ihr auch nicht zwei Männer gleichzeitig besorgen. Ich weiß gar nicht, wie die sich das alles so vorstellt. Bin ich 'ne Puffmutter? Ich hab ihr gesagt, sie solle erst mal ihre Fantasie mit dem geheimnisvollen Unbekannten weiter ausleben, der Rest würde sich später vielleicht automatisch ergeben.«

»Hört sich vernünftig an.«

»Ja, und da du ja keinen Bock auf die Maskennummer hast, könnte Eric vielleicht die Rolle des maskierten Fremden übernehmen. Was hältst du davon?«

»Das macht der bestimmt. Ich ruf ihn gleich mal an und gebe dir dann sofort Bescheid.«

»Das ist lieb von dir. Bye.«

»Bye.«

Nachdem er bezahlt hatte, ging er wieder hinauf in sein Büro.

»Schatz, mach mir bitte mal einen Kaffee!«, rief er Svenja im Vorbeigehen zu.

Dann schloss er die Tür und rief Eric an.

»Eric, altes Haus, wie laufen die Geschäfte?«

»Gut, und bei dir?«

»Ich kann nicht klagen. Hab immer ordentlich zu tun.«

»Das ist gut.«

»Eric, ich hab mal 'ne Frage. Es geht um Sandy, beziehungsweise um eine Freundin von ihr ... Diese Freundin hat ständig Unterwerfungsfantasien. Ihr größter Wunsch besteht darin, von einem wildfremden maskierten Mann einfach nur genommen zu werden. Und da dachte ich mir ...«

»... dass ich dieser Fremde sein könnte.«

»Genau. Wäre das was für dich?«

»Wie alt ist die Lady denn?«

»Dreißig oder so, könnte aber genau dein Typ sein.«

»Sieht sie gut aus?«

»Ist anzunehmen. Ihr Gesicht konnte ich nicht sehen, weil sie ebenfalls eine Maske trug. Aber ich schwöre dir, dass sie einen total geilen Körper hat.«

Eric lachte schallend. »Also hast du sie auch schon gevögelt.«

»Klar, du kennst mich doch.«

»Und warum vögelst du sie dann nicht ein zweites Mal?«

»Weil ich keinen Bock auf die Maskierung hab, und außerdem darf dabei keiner sprechen. Die Lady will es so.«

»Und wann könnte die Sache steigen?«

»Sag du!«

»Reizen würde mich das schon, aber ich habe zurzeit so viel Arbeit um die Ohren, dass ich abends meistens todmüde ins Bett falle. Ideal wäre deshalb ein Samstagnachmittag, wobei ich dann mein geliebtes Tennis sausen lassen müsste.«

»Aber das ist die Sache doch wert, oder?«

»Klar, wenn's nicht zur Regel wird.«

»Okay, dann gebe ich dir jetzt die Handynummer von Sandy. Alles Weitere besprichst du mit dir.«

»Abgemacht!«

***

»Gehst du aus?«, fragte Eric seine Frau Paula, während er gemächlich seine Sporttasche packte.

»Holly hat angerufen. Sie braucht neue Klamotten für die Party bei den Millers nächste Woche. Sie hat mich gebeten mitzukommen und sie zu beraten.«

»Dann berate sie bloß richtig. Die blöde Gans sieht ja immer so was von unmöglich aus.«

»Du kennst meinen erlesenen Geschmack, Schatz. Wenn sie auf mich hört, werden sich die Männer scharenweise nach ihr umdrehen.«

»Das weiß ich doch. Bestell Holly schöne Grüße von mir.«

»Mach ich. Bye.«

Und schon hatte sie sich ihren Autoschlüssel geschnappt und die Haustür hinter sich zugezogen.

Zwanzig Minuten später stand Paula in Sandys Appartement.

»Ich bin schon wieder wahnsinnig aufgeregt!«, rief sie aus, während sie sich auszog.

»Stärk dich erst mal!«

Sandy ging in die Küche und füllte zwei Gläser mit Champagner. Sie reichte ihr das Glas und stieß mit ihr an.

»Ah, tut das gut!«, sagte Paula.

»Marc muss mal wieder Champagner anliefern lassen. Ich hab nur noch diese eine Flasche.«

»Macht nichts, Schatz. Die eine Flasche reicht doch für uns drei. Hättest du mir was gesagt, dann hätte ich einen Karton mitgebracht.«

»Das weiß ich, Liebes.«

Obwohl sie es ganz genau wusste, fragte Paula: »Um wie viel Uhr kommt der gestrenge Herr?« Diese Frage war fester Bestandteil ihres Rituals.

»Er kommt um halb drei und wird dich fürchterlich züchtigen.«

Paula lief ein Schauer über den Rücken.

Sandy zog sich nun ebenfalls aus. Dann holte sie die Masken.

***

Eric fuhr eine halbe Stunde nach Paula los. Er freute sich wahnsinnig auf die schöne Unbekannte. Und natürlich auch auf Sandy. Sandy hatte ihm am Telefon gesagt, dass die Lady auf leichte Erziehung stünde. Nun, das wäre ja wohl ein Kinderspiel für ihn. Und ein zweistündiges Schweigen konnte er auch ertragen. Ich weiß gar nicht, warum Marc sich damit so schwer tut. Dass er sich vorher eine Maske zulegen sollte, fand Eric zwar irgendwo lächerlich, aber mit einem kleinen Abstecher in den Kostümverleih war auch dieser Punkt abgehakt.

Nun ging's zur Sache.

Den Weg zu Sandys Wohnung fand er im Schlaf, obwohl er erst einmal bei ihr gewesen war. Nachdem er in die richtige Straße eingebogen war, hielt er nach einem freien Parkplatz Ausschau.

Sein Herz setzte für einen Moment aus.

Paulas Wagen. Eindeutig. Sie parkte hier. In dieser Straße.

Sein Gehirn suchte fieberhaft nach einer anderen Erklärung als derjenigen, die sich zwangsläufig aufdrängte. Aber es gab keine. Er kannte alle ihre Freunde und Bekannten. Niemand wohnte in dieser Straße.

Die Wahrheit wahr: Seine Frau wollte von einem maskierten Fremden gefickt werden! Und derjenige, der sie bereits gefickt hatte, war Marc! Erics Kopf war zumindest noch so klar, dass er begriff, dass Marc nicht wusste, dass er Paula gefickt hatte. Andernfalls hätte er ihm wohl niemals dieses Angebot unterbreitet. Und wenn sie beide Masken getragen und nicht gesprochen hatten, dann wusste Paula ebenso wenig, dass Marc sie gefickt hatte.

Eine fürchterlich lange Sekunde dachte er daran, seine Pistole zu holen und Paula zu erschießen.

Dann sagte er sich, dass es wohl klüger wäre, erst einmal in Ruhe nachzudenken.

***

Sandy und Paula warteten vergeblich auf den gestrengen Herrn. Als es eine Viertelstunde über der vereinbarten Zeit war, sagte

Sandy: »Verschwinde mal kurz ins Schlafzimmer! Ich frag mal nach, was da los ist.«

Paula ging in Sandys Schlafzimmer und schloss die Tür hinter sich.

***

Eric hatte mit diesem Anruf gerechnet.

»Hallo?«, sagte er.

»Hi. Ich bin's. Sandy. Wo bleibst du denn? Die schöne Unbekannte kann's kaum noch erwarten.«

»Tut mir leid«, sagte er mit zittriger Stimme, »mir ist was dazwischen gekommen. Wir müssen die Sache leider verschieben.«

»Okay. Kann ja mal passieren. Die Dame wird aber sehr traurig sein.«

Eric sagte daraufhin gar nichts. Er drückte das Gespräch einfach weg. Er hätte nicht sagen können, was ihn mehr fertigmachte: Die Tatsache, dass sich seine Frau gern von einem Fremden ficken ließ, oder dass sie es mit seinem Freund getan hatte. Und was ihn am meisten interessierte: Wie lange sie das wohl schon tat.

***

»Ich hab da noch so 'n Teil zum Umschnallen«, sagte Sandy, nachdem Paula begriffen hatte, dass sie umdisponieren mussten. Sie zog eine Kommodenschublade auf und holte einen Strap-on heraus, eine Art Slip aus schwarzem Leder mit aufgesetztem feuerrotem Dildo.

»Hey, so was kenne ich ja gar nicht!«

»Irgendeiner muss es dir ja jetzt besorgen.«

»Da hat man ja das Gefühl, vom Teufel selbst gefickt zu werden.«

»Tja, warte erst mal ab, was der alles kann.«

»Bevor du dir das Teil umschnallst, brauche ich aber noch

etwas Zärtlichkeit.« Sie ließ sich ins Bett fallen und öffnete für Sandy die Arme. »Es geht doch nichts über einen warmen und weichen Frauenkörper.«

»Du sagst es, Liebste.«

Allmählich fand auch Sandy Gefallen an dem gleichgeschlechtlichen Liebesspiel. Paulas zärtliche Zungenküsse und ihre weichen, streichelnden Hände auf ihrer Haut machten sie in kürzester Zeit scharf. Bevor sie sich in der Stellung 69 gegenseitig ihre Mösen ausschleckten, sagte Sandy: »Ich würde mit dir gern mal ein bisschen ins Grüne fahren oder an einen kleinen romantischen See.«

»Oh ja, das machen wir mal. Dann fahren wir nackt zusammen Ruderboot.«

Schließlich schnallte sich Sandy ihren Strap-on um. Es handelte sich um die Luxus-Ausführung mit vibrierendem Dildo.

Paula bereitete es ein unglaubliches Vergnügen, von ihrer Liebsten wie von einem Mann gefickt zu werden. Sie kam sogar einmal, aber es war nicht so heftig, wie sie es sich gewünscht hatte. Danach ließ auch sie sich das Teil umschnallen und fickte Sandy auf die gleiche Weise.

Nachdem sie die einzige Flasche Champagner bis zum letzten Tropfen geleert hatten, sagte Paula: »Schatz, zum Abschluss brauche ich aber noch mal die Maschine.«

Dann warfen sie die beiden Double Penetrators an, setzten sich auf die nach wilder Freiheit duftenden Ledersättel und ließen sich noch einmal bis an die Grenze zur Ohnmacht durchficken.

Als Paula gegen fünf Uhr wieder nach Hause kam, stand Eric gerade in der Küche und machte sich eine Flasche Bier auf.

»Na, Schatz, habt ihr was Feines für Holly gefunden?«, fragte er höflich, vermied es aber, sie dabei anzusehen.

»Du kannst dir nicht vorstellen, wie anstrengend diese Frau ist. Wir waren in mindestens zehn Geschäften.«

»Das glaub ich dir gern.«

***

Am Sonntagmorgen erhielt Eric einen Anruf von Marc.

»Na, wie war's, Alter?«, fragte Marc.

»Marc, ich muss mit dir reden. Aber nicht jetzt.«

»Was ist los? Du hörst dich so komisch an.«

»Nicht jetzt, Marc. Lass uns morgen Mittag was zusammen essen.«

»Wie du meinst.«

Marc legte auf und dachte nach. Dann wählte er Sandys Nummer.

»Der Typ war gar nicht hier«, klärte sie ihn auf.

»Was? Das begreife ich nicht. Ausgerechnet Eric, der eigentlich immer scharf ist.«

»Er sagte, dass ihm was dazwischen gekommen sei.«

»Na denn. Ich kann's nicht ändern.«

»Wenn du Lust hast, kannst du zu mir kommen. Ich bin heute allein.«

***

Dicke Wolken hatten sich schon am frühen Montagmorgen über der Stadt zusammengezogen und entluden sich gerade in einem gewaltigen Gewitter. Marc stand am Fenster seines Büros und sah nach draußen. Das Wasser kam in Kübeln herunter. Draußen war es fast stockdunkel, und die Autos fuhren mit Licht. Ihre Scheibenwischer wurden mit den herabstürzenden Wassermassen kaum fertig. Es krachte und blitzte, und den wenigen Fußgängern flogen die Regenschirme weg.

Marc liebte extreme Wetterlagen. Er konnte seinen Blick gar nicht lassen von diesen sich wie wild gebärenden Naturgewalten und war kurz davor, in einen Tagtraum abzugleiten, als sein Handy piepste.

Es war Emily.

»Ist das nicht der helle Wahnsinn?«, fragte sie.

»Das ist wirklich der helle Wahnsinn. Ich stehe hier total fasziniert am Fenster und kann mich gar nicht mehr losreißen.«

»Geht mir genauso, mein Lieber. Ich wäre jetzt so gern bei dir.«

»Ach, Emily, ich doch auch bei dir.«

»Du fehlst mir, Marc.«

»Du mir auch.«

»Unser Nachmittag neulich war so schön.«

»Ja, wir konnten mal ganz für uns allein sein, und wir werden das so schnell wie möglich wiederholen.«

»Nein, wir werden es fortsetzen.«

Gegen Mittag hatte es zu regnen aufgehört. Marc ging hinunter in sein Lieblingsbistro, wo Eric ihn schon erwartete. Sie wählten einen ruhigen Tisch, damit sie sich in Ruhe unterhalten konnten.

»Was ist los?«, fragte Marc nach der Begrüßung. »Du hast es ja gestern verdammt spannend gemacht.«

»Marc ... Die maskierte Frau ... An welche ihrer Körpermerkmale erinnerst du dich?«

»Bitte? Was soll das? Wieso fragst du? Ist sie 'ne Kriminelle?«

»Marc, es ist wirklich wichtig.«

»Sie war dunkelhaarig. Und ich glaube, sie hatte braune Augen. Letzteres könnte ich aber nicht beschwören.«

»Weißt du, wie sie hieß?«

»Nein.«

»Weiß Sandy es?«

»Glaub schon.«

»Und ihr habt die ganze Zeit über kein Wort gesprochen?«

»Keine Silbe. Wieso fragst du mich das?«

»Das erkläre ich dir später. Lass uns jetzt was essen, ich habe Hunger.«

Nach dem Essen verabschiedete Eric sich von Marc, ging zu seinem Wagen und rief von dort Sandy an.

»Können wir uns kurz sehen? Es ist wirklich wichtig.«

»Eric, ich bin keine Prostituierte, sondern Schmuckdesignerin.«

»Ich will dich ja auch nicht ficken, sondern möchte nur mit dir sprechen. Bist du zu Hause?«

»Ja«, sagte sie genervt.

Kurze Zeit später klingelte Eric an ihrer Haustür.

Sie ließ ihn herein.

»Danke, dass du dir zwei Minuten Zeit für mich nimmst.«

»Worum geht's denn? Möchtest du was trinken?«, fragte sie.

»Nein, vielen Dank ... Kennst du diese Frau?« Er zeigte ihr das Foto in seiner Brieftasche.

Sandy sah sofort, dass es Paula war.

»Nein, nie gesehen. Ist das deine Frau?«

»Ja, ich habe den begründeten Verdacht, dass sie am Samstag hier bei dir war, um sich von einem maskierten Mann ficken zu lassen.«

»Wie kommst du darauf?«

»Ihr Wagen stand unten vor deiner Tür. Aber kurz bevor sie von zu Hause losfuhr, sagte sie mir, dass sie mit ihrer Freundin einkaufen gehen wollte.«

»Also warst du am Samstagnachmittag doch hier in der Straße.«

»Ja, aber ich hatte keine Lust, meine eigene maskierte Frau zu ficken!«

»Wärst du hochgekommen, dann hättest du festgestellt, dass nicht deine Frau hier war, sondern eine liebe Freundin von mir, die du durch dein Fernbleiben sehr enttäuscht hast.«

»Und wieso stand dann Paulas Wagen unten?«

»Wer ist Paula?«

»So heißt meine Frau!«

»Keine Ahnung. In dieser Straße wohnen Hunderte von Menschen. Woher soll ich wissen, bei wem sie war oder was sie hier zu suchen hatte?«

Sandy wirkte so überzeugend, dass er geneigt war, ihr zu glauben. Obwohl sein gesunder Menschenverstand ihm das genaue Gegenteil sagte.

Eric war kaum aus der Tür, als Sandy auch schon Paula anrief.

»Wie heißt dein Mann?«, fragte sie.

»Eric, wieso?«

»Er war gerade hier und hat mir ein Foto von dir gezeigt und mich gefragt, ob ich die Frau auf dem Foto kennen würde.«

»Oh mein Gott! Und was hast du gesagt?«

»Ich habe ihm gesagt, dass ich die Frau in meinem Leben noch nicht gesehen hätte.«

»Aber wie kommt er darauf?«

»Er war am Samstagnachmittag hier und hat dein Auto unten stehen sehen.«

Paula erschrak zutiefst. »Dann war er ...?«

»Ja. Er war derjenige, der diesmal den gestrengen Herrn für dich spielen sollte.«

»Dieses Schwein!«

»Paula, darum geht es nicht. Du musst dir jetzt dringend etwas einfallen lassen, weshalb du am Samstag nicht mit deiner Freundin einkaufen warst, sondern dein Auto in meiner Straße geparkt hast, klar?«

Paula fieberte. »Dann war Eric der zweite Mann, mit dem du das Sandwich …«

»Ja.«

»Und der andere Mann war Marc.«

»Ja.«

»Aber dann weiß Eric doch auch, dass ich mit Marc gefickt habe!«

»Nicht, wenn du dir ein plausibles Alibi für den Samstagnachmittag einfallen lässt.«

»Sandy, du musst mir da raus helfen!«

»Sag ihm doch, dass ihr vor eurem Einkauf noch irgendetwas aus der Apotheke besorgen musstet. Oder vom Optiker, falls deine Freundin Kontaktlinsen trägt. Irgendetwas in der Art.«

»Du bist genial, mein Schatz. Das mach ich. Tausend Dank.«

***

Maurice du Barry, der Besitzer des ›Club Soixante-Douze‹, befand sich noch immer in Zürich. Gegen Mittag wurde er telefonisch darüber informiert, dass die Transaktion nicht in dem Fünf-Sterne-Hotel stattfinden sollte, in dem er sich seit Tagen aufhielt, sondern fünfzehn Meilen außerhalb von Zürich. Er sollte unbedingt allein zu dem Treffpunkt kommen, hatte ihm der Mann am Telefon gesagt, andernfalls würde das Geschäft platzen.

Als Maurice du Barry gegen siebzehn Uhr mit seinem silberfarbenen Porsche Panamera in dem genannten Waldstück eintraf, bemerkte er zu spät, dass er in eine Falle gelockt worden war. Bevor er nach seiner Pistole greifen konnte, wurde er von einer Maschinengewehrsalve regelrecht durchsiebt.

Für die Schweizer Polizei sah es zunächst wie eine klassische Auseinandersetzung im Unterweltmilieu aus. Nachfragen beim Scotland Yard ergaben dann auch, dass es sich bei Maurice du Barry um eine zwielichtige Figur aus dem Rotlichtmilieu gehandelt hatte. Doch dann wurde in der Nähe des Tatorts das Bekennerschreiben einer korsischen Untergrundorganisation gefunden. Damit war der Fall für die Schweizer Polizei abgehakt. Maurice du Barry war ein in England lebender Franzose, der seit vielen Jahren auch politisch aktiv war. Korsische Separatisten hatten schon seit längerem ein Auge auf ihn geworfen. Der Fall du Barry war ein politisch motivierter Auftragsmord. Damit fiel die Sache in den Zuständigkeitsbereich des französischen Geheimdienstes.

Die Witwe wurde am nächsten Tag benachrichtigt. Nicole du Barry wischte sich Tränen der Freude aus dem Gesicht, als sie den Anruf von Scotland Yard erhielt und machte sofort eine Flasche Champagner auf. Und dann dankte sie ihrem Horoskop.

***

Nach drei Tagen obligatorischer Trauer sagte Nicole zu Marc, der sie diesmal in seiner neuen Rolle als Witwentröster besuchen kam: »Das müssen wir feiern.« Umso überraschter war er, als sie sich kurz nach seinem Eintreffen ihren Autoschlüssel schnappte und ihm sagte, dass sie gleich weiter führen.

»Wohin?«, fragte er etwas enttäuscht, weil er sich schon so auf die speziellen Künste der Französin gefreut hatte.

»Ich zeige dir den ›Club Soixante-Douze‹.«

»Ah, dieses ganz spezielle Etablissement.«

»Einer muss sich ja jetzt darum kümmern. Los, steig ein!«

Als sie den Zündschlüssel ihres Sportwagens umdrehte, fiel Marcs Blick auf ihre schlanken, gebräunten Beine. Ihr Rock war bis zum Anschlag hochgerutscht – ein Anblick, der ihn noch mehr erregte.

Sie fuhren über verschiedene Landstraßen. Schließlich bog Nicole in einen Waldweg ein. Umgeben von dichtem Nadelwald mussten sie noch mehrmals die Richtung wechseln, ehe sich das Gebäude aus dem Wald schälte.

»Voilà!«

Das dunkle und verlassene Gebäude machte auf Marc einen unheimlichen Eindruck. Er konnte sich vorstellen, was hier abging, und sah vor seinem geistigen Auge jede Menge Luxuskarossen davor parken.

Doch jetzt, am späten Nachmittag, waren sie die einzigen Besucher.

Nicole lenkte den Wagen direkt vor das große und schwere Eisentor. Dann stiegen sie aus. Nicole schloss das Tor auf. Nachdem sie einen kurzen Kiesweg überquert hatten, mussten sie nur noch ein paar Stufen hinaufsteigen. Schließlich standen sie vor jener Tür, hinter der sich so viele Geheimnisse verbargen.

Das Foyer war prunkvoll eingerichtet. Marc kam sich vor wie in einem Schloss. In den Ecken standen erotische Marmorstatuen, und an den Wänden hingen kostbare Gemälde. Alles war penibel aufgeräumt, und es roch nach Putzmittel. Hier vergnügten sich also die Reichen ...

»Wie viele Räume hat dieses Haus?«, fragte er.

»Keine Ahnung. Bestimmt über fünfzig.« Sie lächelte ihn an und strich ihm mit der Hand zärtlich über die Wange.

»Sollen wir uns mal einen schönen Raum aussuchen?«

»Vielleicht? Wenn du mich richtig heiß machst?«

Er wollte sie an sich ziehen, doch sie drückte ihn weg. »Erst die Arbeit, dann das Vergnügen«, sagte sie.

Nachdem sie ihm im Erd- und Obergeschoss die exklusiv eingerichteten Schlafzimmer, die Whirlpools und den großen Speisesaal, in dem die großen Tiere zu ganz besonderen Anlässen zusammenkamen, gezeigt hatte, sagte sie, nicht ohne einen melancholischen Unterton in der Stimme: »Dies war ein

Etablissement nur für die Lust der Männer. Die Frauen waren nicht mehr als ein Gegenstand für den schnellen Gebrauch. Du hingegen planst einen Club, in dem auch die Frauen gebührend auf ihre Kosten kommen. Und das gefällt mir so an dir.«

Er lächelte.

Dann zeigte sie ihm die unheimlich hallenden Kellergewölbe mit den finsteren Verliesen. und den Zwingern für die Hunde. Die Hunde hatte sie inzwischen einschläfern lassen, weil kein Tierheim sie haben wollte.

»Ich nehme an, du wirst diesen Club schließen lassen«, sagte er, als sie wieder oben waren.

»Wo denkst du hin. Nein, nein, der Club wird unter keinen Umständen geschlossen. Ich brauche doch die Einnahmen. Wovon soll ich sonst leben? Der ›Club Soixante-Douze‹ wird weiterlaufen, aber das Angebot wird sich auf normale Dienstleistungen beschränken. Die Mädchen bekommen Anstellungsverträge und werden sozialversichert. Das Ganze wird total normal und öffentlich. Wenn ich das Angebot ändere, wird automatisch eine andere Klientel angezogen. Die Einnahmen werden sich dann zwar nicht mehr im astronomischen Bereich bewegen, aber ich werde davon leben können. Ich habe übrigens schon eine nette Homepage in Auftrag gegeben.«

»Das klingt sehr beruhigend«, sagte Marc.

»Dieses Haus verfügt über ein zum Teil sehr spezielles Mobiliar. Richtig kleine Attraktionen sind darunter. Ich werde sie von hier wegräumen lassen und in meiner Villa unterbringen. Da habe ich genügend Platz. Du siehst, ich denke auch an uns.«

»Wie meinst du das?«

»Na, die Möbel sind für die ›Vögelbar‹, den Club der guten Freunde. Ich stelle meine Privatvilla zur Verfügung. Schließlich bin ich Gründungsmitglied.« Sie lachte.

Dann sagte sie: »Komm mal mit in die Küche!«

Sie öffnete einen der mannshohen Kühlschränke und entnahm ihm eine Flasche Champagner. »Wir haben noch nicht angestoßen«, sagte sie und drückte ihm die Flasche in die Hand, damit er sie öffnete. Währenddessen hielt sie Ausschau nach zwei Gläsern.

Als Marc sich wieder umdrehte, saß sie bereits auf dem riesigen Küchentisch. Er baute sich vor ihr auf, und sie stießen an.

»Auf die ›Vögelbar‹!«, sagte er.

»Auf uns!«, korrigierte sie ihn leise.

Dann bot sie ihm ihre feuchten Lippen dar.

Ihr Rock war fast bis zur Taille hoch gerutscht. Marc sah, dass sie kein Höschen trug. Zärtlich fuhr er mit einer Hand zwischen ihre Oberschenkel und streichelte sie.

Sie gab einen wollüstigen Laut von sich. »Ich brauche es ganz dringend, Marc.«

»Ich weiß, Liebste.«

»Wo möchtest du mich denn nehmen?«, fragte sie, während sie ihm die Hose öffnete.

Er antwortete nicht, sondern schob stattdessen ihren Rock noch höher. Dann spreizte er ihre Beine. Sie stützte sich auf die Unterarme ab und lehnte sich zurück.

Seine Zunge umspielte ihren Kitzler. Sie duftete mit der Süße einer reifen Frucht. Als ihre Möse dick angeschwollen war, richtete sie sich auf und ergriff sein knochenhartes Glied.

»Steck ihn bitte rein, ich werde sonst wahnsinnig.«

Marc vögelte sie langsam und konzentriert. Sein Schwanz stieß an einen hochsensiblen Punkt in ihrer Scheide, sodass sie dreimal hintereinander kam.

Dann rutschte sie vom Tisch herunter, ging zunächst in die Hocke, dann kniete sie sich vor ihn hin. Sie war eine äußerste geschickte Schwanzlutscherin, und es dauerte nicht lange, bis er sich in ihrem Mund entlud. Begierig schluckte sie alles herunter.

Sie fuhren zurück in Nicoles Privatvilla und legten sich gleich wieder ins Bett. Da sie ihm vor der zweiten Runde eine kleine Erholungspause gönnen wollte, plauderten sie ein Weilchen.

»Nein«, sagte Nicole schließlich. »Selma und Aline möchte ich eigentlich nicht in die ›Vögelbar‹ aufnehmen, obwohl die beiden bestimmt nichts dagegen hätten.« Sie lachte. »Vielleicht können sie gelegentlich kleinere Dienstleistungen für unsere Freunde erbringen, aber für eine Vollmitgliedschaft sind sie meines Erachtens noch zu jung. Deine Idee ist trotzdem nicht schlecht. Wir haben im ›Soixante-Douze‹ ein paar wirklich hochbegabte Stuten, denen ich noch jede Menge Potential zutraue. Man kann meinem verstorbenen Mann ja einiges an Schlechtem nachsagen, aber was die Auswahl der Frauen betraf, hatte er immer einen hervorragenden Geschmack.«

»An wie viele Frauen denkst du konkret?«, fragte Marc.

»Konkret denke ich an vier: Carmen, Ivana, Inga und Claire. Sie sind alle zwischen fünfundzwanzig und dreißig und beherrschen das ganze Repertoire. Ich werde sie mal darauf ansprechen Und was ist mit den Männern?«

»Ich hab ein paar Freunde, die allerdings alle verheiratet sind.«

»Was willst du mir damit sagen? Entschuldige, dass ich lache, Marc. Aber du glaubst doch nicht im Ernst, dass ein Mann durch die Ehe treuer wird.«

»Das nicht. Aber es könnten sich Scherereien ergeben.«

»Die werden wir so oder so haben. Wo Menschen hoch emotionalisiert aufeinander treffen, bleibt Ärger niemals aus.«

»Ich habe einen Freund, der jetzt etwas Zuwendung bräuchte, weil er den Verdacht hat, dass seine Frau ihn betrügt.«

»Und? Tut sie es?«

»Das weiß ich nicht.«

»Das heißt, er braucht jetzt etwas Zuwendung für sein angeschlagenes Selbstbewusstsein.«

»So könnte man es nennen.«

»Dann schenken wir ihm einen Nachmittag mit Carmen, Ivana, Inga und Claire. Natürlich kostenlos. Das wird sein Ego schon wieder aufpolieren.«

***

Eric hatte der gerissenen Argumentation seiner Frau nichts entgegenzusetzen gehabt. Wie beiläufig war sie beim Abendessen auf den Einkaufsbummel mit Holly zu sprechen gekommen und hatte in einem Nebensatz erwähnt, dass sie extra einen Umweg über die Channel Street hatten nehmen müssen, weil Holly dringend ein Medikament gegen ihren Heuschnupfen benötigte, das es nur in dieser Apotheke gab. Hätte er jetzt erwähnt, dass er ihren Wagen dort gesehen hätte, dann hätte sie sofort gefragt: *Und was hattest du dort zu suchen? Ich dachte, du wolltest mit Marc Tennis spielen?* Und so wurde dieses Thema komplett totgeschwiegen. Aber sie wusste jetzt, dass er ihr misstraute. Sie musste also noch vorsichtiger sein.

Dass er gelegentlich mit anderen Frauen vögelte, war ihr inzwischen egal. Eric genoss einen irrsinnig guten Ruf als Anwalt, und die Tatsache, dass er ihr Geld und soziales Prestige verschaffte, war ihr im Grunde genug. Nach dem Abendessen ließ sie sich willig von seinem großen Schwanz vögeln und dachte dabei an Sandy.

***

»Eric, ich muss dir etwas anvertrauen, aber das ist ein riesengroßes Geheimnis«, sagte Marc. Er hatte auf dieses Treffen in der Espressobar gedrängt, weil ihm wirklich etwas an seinem

Freund Eric lag und weil Freundschaft ganz allgemein einen sehr hohen Stellenwert in seinem Wertekodex hatte.

»Ich bin Anwalt, Marc. Verschwiegenheit ist eine Grundvoraussetzung in meinem Beruf.«

»Also, hör zu. Vor einiger Zeit kam eine wahnsinnig attraktive Französin in mein Büro und bat mich um eine astrologische Beratung. Ihr Mann war Eigentümer eines so genannten Etablissements – wenn du weißt, was ich meine. Ihr Mann wurde kürzlich ermordet, sehr wahrscheinlich wegen seiner politischen Aktivitäten. Es gab nämlich einen sogenannten Bekennerbrief, weshalb man annimmt, dass korsische Separatisten hinter dem Anschlag stecken.«

»Du erzählst mir nichts Neues. Die Sache passierte in der Schweiz. Das stand doch groß und breit in der Zeitung.«

»Genau. Dieses sogenannte Etablissement wird in Kürze wiedereröffnet als mehr oder weniger ganz normaler Sexclub. Die ganzen anderen Sachen von früher, die sich möglicherweise am Rand der Illegalität bewegt haben, wird es dann nicht mehr geben.«

»Was willst du mir damit sagen?«

»Die Frau des Ermordeten, meine Kundin, wird den Laden also fortführen. Da sie mich sehr mag, hat sie mir versichert, dass ich jederzeit und völlig kostenlos Zugriff auf die schärfsten Granaten habe, die du dir vorstellen kannst.«

»Das hört sich aber wirklich heavy an.«

»Und damit nicht genug. Ich habe ihr gesagt, dass ich einen sehr guten Freund hätte, für den ich durchs Feuer gehen würde. Okay, hat sie geantwortet, dann bekommt er von mir die gleichen Konditionen.«

»Ist nicht wahr!«

»Und ob das wahr ist, Eric.«

»Das heißt, ich könnte da jederzeit gratis vögeln?«

»Pass auf! Jetzt kommt's: Du bekommst vier Miezen gleichzeitig. Vier der allerschärfsten Frauen, die diese Stadt zu bieten hat.«

»Marc, das kann ich dir nicht glauben!«

»Eric, diese Frau ist mir dankbar. Sie tut es mir zuliebe. Und ich hab die Sache mit dir durchgedrückt, weil ich dich als Freund schätze.«

»Und ich kann sie alle vier nach Strich und Faden durchvögeln und brauche nicht einen Cent zu zahlen?«

»So wahr ich dein Freund bin.«

»Wann könnte die Sache steigen?«

»Ab sofort. Aber wahrscheinlich brauchen wir so ein bis zwei Tage organisatorischen Vorlauf. Du darfst nicht vergessen, es geht um vier Miezen!«

Eric zog seinen Terminkalender aus seiner Jackentasche und blätterte darin. Er sah sehr konzentriert aus.

»Ich müsste hier ein paar Termine umwerfen«, sagte er schließlich, »aber im Grunde wäre das kein Problem. Mittwochnachmittag würde gehen.«

»Na, klasse.«

»Du musst mir allerdings sagen, wo ich mich genau einfinden muss.«

»Mach dir keine Sorgen, Eric, ich regle das für dich.«

»Du bist ein echter Freund, weißt du das?«

***

»Wenn du Lust hast, kannst du vorbeikommen«, sagte Nicole. »Die Mädchen sind sowieso gerade hier und helfen mir beim Einrichten. Und wenn du nicht allzu lange trödelst, lernst du sie noch kennen.«

Das ließ sich Marc natürlich nicht zweimal sagen. Er setzte sich in seinen Wagen und fuhr zu Nicole.

»Sie sind unten und richten unseren künftigen Clubkeller ein«, sagte sie nach dem Begrüßungskuss.

»Unsere ›Vögelbar‹?«

»Klar. Wenn ich etwas in die Hand nehme, dann richtig«, sagte sie lachend. »Komm rein, ich stell sie dir vor.«

Dann ging sie die geschwungene Kellertreppe hinunter. Marc folgte ihr.

Als er unten ankam, wusste er nicht, ob er wachte oder träumte. In einem großen und warmen Raum mit weichen flauschigen Teppichen, luxuriösen Couchen und Sesseln und einer todschicken Bar arbeiteten vier junge Frauen in Jeans und T-Shirt. Sie rückten extravagante Möbelstücke zurecht, die Marc noch nie in seinem Leben gesehen hatte.

Sie sahen ihn neugierig an, und Marc kam sich für einen Moment recht verloren vor. Auch in ihrer Arbeitskleidung sahen die Mädchen aus, als wären sie gerade einem Modejournal entstiegen.

Und dann nannte Nicole der Reihe nach ihre Namen: »Carmen kommt aus Spanien, Ivana aus Russland, Inga aus Schweden und Claire aus Holland. Sie sprechen alle fließend Englisch. Und das, meine Lieben, ist Marc, der Initiator der ›Vögelbar‹.«

Die Mädchen strahlten, legten ihre Putzlappen weg und reichten Marc die Hand.

Nicole, mit ihrem sicheren Blick für das männliche Geschlecht, sah sofort, dass Inga die Favoritenrolle bei Marc eingenommen hatte. Und auch Inga war anzusehen, dass sie dieser Mann auf Anhieb faszinierte. *Nun ja*, dachte Nicole, *ihr zwei würdet wirklich ein nettes Pärchen abgeben.*

Inga hatte kurzes blondes Haar, leuchtende blaue Augen, ein supersüßes Gesicht und eine Topfigur. Ihr Becken war vielleicht eine Spur zu breit, aber dafür hatte sie kein Gramm Fett auf den Rippen. Sie war wirklich das, was Marc ein Topmodel genannt hätte.

»Möchtest du mit Inga allein sein?«, fragte Nicole.

Marc war die Frage peinlich, aber angesichts der Offenheit, die das Mädchen ausstrahlte, sagte er: »Sehr gern sogar.«

»Inga, kümmere dich bitte um unseren Gast! Geht nach oben in eins der Schlafzimmer! Inga, du kennst dich hier ja aus.«

Beim Hinausgehen drehte Marc sich noch einmal um. Nicole lachte und warf ihm eine Kusshand zu.

»Madame hat einen sicheren Blick für Menschen«, sagte Inga, als sie in eines der Schlafzimmer traten. »Sie hat sofort gesehen, dass du mir gefällst.«

»Tu ich das?«

»Sehr sogar. Du bist anders als die meisten Männer.«

»Wie willst du das denn so schnell festgestellt haben?«

Sie zuckte die Schultern. »Nenn es meinetwegen einen Nebeneffekt meiner Profession.«

»Ich dachte, wir sind hier oben zum Vögeln.«

»Mit meinem Körper kannst du machen, was du willst. Aber glaub mir, irgendwann wirst du auch mein Herz wollen.«

»Du bist ja ganz schön eingebildet.«

»Ich werde für dich eine Droge sein, von der du nie wieder lassen kannst.«

»Zieh dich aus!«

Sie tat es.

Ihr nackter Körper war umwerfend. Wirklich umwerfend!

Sie drückte ihn gegen die Wand, und er sah, dass sie genau so groß war wie er, also ziemlich groß. Er fasste sie an der Taille, und sie küssten sich. Oh mein Gott, was konnte diese Frau küssen!

Dann befreite sie ihn allmählich von seinen Klamotten.

Als sie auf dem breiten französischen Bett lagen, liebkoste sie seinen Schwanz mit der Zärtlichkeit und der Hingabe einer echten Geliebten. *Eigentlich nicht vorstellbar, dass dies eine Prostituierte sein soll*, dachte Marc.

»Gibt es etwas, auf das du besonders stehst?«, fragte er.

»Das ist eine Frage, die eigentlich *ich* dir stellen müsste ... Aber da du mich schon fragst: Ich stehe auf Fessel- und Verkleidungsspiele ... Aber am meisten stehe ich auf interessante Männer.«

»Das denke ich mir.«

»Zärtliche, einfühlsame und gleichzeitig dominante Männer.« Sie zog die Schublade des Nachttischchens auf und entnahm ihr zwei Handschellen.

»Du scheinst dich ja hier sehr gut auszukennen«, lästerte Marc.

»Alles bloß Psychologie, mein Lieber. Ich kenne Madame.«

Er musste ihr die Hände auf dem Rücken fesseln. Dann warf sie sich auf die Knie, ließ ihren Kopf aufs Bett gleiten und reckte ihm ihr steil aufgerichtetes Hinterteil entgegen.

Ihr Arsch war weiß, prall und spiegelglatt, ihre Hände auf dem Rücken gefesselt – der ultimative Kick, der schlagartig zusätzliches Blut in Marcs hammerharten Schwanz pumpte.

»So, jetzt fick mich endlich, du alter Hurensohn!«, sagte sie. »Ich bin geil auf dich!«

Marc nahm seinen Schwanz in die Hand und rieb seine Eichel mehrmals an ihrer Spalte entlang, die vor Feuchtigkeit glänzte. Er drang auch kurz in sie ein. Aber mehr als seine pralle Eichel bekam sie nicht zu spüren.

Inga kommentierte dieses kurze Hineintauchen, dieses quälende Spiel an ihrem Kitzler mit lustvollem Stöhnen.

Dann drang er ohne Vorwarnung in ihr brennendes Loch. Langsame, tiefe Stöße, und Inga ging ab wie eine Rakete.

»Oh ja, fick mich!«

Als er seinen Daumen gegen ihre verschwitzte Rosette drückte, gab diese sofort nach, und Inga nahm ihn auch dort bereitwillig auf, nicht ohne einen weiteren Seufzer tief empfundener Lust auszustoßen. Welche Wonnen erlebte sie, als sein Daumen vollständig in ihrem Arschloch steckte und es mit leichtem Druck zusätzlich fickte.

Es dauerte nicht lange, und Marc erkannte an ihrem heftiger werdenden Atem die untrüglichen Zeichen des herannahenden Orgasmus. Ihr Körper befiel ein leichtes Zittern, und ihr Stöhnen wurde schwerer. Dann begann sie zu beben.

Als es ihr kam, schrie sie ihre Lust hemmungslos hinaus und drehte dabei noch einmal richtig auf. Ihr Hintern klatschte schneller und fordernder gegen seinen Hammer, der jedes Klatschen mit einem weiteren und heftigeren Stoß erwiderte.

Nach dem ersten leichten Abklingen ihres Orgasmus schnellte sie herum und schenkte ihm einen Blick totaler Verliebtheit. Dann öffnete sie ihren Mund und streckte begierig die Zunge heraus, als könnte sie seine Gedanken lesen.

Marc konnte dieser Aufforderung unmöglich widerstehen, und spritzte ihr die volle Ladung in den Mund.

Nach einer guten halben Stunde saßen Madame und Monsieur, umgeben von vier wunderschönen Frauen, bei einem Gläschen Champagner im neuen Clubkeller beisammen und stießen auf ein erfolgreiches Clubleben an.

Marc erwähnte dann feierlich, dass er seinem Freund Eric ein besonderes Geschenk machen wolle, was alle sehr lustig fanden. Die vier Mädchen versprachen, den Mittwochnachmittag ausschließlich für Eric zu reservieren. Ob es Madame denn auch recht sei, wollte Marc wissen.

»Natürlich!«, sagte Nicole fast euphorisch. »Dies ist unser Clubkeller, und hier wollen wir unser neues Clubmitglied Eric mal so richtig hochleben lassen!«

Die Mädchen klatschten begeistert in die Hände.

***

Die beiden Frauen waren ganz weit hinausgerudert. Als sie die Entfernung vom Ufer für ausreichend hielten, zogen sie lachend ihre Bikinis aus und holten ihre Vibratoren aus der Korbtasche. Sie küssten und streichelten sich und besorgten es sich dann gegenseitig mit dem Vibrator. Die Sonne stach vom Himmel, und ihre Lust war mal wieder grenzenlos.

Nachdem sie beide gekommen waren, sagte Paula plötzlich: »Die Vorstellung, dass du es mit meinem Mann und Marc gleichzeitig getrieben hast, macht mich irgendwie scharf. Ich kann dir gar nicht böse sein.«

»Warum solltest du auch? Das Schicksal hat uns zusammengeführt, damit wir solche Dinge als außergewöhnliche Bereicherung unseres Lebens einfach nur genießen.«

»Ja, das stimmt schon, aber es gibt einen wesentlichen Unterschied zwischen uns beiden. Du hattest dein Sandwich bereits, aber ich weiß nicht einmal annähernd, wie ich meines realisieren soll.«

»Bist du denn bereit dafür?«

»Sandy! Du weißt, dass wir Frauen Neues immer erst in unserer Fantasie durchleben müssen, bevor wir uns an seine Realisierung wagen. Ich habe diese Fantasie mit einer solchen Intensität ausgekostet, dass ich nicht mehr länger warten kann! Ich will im Sandwich genommen werden! Der Double Penetrator ist schon der helle Wahnsinn, aber was wird erst sein, wenn mich zwei echte Männer gleichzeitig nehmen?«

»Ich kann es dir sagen: Du willst nie wieder darauf verzichten. Aber da weder Marc noch dein Mann für dich infrage kommen, bleibt dir nur ein einziger Ausweg.«

»Und der wäre?«

»Hör zu. Im Grunde wollen Frauen und Männer doch das Gleiche, aber da sie aus Angst oder aus falscher Scham nicht offen miteinander kommunizieren, bleiben die meisten eben oversexed and underfucked. Mein Freund Marc hat das inzwischen erkannt. Er ist gerade dabei, einen Club zu gründen, in dem Männer und Frauen völlig gleichberechtigt ihrer Lust frönen können. Sie kommen einfach nur zusammen, um fröhlich zu sein und ihre Fantasien auszuleben. Das, so meine ich, wäre genau das Richtige für dich.«

»Für Marc bräche eine Welt zusammen, wenn ich ihn darauf anspräche. Der hält mich doch für eine tugendhafte Ehefrau.«

»Dann musst du eben weiterleiden, Liebes. Mehr kann ich dazu nicht sagen.«

Paula seufzte vernehmlich und blickte eine Zeit lang versonnen über den See. Nach einer Weile sagte sie: »Ach, Sandy, leckst du mich bitte noch mal? Du machst das so was von gut.«

***

»Ich glaube es erst, wenn ich es sehe«, sagte Eric laut zu sich selbst.

Er hatte die Adresse, er hatte die Uhrzeit.

Um Punkt vierzehn Uhr klingelte er an dem großen Tor von Nicole du Barrys Villa.

»Eric Eastwood«, nannte er seinen Namen, nachdem er von einer weiblichen Stimme mit französischem Akzent dazu aufgefordert worden war.

»Sie können Ihren Wagen hier vor den Garagen parken, Mr Eastwood«, sagte die Stimme aus der Sprechanlage. »Warten

Sie, ich mache Ihnen kurz das Tor auf.«

Während sich das Tor langsam öffnete, ging Eric zu seinem Wagen zurück. Dann fuhr er die Auffahrt hoch und parkte vor einer der Garagen. Das Tor hinter ihm schloss sich sofort wieder.

»Die ›Vögelbar‹ heißt Sie herzlich willkommen, Mr Eastwood«, sagte Nicole. »Treten Sie doch bitte ein.«

Als er im Foyer stand, wusste er, dass Marc nicht übertrieben hatte.

»Ich hoffe, ich darf Sie Eric nennen.«

»Bien sûr, Madame!«

»Très bien. Ich bin Madame du Barry, aber für Sie bitte nur Nicole.«

»Sehr gern, Nicole.«

»Sie haben einen fabelhaften Freund, Eric.«

»Das weiß ich.«

»Freundschaft ist etwas ganz Wertvolles, müssen Sie wissen. Sie sind zwar noch kein eingeschriebenes Mitglied der ›Vögelbar‹, dennoch kommen Sie bereits jetzt in den Genuss der Vorzüge unserer Einrichtung. Sie können so lange Sie wollen, so oft Sie wollen und wie Sie wollen. Und alles für null Pfund.«

Vier bezaubernde Frauen in knappen Dessous traten aus dem Hintergrund auf ihn zu und strahlten ihn an.

Oh mein Gott!, dachte Eric.

Dann stellten sich die Mädchen der Reihe nach selber vor: Carmen, Ivana, Inga und Claire. Er konnte sich nicht erinnern, jemals so viele schöne Frauen auf einem Haufen gesehen zu haben.

»Darf ich Ihnen eine kleine Erfrischung anbieten, Eric?«

»Nein, danke. Später vielleicht.«

»Bon.« Dann wandte sie sich den Mädchen zu. »Nun kümmert euch bitte um Monsieur Eric. Zeigt ihm unseren neuen Clubraum.«

Eric wurde in den Keller geführt. Warmes Licht, ein roter flauschiger Teppich, elegante Couchen und Sessel, sonderbare Maschinen und eine riesengroße rote Liebesinsel – das war seine allererste Wahrnehmung. Seine zweite Wahrnehmung bestand darin, dass er von zärtlichen Küssen und streichelnden Händen geradezu überschwemmt wurde. Dann fingen die Mädchen an, ihn allmählich zu entkleiden.

Als er vollkommen nackt dastand, schubsten sie ihn sanft auf die herzförmige Liebesinsel. Er streckte alle viere von sich, und schon wurde er von feuchten und warmen Mündern geleckt und von zärtlichen Händen gestreichelt.

»Oh!«, machten die Mädchen, als sein Schwanz zur vollen Größe anschwoll. »Damit liegst du aber weit über dem Durchschnitt«, staunte die schwarzhaarige Carmen und dachte insgeheim: *Also, in meinen Arsch steckst du den nicht!*

Während Carmen sich mit ihren Fingerspitzen die inneren Schamlippen auseinanderzog und sich dann schnell auf seinen harten Schwanz setzte, stülpte Inga lachend ihre Möse über sein Gesicht. Ivana und Claire hockten sich derweil neben ihn und streichelten und leckten seine Brustwarzen.

Carmen ritt ihn quälend langsam. Eric stöhnte und wand sich vor Lust. Mit seiner Zunge versuchte er, sich auf Ingas Fotze zu konzentrieren, was ihm aber nicht wirklich gelang. Die Mädchen wechselten im Uhrzeigersinn die Stellung, sodass ihn jede ein paar Minuten lang reiten durfte.

Als es ans Arschficken ging, schauten sich die Mädchen betreten an. Dieser Hammer war wirklich Ehrfurcht gebietend. Ivana, die Russin, erklärte sich schließlich bereit, diesem Riesenprügel ihren Hintereingang anzubieten. Sie war schon immer ein kleines Analluder gewesen und die einzige, die sich jetzt traute, sein mächtiges Teil mit ihrem Arsch aufzunehmen.

Sie legte sich auf den Bauch und überließ den anderen Mädchen die üblichen to dos. Carmen rieb Erics Schwanz mit viel Gleitgel ein, und Claire massierte mit ebenso viel Gleitmittel Ivanas Arschrosette.

Als Eric seine Eichel vorsichtig gegen ihre muskulöse Manschette drückte, hatte Ivana für einen kurzen Moment das Gefühl, ihr Lover wollte ein Stück Holz spalten. Er bewegte sein Teil jedoch sehr langsam und sehr rhythmisch, und allmählich verwandelte sich der Schmerz in pure Lust. Ivana liebte Analverkehr, deshalb war sie schnell auf hundertachtzig. Die anderen Mädchen streichelten sie, als wollten sie ihr Kraft spenden.

Eric konnte sich nicht länger zurückhalten. Seine erste Ladung ging voll in Ivanas Arsch.

Schweißgebadet, aber überglücklich, ließ er sich in die Laken fallen.

»Brauchst du ein Entspannungsbad?«, fragte Inga.

»Ich brauch jetzt erst mal was zu trinken«, sagte er.

Claire holte die geöffnete Champagnerflasche aus dem Eiskübel und schenkte ihm ein Glas ein.

Ah, tat das gut!

»Du sprachst gerade von einem Entspannungsbad?«

»Ja, nebenan ist ein Whirlpool«, sagte Inga.

»Das ist ’ne gute Idee.«

»Dann komm! Und nimm dein Glas mit!«

Eric wurde in einen mit kostbaren italienischen Fliesen ausgestatteten Nebenraum geführt. In der Mitte des Raumes befand sich der Whirlpool. Er war groß genug, um fünf Personen aufzunehmen.

Sie stiegen gemeinsam hinein.

Während Eric seinen Kopf auf die Nackenrolle legte, hatte er noch immer das Gefühl, er würde das alles träumen. »Gleich werde ich wach, und alles war nur ein schöner Traum«, sagte er. Die Mädchen lachten. Claire streckte unter Wasser ein Bein nach ihm aus und streichelte mit ihrem Fuß seinen Schwanz. Carmen hockte sich auf ihn, um ihre großen Brüste von ihm lecken zu lassen. Es dauerte nicht lange und Eric merkte, wie das Blut in seinem Schwanz erneut zu pochen begann.

»Auf zur nächsten Runde!«, sagte er schließlich.

»Was?«, staunte Ivana. »Du kannst schon wieder?«

»Ist ja wohl kein Wunder, wenn man von so vielen außergewöhnlich schönen Reizen umzingelt ist«, meinte er.

Die Mädchen lachten.

Eric erhob sich und setzte sich auf den Rand des Whirlpools. Seine Beine baumelten im sprudelnden Wasser.

Inga, die geniale Schwanzlutscherin, war als Erste zur Stelle. Sie hockte sich über ihn und leckte den Halbsteifen in kürzester Zeit auf Riesengröße. Zärtliche Hände streichelten seine Brust.

»Na, wie ist das?«, fragte Inga.

»Das ist einfach genial«, stöhnte er. »Das Gute an der zweiten Erektion ist, dass man nicht mehr so schnell abspritzt wie bei der ersten.«

»Das wollen wir doch mal sehen«, sagte Inga lachend und bearbeitete seinen Schwanz abwechselnd mit ihrer Zunge und ihren Zähnen.

»Ich glaube, ich komme schon wieder«, ächzte er. »Kommt mal schnell aus dem Wasser und kniet euch hier hin, ihr Süßen!«

Die Mädchen befolgten seine Anweisung und bildeten kniend einen Halbkreis um ihn. Er stand aufrecht vor ihnen, und sie durften ihn der Reihe nach lutschen und saugen. Als er das Gefühl hatte, dass es ihm jeden Moment kommen würde, wichste er sich selbst. Die Mädchen öffneten willig die Münder und streckten ihre Zungen heraus. Claire bekam die volle Ladung ab. Die anderen leckten den Rest von seinem Schwanz.

Sie wussten natürlich alle, dass ein Mann von Mitte Dreißig jetzt mindestens eine halbe Stunde Pause brauchte.

»Komm, wir gehen wieder rüber, dann kannst du dich etwas ausruhen«, sagte Inga. »Wir sorgen inzwischen dafür, dass du dich nicht langweilst.«

Eric legte sich wieder auf die rote herzförmige Liebesinsel und schlürfte von seinem Champagner. Ivana schob ihm zwei riesige Kissen in den Rücken, damit er es bequemer hatte und dem Schauspiel besser folgen konnte. Die Mädchen wollten sich gegenseitig vergnügen, und es sollte ihm an nichts fehlen.

Fasziniert sah er ihnen dabei zu, wie sie mit gespreizten Beinen ein fast perfektes Quadrat bildeten und sich dann gegenseitig ihre geschwollenen Mösen ausschlürften.

»Hey, da sind ja noch mehr!«, rief er plötzlich aus.

In der offenen Tür standen zwei Mädchen, die dem Treiben neugierig zusahen.

»Das sind Selma und Aline, die Zwillingsschwestern«, sagte Ivana. »Sie sind taubstumm.«

»Aber das macht doch nichts.« Er winkte sie freundlich lächelnd her.

Die Mädchen kamen der Aufforderung bereitwillig nach. Sie entkleideten sich und wollten sich gerade neben Eric legen, als Inga anfing zu schimpfen: »Kommt gar nicht infrage. Das wird mir hier viel zu eng!« Mit strenger Miene machte sie eine Geste in Richtung der Barhocker, damit die Zwillinge auch begriffen. Die Mädchen schmollten zwar ein bisschen, aber letzten Endes gehorchten sie doch.

»Die gehören nämlich zum Personal«, setzte Inga erklärend hinzu. »Sie sind keine Clubmitglieder.«

Die Zwillinge saßen ein paar Minuten lang still auf den Barhockern, dann zogen sie es vor, sich mit sich selbst zu beschäftigen.

Die Zeit verging wie im Fluge, und Eric fühlte, wie das Leben in seine Leistengegend zurückkehrte. Schließlich winkte er Selma und Aline zu sich. Inga konnte diesmal nicht protestieren, weil sie viel zu sehr mit ihrem eigenen Orgasmus beschäftigt war.

Die Zwillinge lutschten Erics Schwanz im Handumdrehen auf Lebensgröße. So einen mächtigen Hammer hatten sie noch nie zuvor gesehen. Er sah wirklich beängstigend aus. Doch dann siegten Neugier und Geilheit. Sie stritten sich sogar darum, wer sich als Erste auf den Liebesknochen setzen durfte.

Nachdem Eric ein drittes Mal gekommen war, und zwar in Aline, wusste er, dass er nur noch einen einzigen Wunsch hatte: Er musste so schnell wie möglich Clubmitglied werden.

Er strahlte über das ganze Gesicht, als er sich schließlich bei Madame und vor allem bei den Mädchen für den lustvollen Nachmittag bedankte.

***

Am nächsten Morgen wurde Marc telefonisch über den sensationellen Mittwochnachmittag informiert. Und zwar von Eric persönlich.

»Marc, das war wirklich das geilste Erlebnis aller Zeiten«, schwärmte er. »Du bist ein wahrer Freund.«

»Vielen Dank. So hatte ich es mir aber auch vorgestellt. Und denk dran: Wenn du willst, kannst du das jetzt immer haben.«

»Ich darf gar nicht daran denken ...«

»Ich kann also auf dich als neues Clubmitglied zählen?«

»Was für eine Frage, Marc.«

»Okay, dann sollten wir uns schnellstmöglich treffen und die Einzelheiten besprechen.«

»Lass uns heute Mittag zusammen essen gehen. Hast du Zeit?«

»Ja.«

»Gut. Dann lade ich dich zum besten Japaner der Stadt ein. Das ist ja wohl das Mindeste, was ich auf die Schnelle für dich tun kann. Und meine juristische Beratung hast du ab jetzt Zeit deines Lebens gratis.«

Sie mussten beide lachen.

***

Um halb eins trafen sich Marc und Eric im »Little Tokyo«.

»Um die eine oder andere organisatorische Maßnahme werden wir jetzt natürlich nicht herumkommen«, begann Marc, nachdem sie von der Bedienung an ihren Tisch geführt worden waren. »Ich kann mir nicht vorstellen, dass Nicole die laufenden Kosten allein tragen will.«

»Das soll sie auch nicht«, sagte Eric. »Es reicht doch schon, dass sie uns ihre Prachtvilla zur Verfügung stellt. Allein deshalb werden wir uns auf eine bestimmte soziale Schicht konzentrieren müssen.«

»Eben! Es soll ein Club der guten Freunde werden, das heißt, wenn's erst mal so richtig angelaufen ist, dann werden wir dort keine aufgeweichten Häppchen oder billigen Sekt servieren können. Die Leute werden auch kulinarisch auf ihre Kosten kommen wollen.«

»Na klar. Ich mache heute Abend mal so eine Art Überschlagsrechnung, auf welche Beträge wir durchschnittlich kommen werden.«

»Ja, das ist eine gute Idee.«

Die freundlich lächelnde Bedienung kam an ihren Tisch und erkundigte sich nach ihrem Getränkewunsch. Sie nahmen beide ein alkoholfreies Bier.

»Das größte Problem, das ich momentan sehe, ist der akute Frauenüberschuss«, meinte Marc.

»Oder das akute Männerdefizit«, korrigierte Eric ihn.

»Klar. Die Frauen wollen befriedigt werden, und langfristig werden sie nur dann die Lust an der Sache behalten, wenn eine entsprechend große Anzahl Männer anwesend ist.«

»Darüber hab ich auch schon nachgedacht. Ich habe zwei Anwaltskollegen, beide in unserem Alter, beide frisch geschieden. Da gäbe es zumindest keinen Ärger mit ihren Ehefrauen.«

»Und was ist mit Ehepaaren?«, wollte Marc wissen.

»Gute Frage. Ich hab keine Erfahrung mit so etwas, aber es würde mir schon sehr gegen den Strich gehen, wenn ich Paula mit einem anderen Mann ficken sähe.«

»Ach, die doch schon mal gar nicht! Wenn du Paula mit diesem Vorschlag kämst, würde die gleich die Scheidung einreichen.«

»Da täusch dich mal nicht, mein lieber Marc. Ich bin auch Anwalt für Scheidungsrecht. Auf dem Gebiet habe ich eine Menge Erfahrung und mit der Zeit eine Menge Vorurteile über Bord schmeißen müssen. Die Frauen sind viel schlimmer, als du dir vorstellst.«

»Na, wenn du das sagst.«

»Was ist mit Sandy?«

»Anfangs hatte sie keine Lust auf den Club, aber mittlerweile ist sie neugierig geworden.«

»Okay, dann sind wir jetzt wie viele Personen?«

»Nicole, Sandy, die vier Mädchen und wir zwei.«

»Also acht. Für jeden von uns drei Frauen. Das gibt's doch nicht!«

»Am besten hörst du dich bei deinen Anwaltskollegen um, und ich frage mal bei Nicole nach. Sie kennt bestimmt noch Männer, die sich für die ›Vögelbar‹ interessieren könnten.«

»So machen wir das.«

Ihr Bier kam.

Als sie nach gut einer Stunde wieder auf der Straße standen, lief ihnen Emily direkt in die Arme.

»Hallo, mein Lieber«, sagte sie. »Was für ein Zufall!«

Küsschen rechts, Küsschen links.

»Darf ich vorstellen?«, fragte Marc. »Eric Eastwood. Emily Blokarsky. Ihr kennt euch noch nicht, oder?«

Nein, sie kannten sich noch nicht. Die Blokarskys hatten das gesellschaftliche Leben etwas gemieden, nachdem vor drei Jahren Emilys Affäre mit Anthony aufgeflogen war.

»Ich hab's leider etwas eilig«, sagte Emily. »Bin mit einer lieben Freundin verabredet.«

»Okay, wir telefonieren«, sagte Marc zum Abschied.

Als sie außer Hörweite waren, sagte Eric: »Die wäre natürlich genau das Richtige für unseren Club.«

»Die kannst du dir gleich wieder aus dem Kopf schlagen. Emily teile ich mit niemandem.«

»Du alter Filou ... Davon wusste ich ja gar nichts. Kannst du mir mal verraten, wie du immer an diese scharfen Frauen kommst?«

»Die stehen eben auf mich«, sagte Marc lachend. »Emily und Sandy kennen sich übrigens seit ihrem vierzehnten Lebensjahr.«

***

»Wo denkst du hin? Um diesen Punkt habe ich mich natürlich als Erstes gekümmert«, sagte Nicole. Sie saß in ihrem Wohnzimmer, hatte sich den Telefonhörer zwischen Ohr und Schulter geklemmt und lackierte ihre Fingernägel.

»Du hast sie also schon gefragt«, stellte Marc fest.

»Ja, und sie waren natürlich sofort einverstanden. Sie entsprechen genau dem weiblichen Beuteschema.« Sie lachte. »Sie sind jung, attraktiv, erfolgreich, intelligent und eben zwei richtige Mannsbilder.«

»Wie alt?«

»Knapp vierzig.«

»Dann kann's ja bald richtig losgehen.«

»Möchtest du sie vielleicht vorher kennenlernen?«

»Das wäre nicht das Schlechteste. Obwohl ich mich auf dein Urteil eigentlich blind verlassen kann.«

»Das hast du nett gesagt, Marc.« Sie betrachtete ihre frisch lackierten Nägel. »Ich bin übrigens heute Nachmittag allein hier. Wenn du nichts anderes vorhast ...«

»Du kannst Gedanken lesen, liebe Nicole.«

»Okay. Freu mich auf dich. Bis gleich.«

***

Nicole ging mit ihm hinunter in den Clubraum, um ihm ein paar Gerätschaften zu zeigen, die sie aus dem Etablissement ihres Mannes entwendet hatte. Sie war der Auffassung, sie würden der »Vögelbar« sehr von Nutzen sein. Es handelte sich durchweg um hochwertiges und gediegen verarbeitetes S/M-Equipment.

»Kleiner Tipp für dich«, sagte sie. »Wenn du Spaß mit Inga haben willst – sie steht wahnsinnig auf Bondage.«

»Das hat sie mir bereits gesagt.«

»Ich übrigens auch«, fügte Nicole hinzu. »Wenn du Lust hast, zeige ich dir jetzt was.«

Marc lachte. »Ja, ich kann's kaum erwarten.«

»Bon. Dann gedulde dich einen Augenblick.«

Sie ging hinaus.

Die Zeit bis zu ihrer Rückkehr verbrachte Marc mit der

Inspektion des interessanten Equipments, das sich im hinteren Bereich des riesigen Clubraums befand. Ein Sklavenstuhl, Fesselbänke, ein Strafbock, eine Dunkelbox und ein Sklavenkäfig, der garantiert jeden Ausbruchsversuch verhinderte. Marc kannte diese Gegenstände aus Pornofilmen, aber in natura hatte er so etwas noch nie gesehen.

Als Nicole zehn Minuten später in der Tür erschien, eine Hand in der Hüfte abgestützt, die andere gegen den Türrahmen gelehnt, verschlug es ihm die Sprache. Sie trug einen äußerst knappen schwarzen Lederslip und ein ebenso gewagtes schwarzes Lederbustier. Ihre freiliegenden Brüste wurden durch die halben Schalen nach oben gepresst. Dazu trug sie eng anliegende schwarze Lederstiefel, die ihr bis über die Knie reichten, armlange schwarze Lederhandschuhe und eine Lederpeitsche.

»Du siehst einfach umwerfend aus!«, sagte er.

Mit langsamen, wiegenden Schritten kam sie näher. Jetzt erkannte er, dass ihr Slip vorn geöffnet war. Und als sie sich umdrehte, ihm ihren Rücken zukehrte und den Oberkörper nach vorn beugte, sah er, dass es hinten ebenfalls eine kleine Öffnung gab.

Sein Schwanz wurde sofort knochenhart.

»Diesen Anblick hält kein Mann lange aus«, sagte sie, als sie die Anspannung in seiner Hose sah.

Marc schüttelte verwirrt den Kopf.

»Komm, wir gehen da rüber«, sagte sie.

Dann erklärte sie ihm genau, wie sie an das riesige Andreaskreuz gekettet werden wollte. Sie ahnte wohl, dass es für Marc eine Premiere war.

Das Kreuz war fest an der Wand montiert. Es gab mehrere Karabinerhaken für die Hand- und Fußfesseln. Auch an die Halsfessel war gedacht.

»Du kannst heute absolut alles mit mir machen«, sagte sie. »Bloß keine falsche Rücksichtnahme. Aber vorher peitschst du mich richtig aus, damit ich schneller komme.«

»Sagtest du nicht, dass du die Liebe im Bett vorziehst?«

»Das stimmt, mon cher. Dies hier habe ich lange nicht mehr gemacht. Aber wegen dir habe ich wieder Lust dazu.«

Nachdem er ihr auch den Mundknebel angelegt hatte, griff er nach der Lederpeitsche. Er schlug so lange zu, bis sich rote Striemen auf ihrer Haut zeigten. Zwischendurch massierte er immer mal wieder behutsam ihren Kitzler, der inzwischen stark angeschwollen war.

Sie stöhnte vor Lust. Aber schließlich befreite er sie von den Fesseln, weil für ihn nicht wirklich etwas dabei heraussprang.

»Auf den Strafbock!«, befahl er schließlich.

Sie tat es nur zu gern. Sie legte sich bäuchlings über den schwarzen Lederbock, streckte ihre Arme nach unten aus, damit er sie am Boden anketten konnte. Dann spreizte sie ihre Beine, und als er diese ebenfalls fest am Boden angekettet hatte, blieb im Grunde nur noch ihr Hintertürchen frei zugänglich. Den Knebel behielt sie ebenfalls im Mund. Von Kopf-, Arm- oder Beinfreiheit keine Spur!

Er zog sich vollständig aus und ging dann einmal langsam um den Bock herum. Der Anblick der hilflos angeketteten Nicole und vor allem ihr praller Arsch erregten ihn so sehr, dass sich sein Glied versteifte.

Dann schmierte er seinen Schwanz großzügig mit Gleitgel ein. Als er Nicoles Rosette einrieb, öffnete sich ihr Schließmuskel leicht. Sie war zur Aufnahme bereit.

Er drückte seine Eichel vorsichtig hinein. Sie jaulte auf, wobei ihr Jaulen mehr dem eines angeschossenen Tiers als dem eines Menschen glich. Als er ein paar Zentimeter tief in sie eingedrungen war, stieß sie einen so markerschütternden Grunzlaut aus, dass er erschrak. Er fickte sie langsam und methodisch und griff zwischendurch immer mal wieder nach dem Gleitgel, um die Sache für beide angenehmer zu machen. Nicoles wesentlicher Genuss bestand in dem Wissen, dass es ihr gelang, ihn vollständig in sich aufzunehmen.

Marc hatte einen wilden, fast animalischen Orgasmus. Hätte er in diesem Moment Nicoles Gesichtsausdruck gesehen, hätte er festgestellt, dass sie sehr, sehr glücklich aussah.

»Frauen mögen keine Männer, die sie fragen, was sie möchten. Frauen lieben Männer, die es einfach mit ihnen machen!«, sagte sie, nachdem er sie wieder losgekettet hatte. »Ich komme bei dir jedes Mal, egal wie du mich nimmst, weil du ein richtiger Mann bist.« Dann warfen sie sich auf die herzförmige Liebesinsel und küssten sich lange und leidenschaftlich.

***

Paula hatte hin- und herüberlegt, wie sie es am besten anstellen könnte, aber sie war immer wieder zu demselben Ergebnis gekommen. Sie würde Marc fragen müssen, und er sollte ihr hochheilig und bei seinem Leben schwören, dass er gegenüber Eric nicht ein Wort verlieren würde. An Marc Feldman führte einfach kein Weg vorbei.

Sandy war eine gute Freundin und eine noch bessere Ratgeberin. Paula wollte sie fragen, wie sie darüber dachte.

»Also, auf eins kannst du dich verlassen, Paula. Marc Feldman ist in diesen Dingen äußerst verschwiegen. Ihm wird nicht eine Silbe über die Lippen kommen. Insofern spielt es keine Rolle, ob ich diejenige bin, die deine Wünsche zur Sprache bringt, oder ob du selbst mit ihm sprichst.«

»Aber was wird er dann von mir denken?«

»Das ist doch egal, oder bist du mit ihm verheiratet?«

»Ich werde ihm dann aber nicht mehr in die Augen schauen können!«

»Aber dich von zwei Männern gleichzeitig ficken lassen, das willst du, was? Weißt du eigentlich, wie lächerlich sich das anhört?«

»Na ja, eigentlich hast du ja recht.«

»Natürlich hab ich recht. Also mach hier nicht länger einen auf kleines Mädchen, sondern ruf ihn endlich an!«

Die deutlichen Worte ihrer Freundin machten ihr Mut. Wie gut, dass es Sandy gab. Sie war immer vollkommen klar im Kopf.

Sie wählte Marcs Büronummer, und Marc nahm sofort ab.

»Hi, das ist aber eine Überraschung. Was kann ich für dich tun, Paula?«, fragte er.

»Marc, ich muss dich dringend unter vier Augen sprechen. Können wir uns vielleicht heute Abend sehen?«

»Klar, überhaupt kein Problem. Wie wär's gegen achtzehn Uhr, hier unten im Bistro?«

»Super, Marc. Ich werde um achtzehn Uhr da sein. Bye.«

»Bye.«

***

Als Marc das Bistro betrat, saß Paula bereits an einem der hinteren Tische. Seit der Grillparty hatte er sie nicht mehr gesehen. Sie sah abgöttisch schön aus. Ihr dunkelbraunes Haar, die warmen braunen Augen – Eric war wirklich um diese Frau zu beneiden.

Er begrüßte sie mit einem Kuss auf die Wange.

Nachdem er Platz genommen hatte, wurde Paula sehr ernst.

»Marc, du musst mir hochheilig und bei deinem Leben schwören, dass du das, was ich dir jetzt erzähle, absolut für dich behältst.«

Für Marc kam diese Eröffnung ziemlich unerwartet. Was konnte das sein, was sie ihm zu berichten hatte? Er hob seine rechte Hand und schwor: »Ich schwöre bei meinem Leben, dass kein Wort von dem, was du mir jetzt erzählst, jemals über meine Lippen kommt.«

Sie atmete erleichtert auf.

»Gut. Ich vertraue dir.« Sie zögerte, als suchte sie nach den richtigen Worten. »Marc, du machst dir ein Bild von mir, das schon seit längerem nicht mehr stimmt. Ich bin nicht die liebe und tugendhafte Ehefrau, die ich vorgebe zu sein. Vielleicht war ich das mal, kann sein, aber das ist Vergangenheit. Ich habe Seiten an mir entdeckt, die ich lange Zeit vor mir selbst versteckt hatte. Irgendwann, vor vielen Wochen, habe ich im Internet gechattet, und ich habe dabei eine Frau kennengelernt, die mich vom ersten Augenblick an faszinierte ... Du kennst diese Frau. Es ist Sandy.«

Marc sagte nichts.

»Sandy zeigte mir die Liebe unter Frauen, obwohl sie keine Lesbe ist und ich im Grunde auch nicht. Sie war die erste Frau, mit der ich offen über all das reden konnte, was mich wirklich bewegt. Ich erzählte ihr von meinen Unterwerfungsfantasien. Ich sagte ihr, dass ich mir nichts sehnlicher wünschte, als von einem fremden, maskierten Mann einfach nur genommen zu werden. Sie organisierte diesen Mann. Sie konnte ja nicht ahnen, dass dieser Mann der beste Freund meines Mannes war.«

»Das ist nicht wahr!«

»Doch, Marc, es ist wahr. Nie in meinem Leben hat mich ein Mann so befriedigt wie du damals. Als wir zusammen geschlafen haben, hatte ich keine Ahnung, wer dieser Fremde war. Aber auf unserer Grillparty warst du mit den anderen Männern im Pool. Und als du aus dem Wasser gestiegen bist und ich dir das Badehandtuch reichte, sah ich das Muttermal auf deiner Brust, und ich erinnerte mich ...«

Marc fühlte, wie sein Blut absackte. Er wusste instinktiv, dass sie die Wahrheit sprach, und es fiel ihm wie Schuppen von den Augen. Die Unbekannte mit der Maske und Paula – derselbe Mund, dieselbe Figur. Es gab überhaupt keinen Zweifel.

»Marc, es ist nun mal passiert, und wir können die Sache nicht ungeschehen machen. Es gibt nur drei Personen, die davon wissen: Du, Sandy und ich.«

»Es wäre mir lieber gewesen, wenn du es mir nicht erzählt hättest.«

»Das verstehe ich durchaus. Ich habe mir auch lange überlegt, ob ich es dir erzählen soll. Aber weil ich reinen Tisch machen will und dich als Freund sehr schätze, wäre es unlauter, wesentliche Teile meiner Geschichte vor dir zu verschweigen.«

»Das heißt, jetzt kommt noch mehr?«

»Sandy hat mir erzählt, dass du einen sogenannten Club der guten Freunde gründen willst, in dem die Clubmitglieder ihre sexuellen Fantasien ausleben können.«

»Ja, das stimmt.«

»Ich habe viele Fantasien, die ich ausleben möchte.«

»Willst du darüber sprechen?«

»Ich muss darüber sprechen ... Ich weiß, dass du und Eric Sandy gleichzeitig gefickt habt.«

Marc war erschüttert, weil Sandy die Sache nicht für sich behalten hatte.

»Leider kombinierst du gerade völlig falsch, lieber Marc. Nicht Sandy hat irgendetwas davon preisgegeben, sondern ich bin selbst dahinter gekommen. Tatsache ist, dass ich Sandy um dieses Sandwich beneide!«

»Und nun?«

»Das kannst du dir doch denken ...«

»Du möchtest es Sandy gleichtun.«

»Allerdings! Aber weder mit Eric noch mit dir.« Sie merkte, wie sie immer ruhiger und mutiger wurde, und irgendwie erheiterte es sie, dass sie Marc eingeschüchtert hatte. Mit selbstbewusster Stimme und jede Silbe einzeln betonend sagte sie: »Ich will mit zwei Männern gleichzeitig ficken! Hast du mich verstanden?«

»Du willst im Sandwich gefickt werden, aber weder Eric noch ich kommen dafür infrage. Das habe ich verstanden.«

»Gut.«

»Du willst Clubmitglied werden und dir die geeigneten Männer selbst aussuchen.«

»Genau!«

Eine gleichzeitige Mitgliedschaft von Eric und Paula war natürlich vollkommen ausgeschlossen. Ebenso ausgeschlossen war, dass Paula jemals erfahren durfte, dass Eric bereits Clubmitglied war. Deshalb sagte er: »Wie wäre es, wenn ich dir zunächst zwei attraktive, junge Männer besorgte, bevor du dich zu einer Mitgliedschaft entschlössest?«

»Besorgen ist vielleicht das falsche Wort. Aber wenn du zwei interessante Männer kennst, die weder Eric noch mich kennen, und wenn sichergestellt ist, dass diese Männer absolut diskret sind, dann darfst du sie mir gern vorstellen.«

***

Nicole zeigte vollstes Verständnis für Paulas Anliegen.

»Diese Fantasie haben viele Frauen«, sagte sie zu Marc. »Ich kann meine beiden Freunde ja mal fragen. Sie sind bestimmt einverstanden.«

»Nicole, du bist ein Schatz«, sagte Marc.

»Sobald ich etwas Konkretes weiß, melde ich mich bei dir.«

»Danke, Nicole.«

Drei Stunden später war Nicole wieder am Apparat.

»Die Sache geht klar«, sagte sie. »Ihr könntet euch bereits in dieser Woche treffen. Mir wäre es lieb, wenn du dabei wärst, Marc.«

»Wieso?«

»Das liegt doch auf der Hand, Chérie. Paula mit zwei wildfremden Männern. Überleg doch mal ... Fantasie hin oder her. So schnell geht das bei uns Frauen nicht. Eine Frau muss erst mal Vertrauen in ihre neuen Partner haben. Ich habe Paula zwar noch nicht persönlich kennengelernt, aber sie wird sehr wahrscheinlich – wie jede Frau – mit der ständigen Angst vor dem Unbekannten leben. Das ist bei uns Frauen einfach so. Wie werden die fremden Männer auf mich reagieren? Akzeptieren sie mich? Und so weiter. Wenn sie sich auch nur im Mindesten unsicher ist, wird sie auf das Sandwich lieber verzichten als sich einem unwägbaren Risiko aussetzen. So sind wir Frauen nun mal.«

»Okay, hab ich verstanden. Ich werde also bei dem ersten Treffen dabei sein und Paula psychologisch stärken.«

»Tu das, Marc. Und sei bitte ganz, ganz lieb zu ihr. Sie ist nicht so selbstbewusst, wie sie zu sein vorgibt.«

***

Man hatte sich für fünfzehn Uhr im Café »Grand Marnier« verabredet.

Als Paula und Marc zusammen eintrafen, waren die Männer bereits anwesend. Als Erkennungszeichen hatte man sich auf eine Financial Times geeinigt. Die rosa Farbe dieser Zeitung war einfach nicht zu übersehen.

Nicole hatte nicht zu viel versprochen. Die Männer waren Ende dreißig, Anfang vierzig. Sie sahen sehr gut aus und hatten ein gepflegtes Äußeres. Sie trugen Anzug und Krawatte, nicht gerade billig. Sie hatten eine lockere Ausstrahlung und wirkten doch souverän.

Sie stellten sich als Claude Lebecq und Silvio Stanga vor.

Sie plauderten und lachten rund neunzig Minuten lang, und es war klar, dass es eine Fortsetzung geben würde.

Paula war Marc unendlich dankbar, dass er sie zu diesem ersten Treffen begleitet hatte. Bei den Folgetreffen würde er natürlich nicht mehr dabei sein, aber in der Startphase hatte er ihr genau jenes Maß an Energie gegeben, das ihr Auftreten so selbstsicher gemacht hatte.

***

Eric war für eine Woche auf einem juristischen Weiterbildungsseminar. Der Tagungsort war rund dreihundert Meilen entfernt. Paula kam es vor, als fielen Weihnachten und Ostern auf denselben Tag. Sie betrachtete es als Fügung des Schicksals.

Sie hatte sich sorgfältig gestylt und in ein sexy Outfit geworfen. Als sie sich aufmerksam im Spiegel betrachtete, war ihr klar, dass ihr heute Abend kein Mann widerstehen konnte. Sie freute sich sehr auf das Abendessen und vor allem auf den Discoabend. Sie tanzte ja so gern!

Da sie an diesem Abend unter keinen Umständen von Claude und Silvio von zu Hause abgeholt werden, aber trotzdem etwas trinken wollte, ließ sie ein Taxi kommen. Die Männer hatten ein Restaurant in einem Londoner Vorort gewählt, wo Paula garantiert keiner kannte.

Bestens gelaunt ließ sie sich zu dem vereinbarten Treffpunkt fahren.

Claude und Silvio warteten vor dem Restaurant. Sie waren gekleidet wie Dressmen aus einem noblen Fashion Magazin.

Als Paulas Taxis vorfuhr, sprang Claude herbei und öffnete

den Wagenschlag. Eine strahlende Göttin stieg aus. Silvio bezahlte den Taxifahrer. Das Restaurant betraten sie gemeinsam.

Bei kulinarischen Köstlichkeiten, feinstem Champagner und anregendem Geplauder kam Paula in Fahrt. Die Männer waren weder aufdringlich, noch gaben sie platte Anzüglichkeiten von sich. Im Gegenteil: Sie hatten sehr gute Manieren, waren aufmerksame Zuhörer und gaben ihr das sichere Gefühl, etwas ganz Besonderes zu sein.

Es folgte ein ausgedehnter Discoabend mit mehrmaligem Wechsel der Location. Die Männer waren gute Tänzer, und Paula tanzte bis zur Besinnungslosigkeit. Gegen drei Uhr morgens hatte sie das Gefühl, Claude und Silvio schon ewig zu kennen.

Dann gab sie den Männern eindeutige Signale.

Die Herren hatten wirklich an alles gedacht. Sogar die beiden nebeneinander liegenden Zimmer in dem Fünf-Sterne-Hotel, zu dem sie jetzt fuhren, waren bereits gebucht.

Paula ging allein auf ihr Zimmer. Sie brauchte ein paar Minuten, um sich frisch zu machen. Dann klopfte sie, mit nicht mehr als einem sehr knappen Slip bekleidet, an die Zwischentür.

Die Männer hatten sich bereits ausgezogen. Paula sah, dass sie sehr gut gebaut waren und ordentlich was zwischen den Beinen hatten.

Claude kam ihr lächelnd entgegen. Er hob sie hoch und trug sie mit seinen muskulösen Armen zu dem großen französischen Bett, wo Silvio bereits wartete. Silvio zog ihr den Slip aus, beugte sich über sie und leckte ihre frisch rasierte Fotze. Er leckte langsam und genüsslich. Claude beugte sich mit seinem Schwanz über ihren Kopf. Sie schnappte mit dem Mund nach seinem Glied und lutschte es im Handumdrehen auf volle Größe.

Sie kam sehr schnell in Fahrt. Nichts gegen eine gleichberechtigte Partnerschaft, wusste sie, aber beim Sex war Gleichberechtigung tödlich! Sie konnte nur in Fahrt kommen, wenn sie von einem Mann dominiert wurde. Die Lust, die sie empfand, wenn sie sich einfach nur hingeben und alles mit sich machen lassen konnte, war unbeschreiblich. In dieser geilen Nacht sollten sich die Männer so richtig an ihr austoben dürfen. Sie wollte es!

Die Männer merkten das schnell, und so dauerte es nicht lange, bis Paula Silvios harten Schwanz in sich spürte. Er fickte sie sehr gut, sein Schwanz kam genau an die richtigen Stellen, und sie explodierte zum ersten Mal. Sie warf sich herum auf den Bauch und reckte ihm fordernd ihren prallen Arsch entgegen. Silvio nahm sie noch einmal, wobei er mit dem Daumen seiner rechten Hand behutsam ihren verschwitzten Anus massierte und ihn leicht weitete. Dann löste er sich von ihr, und die Männer wechselten ihre Position. Nun wurde sie von Claude gefickt, während sie noch ein bisschen an Silvios Schwanz herumlutschte. Sie war bereits klatschnass und kam bei Claude ein zweites Mal.

Dann gab es einen erneuten Stellungswechsel. Silvio legte sich auf den Rücken, und sie musste sich auf ihn setzen und ihn reiten. Die Reiterstellung war ihre Lieblingsstellung, weil sie ihr die größtmögliche Lust bereitete.

Paula bekam nicht mit, wie Claude sich seinen Schwanz mit viel Gleitgel einschmierte.

Als sie den Druck an ihrer Rosette spürte, öffnete sich ihr Schließmuskel automatisch. Sie drückte ihm ihren Unterleib fordernd entgegen, weil sie es nicht länger aushielt. »Oaaaaah!«, machte sie, als sie seinen harten Schwanz tief in sich eindringen fühlte. Der stechende Schmerz währte nur kurz, dann entspannte sie sich und wurde überaus gut begehbar. Zwei Schwänze gleichzeitig in sich zu spüren, war einfach das Höchste der Gefühle. Eine geilere Lust war überhaupt nicht vorstellbar! Nach fünf Minuten befand sie sich in einem Dauerorgasmus. Sie glitt schnell in einen Zustand über, in dem sich Raum und Zeit einfach auflösten.

***

Im Nachhinein empfand Paula die Nacht in dem Hotel wie eine geheime Initiation. Die Männer hatten sie in Welten entführt, die sie nie zuvor betreten hatte und die sie freiwillig niemals wieder verlassen würde. Und in ihrer uferlosen Fantasie trieb sie es jetzt mit Scharen von Männern und Frauen gleichzeitig.

Wie sehr freute sie sich auf ein Leben im Club!

Sie rief Marc an.

»Ich möchte dir aus tiefstem Herzen danken«, sagte sie.

»Du bist also zufrieden.«

»Marc, es war wahnsinnig! Ich war die ganze Zeit über wie in Trance. Ich fühlte mich total vögelfrei. Du kannst dir nicht vorstellen, wie ich mich jetzt auf das Clubleben mit dir und deinen Freunden freue.«

»Ähm «

»Du weißt, dass du jetzt einen Wunsch bei mir frei hast?«

Er schwieg.

»Marc? Bist du noch dran?«

»Wie meinst du das?«, fragte er.

Sie lachte. »Ihr Männer seid doch alle gleich. Gib zu, dass du mich gern ficken möchtest.«

Ja, das war tatsächlich so. Aber Erics Freundschaft war ihm heilig.

»Du behältst mein Geheimnis für dich«, fuhr Paula fort, »und ich werde kein Wort über uns zwei verlieren.«

Was das Sandwich betraf, hatte sie jetzt zwar mit ihrer Freundin Sandy gleichgezogen, aber mit Eric hatte sie immer noch eine Rechnung offen. Er hatte sie mit Sandy betrogen, und irgendwie fand sie es nur gerecht, wenn sie nun ihrerseits Eric mit Marc betrügen würde. Damals war es nicht mit Absicht geschehen, das war also nicht das Gleiche, aber diesmal würde sie es absichtlich tun. Aus Rache! Skrupel hatte sie keine mehr. Außerdem war der Sex mit Marc damals einfach nur brillant gewesen.

»Also, was ist?«, fragte sie.

Allein bei der Vorstellung, diese kleine süße Schlange nach Strich und Faden durchficken zu können, wurde ihm heiß.

»Und wo soll das ganze stattfinden?«, fragte er.

»Du kommst zu mir. Heute oder morgen. Eric kommt erst übermorgen zurück.«

Wer weiß, was morgen ist, dachte Marc. Frauen waren ja immer so wankelmütig.

»Ich könnte jetzt kommen«, sagte er.

»Fein! Ich freu mich.«

»Also, bis gleich!«

Eine halbe Stunde später klingelte er an ihrer Haustür.

Er musste einen Augenblick warten.

Als die Haustür aufging, sagte sie: »Aha! Der gestrenge Herr klingelt kurz nach halb drei.« Dann stellte sie sich auf ihre Zehenspitzen und gab ihm zur Begrüßung einen Kuss auf den Mund. Sie war barfuß, trug eine zerrissene Seven-Jeans und eine weit geschnittene weiße Bluse, die ihr über dem Hintern hing.

Das war nicht die Paula, die er kannte.

»Darf ich dir eine kleine Erfrischung anbieten?«, fragte sie, nachdem die Haustür wieder ins Schloss gefallen war.

»Du bist mir doch Erfrischung genug!«, lachte Marc. »Komm, wir gehen in den Garten!«

Sie setzten sich auf die Terrasse, tranken eisgekühlte Getränke, und Paula erzählte langatmig von ihrem Abenteuer mit Claude und Silvio.

»Es war so traumhaft, Marc!«, sagte sie schließlich. »Du kannst es dir nicht vorstellen. Ich bin seitdem ein ganz neuer Mensch. Haben Männer eigentlich auch so viel Spaß an einem Sandwich?«

»Ich glaub schon«, sagte er.

»Du hast mich auf den Geschmack gebracht.«

»Ich?«

»Immerhin bist du derjenige gewesen, der mein Hintertürchen entjungfert hat.«

»Oh, hab ich das wirklich?«

»Ja, wirklich. Und du hast es sehr, sehr gut gemacht.« Sie wollte ihn richtig heiß machen, aber das war er ja längst.

»Mach dich kurz etwas frisch!«, sagte sie schließlich und erhob sich mit einem verführerischen Lächeln. »Ich ziehe mir inzwischen mein Club-Outfit an.«

Marc stand ebenfalls auf. »Ich wusste gar nicht, dass unser Club ein eigenes Outfit hat.«

»Lass dich überraschen.«

Marc ging duschen. Als er nur mit einem großen weißen Badehandtuch bekleidet zurück ins Wohnzimmer kam, war Paula noch nicht da.

Dann stand sie plötzlich hinter ihm.

Schwarze Overknee Highheels, schwarze armlange Lackhandschuhe, schwarze Augenmaske.

Letztere ließ sie aussehen wie eine Katze.

Ansonsten war sie völlig nackt. Marc pfiff durch die Zähne.

»Dieses Outfit feiert heute Premiere«, sagte sie. »Du musst mir versprechen, dass ab jetzt kein Wort mehr gesprochen wird. Deine kleine Schlampe hat nur den einen Wunsch: Dass du es ihr jetzt so richtig besorgst.«

Er nickte.

Paula war einen ganzen Kopf kleiner als Marc, aber weil sie Highheels trug, bereitete ihnen das Küssen im Stehen kein Problem.

Sie küssten sich lange und leidenschaftlich.

Marc fuhr ihr mit der Hand behutsam in den Schritt und massierte ganz leicht ihren Kitzler. Sie war schon ziemlich feucht und stöhnte. Schließlich befreite sie ihn von seinem Badetuch und ging in die Hocke, um ihm einen zu blasen.

Als er groß und steif war, löste sie sich von ihm.

Wahrscheinlich wollte sie jetzt gefickt werden, aber das ließ er nicht zu. Wortlos drückte er sie zu Boden. Sie sollte sich auf den Bauch legen. Da kein Wort gesprochen wurde, begriff sie nicht so schnell, was er mit ihr vorhatte. Marc ging in die Hocke und legte sich ihre Beine über die Schultern. Er umklammerte sie ganz fest und stand dann wieder auf, sodass er sie mit sich hochzog. Da sie für einen so großen und kräftigen Mann wie ihn bloß ein Püppchen war, bereitete ihm das kein Problem. Er zog sie soweit zu sich hoch, bis er mit seiner Zunge ihre Fotze erreichte. Während er sie nun leckte, konnte sie ihm einen blasen. Es war die klassische Stellung 69, bloß im Stehen. Und so ging er mit ihr durchs Wohnzimmer und dann in die Diele, wo ein großer Spiegel hing. Paula machte dieser Anblick, kopfüber an ihm herunterhängend und ihn gleichzeitig lutschend, so richtig wild.

Nach diesem akrobatischen Intermezzo gingen sie hinüber zu der Couch und Paula setzte sich, den Rücken ihm zugewandt, auf die breite Armlehne. Dann beugte sie sich weit nach vorn und reckte ihm ihr pralles Hinterteil fordernd entgegen. Sie hatte diese Aktion offensichtlich geplant, denn Marc sah auf dem Beistelltisch bereits eine Tube Gleitgel liegen.

Er fickte sie so, wie sie es liebte, sehr langsam und sehr ausdauernd, und sie kam wie immer rasend schnell. Er schmierte sich etwas Gleitgel auf den rechten Daumen und massierte damit ihre Arschrosette. Ihr Schließmuskel öffnete sich bereitwillig. Und als er ihren Anus zunächst mit seinem Daumen, später gleichzeitig mit Zeige- und Mittelfinger weitete, stöhnte sie wollüstig auf.

Diese kleine Analfetischistin konnte es kaum noch erwarten, bis er sie endlich auch von hinten betrat. Sein Schwanz glitt in ihren prallen Arsch. Es war ein wunderbarer Arschfick. Doch bevor sie ihren Höhepunkt gemeinsam erreichten, fickte er sie diesmal abwechselnd in beide Löcher.

***

Marc und Nicole hatten sich in der Stadt auf eine Tasse Kaffee verabredet und gingen die Planung durch. Die Kosten, die die »Vögelbar« verursachen würde, waren nicht unerheblich.

»Aber das war uns doch von vornherein klar«, meinte Nicole. »Ein Club, der sich im Premium-Segment bewegt, kostet eben eine Kleinigkeit.«

»In der Anfangszeit können wir aber die Kosten nicht gleichmäßig auf die Mitglieder aufteilen. Ich wäre dafür, dass die Männer etwas höhere Beiträge zahlen als die weiblichen Mitglieder. Später können wir das immer noch korrigieren. Zunächst einmal brauchen wir Erfahrungswerte. Was meinst du?«

»Ich bin einverstanden. Aber sag mal, wie viele Personen sind wir denn jetzt genau?«

Marc zog einen Zettel aus der Tasche. Er hatte sich bereits eine Übersicht mit zwei Spalten angefertigt: Marc, Eric, Claude und Silvio standen in der linken Spalte; Nicole, Carmen, Ivana, Inga und Claire in der rechten Spalte. Sandys Namen hatte er erst mal in Klammern gesetzt. Er schob Nicole den Zettel über den Tisch.

»Wir sind also vier Männer und fünf Frauen«, sagte sie. »Für den Anfang ist das ein durchaus akzeptables Verhältnis.«

»Eric hat mir versprochen, zwei seiner Anwaltskollegen anzusprechen. Dann wären wir sechs Männer.«

»Das wäre gut. Was ist mit deiner Freundin Sandy?«

»Sandy hat eine eher ambivalente Haltung zu unserem Club. Es reizt sie nicht wirklich. Sie ist aber neugierig.«

»Dann stell sie mir doch bitte mal vor. Vielleicht kann ich sie überreden.«

»Ja, werde ich tun«, sagte Marc. »Aber was machen wir jetzt mit Paula? Sie bedrängt mich täglich wegen einer Mitgliedschaft.«

»Ich hätte nichts dagegen, wenn sich einer von euch Männern regelmäßig um sie kümmern würde, aber eine gleichzeitige Mitgliedschaft von Eric und Paula ist vollkommen ausgeschlossen. Es sei denn, die beiden einigten sich untereinander.«

»Ja, aber davon ist erst mal nicht auszugehen.«

***

»Klar«, sagte Sandy, »ich guck mir das gern mal an. »Aber ich möchte nicht allein bei der Lady aufkreuzen.«

»Ist doch nur auf einen Kaffee unter zwei Frauen«, sagte Marc.

»Nein, trotzdem.« Sie zog eine Schnute. »Du kommst mit!«

»Dann komme ich eben mit.«

Nicole begrüßte die Herrschaften wie immer herzlich und

offen. Sie war sicher, dass sich Sandy überreden ließe, sobald sie die geschmackvoll eingerichteten Kellerräume gesehen hätte.

»Jetzt trinken wir erst mal einen«, sagte sie und führte ihre Gäste in das große Wohnzimmer.

Sandy war von dem geschmackvoll eingerichteten Haus sehr angetan. Sie fühlte sich bei Madame du Barry sofort wohl.

»Nein, wir sind kein Swingerclub, liebe Miss Summers«, sagte Nicole auf ihre diesbezügliche Frage. »Und natürlich erst recht kein Bordell. Die ›Vögelbar‹ ist ein Club der guten Freunde. Die Zuneigung, die wir füreinander und untereinander empfinden, ist freundschaftlicher Art, und Freundschaft ist das tragende Element unseres Clubs. Herz und Leidenschaft sind uns gleichermaßen wichtig. Ansonsten gilt für uns natürlich das, was sich auch jeder Swingerclub oder Party-Treff auf die Fahne schreibt: Alles kann, nichts muss.«

»Die Idee als solche finde ich absolut genial«, lobte Sandy. »Ich bin mir auch sicher, dass der Club ein Renner wird, aber mir persönlich fehlt einfach der Kick, wenn Männer frei verfügbar sind.«

»Ich verstehe Sie durchaus, wenn Sie sagen, dass Sie ein Mann, den man nicht so schnell haben kann, mehr reizt als die freie Verfügbarkeit über eine relativ große Anzahl von Männern. Auch ich liebe es, einen Mann zu erobern Ja, nicht nur die Männer erobern gern – wir Frauen erobern genauso gern, und nichts genießt eine Frau so sehr wie den Sieg über eine andere Frau. Aber bedenken Sie: Es gibt Tage, wo wir einen Mann dringend bräuchten, und dann ist keiner da. Was machen wir Frauen dann? Wir befriedigen uns selbst. Das kann natürlich auch sehr schön sein, aber kann es einen richtigen Mann mit einem schönen harten Schwanz ersetzen? Ich sage, nein. Und gerade in solchen Augenblicken wünscht man sich als Frau, einen guten Freund anrufen zu können, der mal schnell vorbeikommt und es einem so richtig gut besorgt. Und dafür haben wir diesen Club gegründet.«

»Nicht dass wir uns falsch verstehen«, sagte Sandy, »ich bin grundsätzlich offen für alles, was mit Sex zu tun hat. Ich bin auch gern bereit, irgendwann mal an einem Clubtreffen aktiv teilzunehmen – allein schon deshalb, weil ich neugierig bin. Ich sage nur, dass ich es mir momentan nicht vorstellen kann. Aber vielleicht ist meine Vorstellung falsch.«

»Sie ist falsch, Miss Summers. Definitiv.«

»Wie wäre es«, meldete sich Marc jetzt zu Wort, »wenn du dir unsere Räumlichkeiten mal anschauen würdest?«

»Klar. Sehr gern sogar«, sagte Sandy.

»Gut, dann lassen Sie uns jetzt hinuntergehen«, meinte Nicole.

Sie führte ihre Gäste über die lang geschwungene Kellertreppe nach unten.

Zuerst besichtigten sie den großen Clubraum.

»So groß hab ich ihn mir nicht vorgestellt«, staunte Sandy, als sie in der Tür standen. »Wie viele Quadratmeter sind das?«

»Im Ganzen knapp vierhundert. Der Raum ist L-förmig angelegt. Im hinteren Teil, den Sie von hier aus nicht einsehen können, setzt sich der Raum nach rechts fort. Dort haben wir das Spezialmobiliar für alle nur erdenklichen BDSM-Praktiken untergebracht.«

»Wow, das ist aber ein schönes Rot«, lobte Sandy die Farbe des flauschigen Teppichs. Sie sah sofort, dass das keine billige Auslegeware war. Die eleganten Ledercouchen, die Sessel und Tischchen, die Bar mit der geschwungenen Theke und den Designer-Barhockern und die höchst geschmackvoll ausgestatteten Liegewiesen unterstrichen den luxuriösen Touch noch.

Eine große herzförmige Liebesinsel, deren Herstellung ein Vermögen gekostet haben musste, war zweifellos ein Blickfang.

Sie schlenderten durch den Raum.

»Weißt du, für wen das was wäre?«, wandte Sandy sich an Marc.

»Sag's mir.«

»Für Emily.«

Marc verdrehte die Augen. »Fängst du schon wieder damit an!«

»Ich weiß, das willst du nicht hören.« Sie lachte. »Und Paula musst du das hier erst recht zeigen. Die kriegt sich dann gar nicht mehr ein.«

»Das Thema hatten wir schon«, sagte Nicole. »Sie wissen, dass Paulas Mann Clubmitglied ist?«

»Ja, Marc hat es mir bereits gesagt.«

»Also muss Paula verzichten.«

»Das ist aber ausgesprochen schade.«

»Es gibt keine andere Lösung.«

Dann entdeckte Sandy die Liebesschaukel. »So was hab ich noch nie ausprobiert.«

»Tun Sie sich keinen Zwang an!«, lachte Nicole.

Sie gingen weiter und erreichten den Raumteil mit dem Spezial-Equipment. Sandy befühlte neugierig alle Gerätschaften. Im Großen und Ganzen war sie davon sehr angetan.

»Wirklich beeindruckend, Madame du Barry.«

»Kommen Sie, ich zeige Ihnen die restlichen Räumlichkeiten.«

Abschließend besichtigte Sandy das luxuriöse Designerbad mit dem riesigen Whirlpool.

»Und dort drüben sind die Saunen, die Duschen und die Toiletten«, sagte Nicole.

»Also wirklich, ich bin schwer beeindruckt.«

»Ich habe nicht den geringsten Zweifel, dass Sie sich bei uns wohlfühlen werden, Miss Summers.«

»Ich werde es mir noch mal überlegen ...«

***

Der Tod von Edward Blokarsky, Emilys Mann, kam völlig überraschend.

Es passierte auf einer Landstraße. Bei Tempo einhundertdreißig und regennasser Straße kam er mit seinem Porsche Carrera in einer plötzlich auftauchenden Rechtskurve von der Fahrbahn ab und überschlug sich mehrmals. Sein Körper wies keinerlei äußerlich sichtbare Schäden auf, aber er hatte sich das Genick gebrochen.

Zur Beerdigung kamen viele Menschen, überwiegend Schaulustige. Emily stand weinend am Grab und wurde von Marc und ihrer Mutter gestützt.

Ihre Mutter hatte ihr angeboten, ein paar Tage bei ihr zu bleiben. »Jetzt, wo du in diesem riesengroßen Haus doch völlig allein bist.« Aber Emily hatte geantwortet: »Wir telefonieren morgen, Mom. Heute Abend möchte ich nur allein sein.«

Die Blokarskys hatten sich vor drei Jahren vom großen gesellschaftlichen Leben zurückgezogen, und Emily hatte sich an das ruhige Leben weitestgehend gewöhnt. Sie besaß ein paar gute Freundinnen, aber selbst die wollte sie heute Abend nicht um sich haben. Der einzige Mensch, der sie nach der Beerdigung nach Hause begleiten durfte, war Marc.

Emily saß im Wohnzimmer auf der Ledercouch. Ihr Körper war zusammengefallen. Sie bekam wieder einen Weinkrampf. »Er hatte doch auch gute Seiten«, schluchzte sie.

Marc setzte sich neben sie und streichelte zärtlich über ihren Arm. Ihr Gesicht war tränenverschmiert, der Mascara war verlaufen. Er küsste ihr unaufdringlich die Tränen weg.

Sie merkte nicht, dass ihr schwarzer Rock hochgerutscht war und ihre schlanken Beine freilegte, die sie in eine schwarze Seidenstrumpfhose gehüllt hatte.

»Du bist der einzige Mensch, der immer gut zu mir war«, sagte sie. »Jetzt kennen wir uns schon so viele Jahre, Marc. Nie gab es auch nur die kleinste Meinungsverschiedenheit zwischen uns. Was gibt es Schöneres als einen echten Seelenfreund!«

Marc streichelte sie lange.

»Nimm mich bitte in den Arm!«, sagte sie.

Er drückte sie an sich.

»Mein liebster Seelenfreund«, hauchte sie.

Seine rechte Hand ruhte auf ihrem Oberschenkel. Sie stieß ihn nicht weg.

Als er sich ihrem Mund näherte, öffnete sie zitternd ihre Lippen. Dann schloss sie die Augen.

Er zog ihr die Seidenstrumpfhose aus. Sie fiel knisternd zu Boden. Danach ihren Slip. Er fickte sie noch auf der Couch.

Nach dem Sex war sie wie verwandelt. »Danke«, sagte sie und strahlte ihn an, »ich hab's fast nicht mehr ausgehalten. Dreimal Sex in drei Jahren. Das ist einfach zu wenig.«

»Dann hast du aber einen gewaltigen Nachholbedarf«, sagte er.

»Ja, ich brauche wahnsinnig viel Liebe.« Sie küsste ihn wieder auf den Mund. »Ich liebe dich unendlich, Marc.«

***

»Inga hat sich übrigens nach dir erkundigt«, sagte Nicole.

»Hat sie das«, stellte Marc lakonisch fest. Er befand sich im Clubraum und traf letzte Vorbereitungen für das erste Beisammensein der guten Freunde am kommenden Samstag.

»Du hast scheinbar mächtig Eindruck auf sie gemacht.«

»Freut mich zu hören.«

»Du wirst sie am Samstag wiedersehen.«

»Ah.«

»Aber vielleicht möchte sie dich *vorher* wiedersehen.«

Marc legte den Schraubenzieher aus der Hand und sah sie an. »Nicole, was soll das?«

Nicole lächelte. »Ich hab dir doch gesagt, dass ihr zwei ein tolles Paar abgeben würdet.«

»Willst du uns verkuppeln?«

»Ich wünsche Menschen immer nur das Beste.«

»Also willst du uns verkuppeln!«

Er ging an den Kühlschrank hinter der Bar und holte ein kaltes Bier heraus. »Möchtest du auch was trinken?«, fragte er sie.

»Im Moment nicht, danke … Inga ist eine tolle Type.«

»Sie ist wirklich ein außergewöhnliches Mädchen«, bestätigte Marc, während er sich das Glas füllte. Er nahm auf einem der Barhocker Platz und trank einen Schluck. Auf der Theke lag eine lange Liste von Punkten, was es für Samstag noch alles zu besorgen und zu erledigen galt. Champagner und Beluga-Kaviar hatten sie bereits in rauen Mengen gelagert, aber um die leckeren Häppchen aus dem Feinkostladen galt es sich jetzt genauer Gedanken zu machen.

»Hast du ihre Handynummer?«, fragte Nicole.

»Gib sie mir!«, sagte er genervt, damit sie endlich Ruhe gab.

Er tippte Ingas Nummer in sein Handy ein.

»Ich hab hier keinen Empfang.«

»Dann versuch's oben.«

Marc ging hoch ins Erdgeschoss, damit er es endlich hinter sich bringen konnte.

»Inga Hammarlund«, meldete sie sich.

»Hi, hier spricht Marc.«

Sie erkannte ihn an der Stimme wieder und musste lachen.

»Wie geht's dir, Marc?«

»Ich bin gerade bei Nicole und arbeite unsere To-do-Liste ab. Schließlich soll der Samstag für unsere Freunde zu einem unvergesslichen Erlebnis werden.«

»Das ist gut. Ich freu mich auch sehr darauf.«

»Weshalb ich anrufe ... Hättest du vielleicht Lust, mich vorher zu sehen? Wir könnten ja mal was zu zweit unternehmen.«

»Super Idee. Wann und wo?«

»Wie wär's mit morgen Abend?«

»Ja, das würde mir sehr passen. Kommst du zu mir? Dann mache ich uns etwas Feines zu essen.«

»Das hört sich gut an, Inga. Wo wohnst du?«

Sie gab ihm ihre Adresse.

»Wann soll ich kommen?«

»Neunzehn Uhr. Aber sei bitte pünktlich, damit mir das Essen nicht anbrennt.«

***

Inga wohnte im zweiten Stock eines Mehrfamilienhauses.

Er klingelte um neunzehn Uhr.

Sie öffnete ihm in leichten Sommershorts und kurzem Top. Und sie war barfuß.

Es duftete nach gutem Essen.

Sie führte ihn in ein kleines gemütliches Wohnzimmer. An dem runden Tisch mit weißer Tischdecke war für zwei Personen gedeckt. Auf dem Tisch standen Kerzen.

»Was möchtest du trinken?«, fragte sie.

»Hast du vielleicht ein Glas Rotwein für mich?«

Sie holte eine passend temperierte Flasche Rioja aus der Küche und überreichte sie ihm. »Dekantierst du den bitte?«

Er tat es.

Als sie das Essen hereintrug, sagte sie: »Schön, dass du dich gemeldet hast.«

»Klar, war ja auch ein bleibendes Erlebnis mit dir.«

»Du erinnerst dich also an mich.«

»Ich erinnere mich vor allem an eine Frau mit leuchtend blauen Augen, die fantastisch küssen kann.«

Sie lachte. »Und morgen wirst du dich an eine Frau erinnern, die vor allem fantastisch kochen kann.«

Es war nicht zu übersehen, dass Inga heute Abend vor allem auf Romantik programmiert war. Bei Kerzenschein und leiser klassischer Musik erzählte sie aus ihrem Leben.

Marc wunderte sich vor allem darüber, dass sich die ehemalige Jurastudentin seit geraumer Zeit als Prostituierte verdingte.

»Ich kann Liebe und Prostitution trennen«, sagte sie. »Ich denke, jede Prostituierte kann das trennen. Ich ficke sehr gern mit interessanten Männern, und im ›Club Soixante-Douze‹ gab es nur interessante Männer. Aber ich glaube fest an die Liebe. Ich träume wie jede Frau von der großen Liebe.«

Marc nahm ihr das ab. Und dann musste er alles über sich erzählen.

Nach dem Essen, das wirklich köstlich gewesen war, saßen sie auf dem Sofa und plauderten weiter.

»Sex kriegst du heute keinen von mir«, sagte sie schließlich. »Außerdem hab ich meine Tage. Ich habe heute sozusagen vögelfrei.« Und als sie sein enttäuschtes Gesicht sah, setzte sie lächelnd hinzu: »Du darfst mich aber küssen. Ich küsse für mein Leben gern.«

»Ich auch«, sagte Marc.

Sie küssten sich lange und zärtlich und landeten schließlich doch noch in Ingas Bett, wo sie weitere Zärtlichkeiten austauschten. Aber sie hatten keinen Sex.

***

Als Marc Erics Nummer auf dem Display sah, hatte er doch plötzlich ein schlechtes Gewissen. Jetzt hatte er schon zum zweiten Mal mit seiner Frau Paula gefickt, und seine Angst, die Sache könnte irgendwann rauskommen, wuchs.

»Marc, altes Haus«, meldete Eric sich. »Ich habe dir tolle Neuigkeiten zu berichten. Zwei meiner Kollegen wollen mitmachen.«

Marc wusste sofort, wovon die Rede war. Es gab zwei weitere Bewerber für die »Vögelbar«. Die zwei Anwaltskollegen, die Eric ansprechen wollte, hatten ihre Teilnahme signalisiert.

»Dann sind wir jetzt sechs Männer«, brachte Marc ihn auf den neuesten Stand. »Nicole hat nämlich auch zwei Männer aufgegabelt. Tolle Typen. Du wirst sie dann ja kennenlernen.«

»Was sind das für Typen?«

»Der eine ist Flugkapitän und heißt Claude, der andere, Silvio, ist Inhaber eines Nobelrestaurants. Beide sind in unserem Alter.«

»Hört sich gut an. Hat sich an der Anzahl der Frauen etwas geändert?«, wollte Eric wissen.

»Nein, da bleibt es bei Nicole, Inga, Ivana, Carmen und Claire. Und eventuell Sandy, aber die eiert noch rum.«

»Plus die beiden taubstummen Zwillinge. Sozusagen als eiserne Reserve«, lachte Eric.

»Ja, Selma und Aline würden bestimmt gern mitmachen, aber Nicole hat was dagegen. Sie will, dass die beiden ausschließlich servieren.«

»Werden der Flugkapitän und der Restaurantbetreiber morgen schon dabei sein?«

»Sie haben zumindest zugesagt.«

»Meinen beiden Kollegen hab ich von dem Termin morgen noch nichts erzählt. Ich halte es für besser, wenn du oder Nicole sie euch erst mal anseht.«

»Ja, das ist gut.«

»Das Seminar war klasse. Hab dort auch eine interessante Frau kennengelernt, aber gelaufen ist bis jetzt noch nichts.«

»Okay, dann sag ich mal: Bis morgen, Eric.«

»Bye, Marc.«

***

»Ich hab's mir überlegt«, sagte Sandy am Telefon, »ich werde doch mitkommen.«

»Und der Grund für deinen Sinneswandel?«, fragte Marc.

»Neugier und Lust. Außerdem habe ich mich mit Tom zerstritten.«

»Das ist allerdings ein triftiger Grund«, witzelte Marc.

»Wann geht's los?«

»Wir sollen um sechzehn Uhr da sein.«

»Holst du mich ab?«

»Gern.«

Als Marc und Sandy eintrafen, war die Freude bei Nicole groß. »Wusste ich's doch!«, sagte sie und nahm Sandy zur Begrüßung in den Arm. »Sie sehen bezaubernd aus.«

»Danke, Madame du Barry. Sie wussten mit Bestimmtheit, dass ich kommen würde?«

»Bien sûr! Das war leicht vorauszusehen. Die Neugier siegt bei uns Frauen immer. Unsere Neugier ist immer stärker als unsere Angst.«

Sandy lachte.

Aus dem Keller drangen heftige Lustschreie nach oben.

»Da können es ein paar Voreilige mal wieder nicht abwarten«, lachte Nicole.

»Ich werde schon vom Zuhören ganz spitz«, sagte Sandy.

»Ich auch«, pflichtete ihr die Hausherrin bei. »Ich freue mich wahnsinnig darauf, von Marc gleich richtig durchgevögelt zu werden.« Sie tätschelte ihn liebevoll im Schritt. »Das heißt, wenn er dann noch kann. Denn ich habe das dumpfe Gefühl, dass er sich heute intensiv um Inga kümmern wird.«

»Davon darfst du ausgehen, Nicole«, lachte Marc.

»Ach, noch was, Sandy. Im Club duzen wir uns natürlich. Du nennst mich bitte ab sofort Nicole.«

»Einverstanden!«

»Bien. Was darf ich euch zu trinken anbieten?«

»Ein Schlückchen Champagner wäre nicht schlecht«, meinte Sandy. Sie schielte auf das Tablett mit den Gläsern.

Nicole reichte ihnen zwei Gläser. »Eure Folgewünsche richtet ihr dann bitte an das Personal. Selma und Aline sind taubstumm, sie können aber von den Lippen ablesen.«

»Wo sind die beiden?«, fragte Marc. »Ich möchte sie gern begrüßen.«

»In der Küche, Chérie.«

Marc ging nachsehen.

Die Zwillinge trugen weiße Schürzchen, weiße BHs und weiße Spitzenhäubchen auf dem Kopf. Als Marc ihnen die Hand reichte, machten sie höflich einen Knicks und lächelten.

»Eine wirklich sexy Servier-Garnitur!«, lobte er.

Die Mädchen lachten.

Das Gestöhne aus dem Keller nahm zu.

»Kann ich mal runtergehen?«, fragte Sandy.

»Tu dir bitte keinen Zwang an, Chérie. Fühl dich wie zu Hause«, sagte Nicole.

Sandy ging neugierig nach unten.

Mitten im Raum stand Eric. Auf seinem erigierten Riesenpenis hockte Carmen. Er hatte sie regelrecht aufgespießt. Während seine Arme ihre Gesäßbacken packten, hielt sie mit den Beinen seine Hüfte umklammert. Ihre Arme waren um seinen Hals geschlungen.

»Hi, Sandy«, ächzte er, als er sie in der Tür stehen sah.

»Hi, Eric. Wie's aussieht, fühlst du dich hier schon ganz wie zu Hause«, lästerte Sandy.

»Dies ist mehr als ein Zuhause – dies ist das Paradies!«

»Okay. Überanstreng dich aber nicht!«, sagte sie beim Hinausgehen. »Bei mir musst du heute auch noch ran.«

Es klingelte an der Tür.

Inga, Ivana und Claire kamen zu dritt.

»Sind wir die Letzten?«, fragte Inga.

»Nein, Claude und Silvio fehlen noch«, sagte Nicole. »Sie stehen im Stau, werden aber in spätestens einer halben Stunde hier sein. Die beiden kennt ihr ja noch nicht, aber ihr werdet von ihnen begeistert sein. Den Härtetest haben sie auf jeden Fall schon bestanden.« Sie lachte. »Stärkt euch doch schon mal!«

Auf einem weiß gedeckten Tisch standen ein paar Silbertabletts mit feinen Appetithäppchen.

»Hm, die sehen aber lecker aus!«, fand Ivana.

»Greift zu, ihr Süßen!«

Dann traten Marc und Sandy hinzu. Man begrüßte, küsste und drückte sich. Inga zwinkerte Marc unauffällig zu.

Claude und Silvio trafen gegen Viertel vor fünf ein, und sie entschuldigten sich für die Verspätung. Man nahm die beiden attraktiven Herren sofort als sehr herzlich und zuvorkommend wahr.

»Wir sind vollzählig!«, rief Nicole.

Die Anwesenden klatschten spontan in die Hände.

Dann hielt Nicole eine kleine Ansprache, die von allen begeistert aufgenommen wurde.

Die Freunde duschten, lachten, seiften sich gegenseitig ein und schritten dann gemeinsam in die Arena. Diejenigen, die diesen Raum zum ersten Mal betraten, glaubten ihren Augen nicht zu trauen. Es war wirklich ein Paradies für die Lust. Nicole trug ihr schwarzes BDSM-Outfit, und alle fanden, dass sie darin wahnsinnig sexy aussähe.

»Ich finde, die Chefin fängt an!«, rief Marc.

»Hier gibt's keine Chefin!«, rief Nicole sogleich. Aber da hatte sich Claude auch schon auf sie gestürzt und sie zu Boden gerissen. Sie wollte schnell wegkriechen, aber Claude packte sie an den Lederstiefeln und fuhr ihr erst mal mit der Zunge durch die Arschspalte. Ihr Slip hatte zwei Öffnungen. Claudes Zunge drang in ihre Muschi, und sie stöhnte auf.

Die andern standen nackt – beziehungsweise in ihrem jeweiligen Lieblings-Outfit – um die beiden herum und applaudierten. Marc, Eric und Silvio erregte der Anblick der sich windenden Nicole so sehr, dass sie einen Prügel bekamen.

Claude schlürfte sie erst so richtig aus, dann drang er in sie ein.

»Uuuh, tut das gut!«, stöhnte sie.

Claude fickte sie zunächst langsam und konzentriert. Doch nach einer Weile wünschte sie härtere Stöße und fing nun ihrerseits an, ihn zu ficken, indem sie ihren Arsch schneller und rhythmischer gegen seinen Schwanz klatschte.

»Ja, fick mich! Fick mich! Mach mich platt!«, schrie sie. »Ouuuiii!« Ihr Brüllen dröhnte über den Teppich. An ihrem lustverzerrten Gesicht war abzulesen, mit welcher Heftigkeit sie kam.

»Wir haben den ersten Orgasmus!«, rief Eric aus. »Wer führt Strichliste?«

Alle lachten.

Nicole ließ sich befriedigt auf den Bauch gleiten.

»Das war der Einweihungsfick!«, sagte sie schließlich und hatte dabei ein sehr befriedigtes Lächeln auf dem Gesicht.

»Jetzt seid ihr dran!«

»Ich brauch 'ne Pause«, sagte Claude, aber bevor er sich aufrichten konnte, hatte sich Claire auch schon zu ihm gesellt, um ihm einen zu blasen.

Carmen und Ivana kümmerten sich um Eric. Sie lagen zu dritt auf einer Couch. Carmen lag mit gespreizten Beinen in der einen Ecke und ließ sich von Eric lecken, während Ivana genussvoll an Erics Schwanz herumlutschte.

Sandy wollte unbedingt die Liebesschaukel ausprobieren. Sie ließ sie sich von Silvio erklären, der es bei dieser Art von Gerätschaft inzwischen zur Meisterschaft gebracht hatte.

Inga knöpfte sich Marc vor. »Ich steh auf Bondage, das hab ich dir ja gesagt.«

»Und auf Verkleidungsspiele«, ergänzte dieser.

»Dazu kommen wir noch.« Sie hielt ihm auffordernd die Hand hin. »Kommen Sie, Don!«

Marc folgte ihr zu der Ecke, wo sich das BDSM-Equipment befand.

Inga erklärte ihm minutiös, wie sie gefesselt werden wollte. Um ihm die Arbeit zu erleichtern, würde sie eine fötale Stellung einnehmen. Es war unglaublich wichtig, dass die Lederriemen, mit denen sie zu einem bewegungslosen Knoten zusammengeschnürt werden wollte, sehr eng anlagen. Es durfte ruhig ein bisschen wehtun.

Kurze Zeit später waren ihre Oberschenkel fest mit ihrem Körper verschnürt, die Unterschenkel gefesselt und ihre Arme auf dem Rücken brutal zusammengeknotet. Nachdem Marc seine Arbeit perfekt verrichtet hatte, zog er sie mit einem Flaschenzug – mit dem Rücken nach oben – genau auf jene Höhe, die es ihm ermöglichen würde, sie möglichst leicht zu penetrieren.

»Nimm bitte keinerlei Rücksicht auf mich, wenn du mich auspeitschst!«, waren Ingas letzte Worte, bevor er ihr den Mundknebel anlegte. »Gib's deinem Fickstück so richtig!«

Abschließend hängte er ihr mittelschwere Gewichte an die Brustwarzen. Sie stöhnte, denn diese Prozedur bereitete ihr offenbar besonders große Schmerzen.

Der Akustikpegel war inzwischen ohnehin deutlich angeschwollen. Schmerz- und Lustschreie gellten abwechselnd durch den Raum.

Marc nahm die siebenschwänzige Katze und peitschte sie aus. Besonders die Schläge auf die spiegelglatte Vagina mussten schmerzen, denn sie stöhnte jetzt besonders grauenvoll. *Das muss ganz schön wehtun*, dachte er, *aber du hast es ja so gewollt.*

Dann warf er die Peitsche zu Boden und packte sie mit beiden Händen an ihren Gesäßbacken, um sie auseinanderzuzerren. Sein knüppelhartes Glied drang stark erregt in ihre Spalte, die schon ziemlich feucht war.

Kurz bevor es ihm kam, riss er ihr den Knebel herunter und stopfte ihr stattdessen seinen Schwanz in den Mund. Sie lutschte ihn heftig, dann spritzte er ihr die volle Ladung hinein.

Er nahm die Gewichte von ihren Brustwarzen, ließ sie vorsichtig auf den Boden zurückgleiten, löste die Karabinerhaken und befreite sie von den Lederfesseln. Ein zusammengekrümmtes, aber sehr befriedigtes Häufchen Inga blieb zurück.

»Jetzt weißt du, wie ich ticke«, sagte sie und küsste ihn zärtlich auf den Mund. »Wenn du weiterhin alles richtig machst, gebe ich dich nie wieder her.«

Gleich nebenan betätigten sich Sandy und Silvio in der Liebesschaukel. Silvio, der sich mit diesem Gerät gut auskannte, hatte eine besonders raffinierte Bondage-Technik bei ihr angewandt und nahm sie gerade anal.

»Oaaaaah!!« Die Schaukel erzitterte unter Sandys animalischem Orgasmus.

Als Marc an die Bar gehen wollte, um sich ein Schlückchen Champagner zu genehmigen, kam Nicole ihm lächelnd entgegen und schlang ihre Arm um seinen Hals.

»Na, mon cher, war's gut?«, fragte sie.

Seine Hände schlossen sich um ihre Hüften.

»Es war einsame Spitze«, sagte er leicht überdreht.

»Das freut mich. Hoffentlich hast du noch etwas Sahne für mich übrig gelassen.«

»Ach, Nicole. Gewähre mir ein kleine Pause, dann ficke ich dich in den siebten Himmel.«

»Ich werde darauf zurückkommen«, lachte Nicole.

»Darf ich dir Nicole ausspannen?«, fragte Silvio. Er hatte bei Sandy absichtlich nicht abgespritzt, um seinen ersten Schuss des Tages für die Hausherrin aufzuheben.

»Da mach ich mit!«, rief Claire, die Silvios Worte mitbekommen hatte. Sie hatte sich einen Strap-on umgeschnallt, einen Slip aus schwarzem Leder mit aufgesetztem schwarzem Dildo. »Ich wollte schon immer mal die Chefin ficken.«

Nicole drehte sich um. »Na los, ihr zwei. Nehmt mich, dass es kracht!«

»Du bist mutig«, meinte Silvio.

»Ach, Silvio, wenn ich immer so weiterlebe und mich schließlich ins achtzigste Lebensjahr gelangweilt habe, was bleibt mir dann wohl noch außer den erfreulichen Erinnerungen an all diese intensiven Ficks mit euch?«

»Ich hab schon mal überlegt, einen ganzen Monat lang überhaupt nicht zu ficken, einfach nur enthaltsam zu sein.«

»Dich aus der Welt zurückziehen?«

»Wollen wir uns jetzt etwa darüber unterhalten?«, maulte Claire.

»Ich würde niemals freiwillig enthaltsam sein«, fuhr Silvio fort. »Aber wenn ich es einen Monat lang wäre, wüsste ich diese Ficks vielleicht besser zu schätzen.«

»Gehen wir da rüber«, sagte Nicole. Sie entledigte sich ihres Lederslips und wies Silvio an, sich auf die Couch zu setzen. »Es ist eine Sache der Seele. Ich finde, du solltest es tun.«

»Enthaltsam sein?« Er setzte sich auf die Couch.

»Ja.«

»Ich war noch nie in deinem Arsch, Nicole.« Er rieb seinen Schwanz mit Gleitgel ein.

»Alle Ärsche sind gleich. Können wir?«

Sie wandte ihm den Rücken zu. Dann griff sie durch ihre Beine nach seinem Schwanz und drückte ihn vorsichtig gegen ihren Anus. Sie bewegte sich ein paar Mal behutsam auf und ab, bis er vollständig in ihr steckte. Dann lehnte sie sich weit zurück und zog ihre Beine an, damit Claire ihre Fotze ficken konnte. Soweit sie sich erinnern konnte, war sie noch nie von einer Frau mit Strap-on und Dildo gefickt worden.

Silvio hielt ihre Beine fest und zog sie an sich.

Claire fand schnell ihren Rhythmus. »Woran denkst du?«, fragte sie, während sie sich alle Mühe gab, Nicole wie ein Mann zu ficken.

»Ans Essen, Liebes ... Uuuh, das ist gut ... Ja, das machst du sehr gut.«

»Das ist nicht wahr, oder?« Claire lachte.

Silvio küsste Nicoles Rücken. Er steckte so tief in ihrem Arsch, dass er sich so gut wie nicht mehr bewegen konnte.

»Wie kann man bei diesen Ebenen der Verzückung bloß ans Essen denken«, sagte er.

»Woran denkst du denn?«, fragte Nicole.

»Ich stelle mir vor, du würdest statt dieser Stiefel Netzstrümpfe tragen. Oder Strapse.«

»Beim nächsten Mal vielleicht ... Aaah ...«

»Ich liebe verschnürte Frauen, damit ich sie aufschnüren kann.«

»Das kannst du gleich mit Inga machen.«

»Hört auf zu reden«, maulte Claire, »ich komme sonst aus dem Rhythmus.«

Durch ihren starken holländischen Akzent hörte sich dieser Satz doppelt komisch an. Sie schob Nicole ihren Daumen in den Mund, damit sie daran saugen konnte.

Nicole wurde schließlich so nass, dass sie Claires Dildo kaum noch spürte.

»Ich möchte, dass du mich fistest«, sagte sie.

Claire ließ sofort von ihr ab und ging in die Hocke. Silvios Schwanz steckte weiterhin in Nicoles Arsch. Claire spreizte Nicoles innere Labien und schob dann alle fünf Finger ihrer rechten Hand in sie hinein. Als sie bis zu den Knöcheln in ihr steckte, spürte sie einen leichten Widerstand, sodass sie ihre Hand ein paar Mal hin und her drehen musste, um tiefer eindringen zu können. Das war gar nicht so einfach. Sie umklammerte ihr Handgelenk mit der anderen Hand und drückte nun mit doppelter Kraft, bis sie bis zum Handgelenk in Nicole eingetaucht war.

»Aaaah, das fühlt sich fantastisch an!«, stöhnte Nicole unter Claires schweren Stößen. Sie genoss das Gefühl, vollkommen ausgefüllt zu sein. »Ja, fick mich fester!«

Als sie ihren Orgasmus kommen fühlte, zog sie Claires Hand heraus und leerte mit drei hohen und kräftigen Strahlen ihre Blase.

Die Tür ging auf.

Selma und Aline schoben einen Servierwagen herein. Mit ihren weißen Schürzchen, ihren weißen BHs und den weißen

Spitzenhäubchen wirkten die Zwillinge überaus putzig.

Auf silbernen Tabletts lagen kleine mit Sternzeichen verzierte Törtchen.

»He, wessen Idee war das denn?«, fragte Ivana. »Die sehen verdammt lecker aus.«

»Die Astrotörtchen?«, fragte Nicole. »Ich glaube, das war die Idee unseres Spitzenastrologen. Kohlenhydrate für mehr Energie.«

»Und wo habt ihr die bestellt?«, wollte Claire wissen.

»Die haben Selma und Aline selbst gebacken. Sie sind glücklich, wenn sie etwas zu tun haben.«

Die Zwillinge lächelten und warfen den Männern aufreizende Blicke zu.

»Ihr seht richtig gut aus, Kinder«, befand Nicole. »Aber jetzt, Marsch, Marsch, schnell wieder nach oben!«

»Nun sei doch nicht immer so streng zu ihnen!«, wurde sie von Marc ermahnt. »Du siehst doch, dass sie gern mitmachen möchten.«

»Marc, die beiden sind keine Clubmitglieder, und das werden sie auch nicht!« Sie hatte einen leicht zornigen Unterton in der Stimme. »Wenn sich einer der Herren ihrer annehmen möchte, bitte sehr! Aber nicht in diesem Raum! Dies ist unser Clubraum!«

Eric meldete sich zu Wort. »Du hast absolut recht, Nicole. Nicht in diesem Raum. Aber die Mädchen heiß machen und dann einfach wegschicken, geht auch nicht. Das ist ja schlimmer, als wenn man einem ausgehungerten Hund eine Wurst vor die Nase hält. Diese Grausamkeit bringe ich nicht auf. Ich kümmere mich um sie.«

Er nahm die Zwillinge in den Arm und ging mit ihnen in Richtung Tür. Die Mädchen strahlten. Auch wenn sie taubstumm waren, hatten sie doch begriffen, dass er es gut mit ihnen meinte.

»Das ist dein gutes Recht, Eric«, rief Nicole ihm hinterher. »Fick den beiden meinetwegen die Seele aus dem Leib! Aber denk auch mal an uns. Du lässt hier sechs geile Frauen mit nur drei Männern zurück.«

»Dieses Verhältnis wird sich schon bald ändern«, lachte Eric beim Hinausgehen.

***

Der erste Clubsamstag hatte sich als voller Erfolg erwiesen. Marc ging am darauf folgenden Sonntag allein im Wald spazieren, um mal wieder in Ruhe nachdenken zu können. Seine Gedanken kreisten um drei Frauen: Paula, Emily und Inga.

Paula war nicht wirklich an ihm interessiert. Sie hatte nur mit ihm geschlafen, um sich an Eric zu rächen. Sie war auf einem reinen Sextrip, da bedurfte es keiner geschärften Beobachtungsgabe. Und sie würde nicht eher locker lassen, bis sie ebenfalls an einem Clubsamstag teilgenommen hätte. Keine Ahnung, wie er das Problem lösen sollte.

Mit Emily hatte er die perfekte telepathische Verbindung. Emily wusste immer ganz genau, wie er sich gerade fühlte. Sie war eindeutig in ihn verliebt und dachte vielleicht schon über eine neue Ehe nach. Jetzt, wo Edward tot war, lag es auf der Hand, dass sie sich verstärkt an ihn klammern würde, um den Sex aus drei sexlosen Jahren so schnell wie möglich nachzuholen. Wenn er sich darauf einlassen würde, wäre er in zwölf Monaten mit ihr verheiratet. Nicht gerade eine lustige Vorstellung. Für Emily musste er sich also eine ganz spezielle Strategie überlegen.

Inga, die blonde Schwedin, hatte ihm heute wohl an die fünf oder sechs SMS geschrieben. Sie ließ darin keinen Zweifel, dass sie sich für ihn interessierte. Was ihre Sexkünste betraf, nahm es niemand mit ihr auf, soviel war klar. Sie war einfach durch und durch professionell. Sie stand auf Bondage und Verkleidungsspiele, was nicht wirklich sein Ding war. Aber sie hatte auch sehr viel Herz, was er an einer Frau schon immer sehr zu schätzen gewusst hatte. Außerdem konnte sie gut kochen. Ihm war klar, dass sie auf eine SMS von ihm wartete, in der stehen sollte, dass er sich nach ihr sehnte und sich heute unbedingt mit ihr treffen möchte – er dachte gar nicht daran, ihr diesen Gefallen zu tun.

Aus der Ferne näherte sich ein Reiter, der rasch näher kam. Es war Paula, die ihren braunen Wallach ausführte.

»He, welche Überraschung!«, rief sie aus, nachdem sie Marc erkannt hatte. Sie trug ein piekfeines Reiterdress.

»Hallo Paula. Seit wann reitest du denn?«

»Ach, schon immer.«

»Das wusste ich gar nicht.«

»Es gibt so vieles, was du über mich noch nicht weißt.« Sie lächelte spöttisch. »Was machst du denn hier so völlig allein im Wald?«

»Ich hatte gestern einen anstrengenden Tag und brauchte einfach ein bisschen Bewegung.«

»Vielleicht darf ich dich zu einem kleinen Ritt einladen?«

»Heute nicht. Später vielleicht.«

»Was macht der Club der guten Freunde?«

»Nun ja, wir sind noch in der Planungsphase.«

»Und wann geht's los?«

»Du kannst es wohl nicht erwarten, wie?«

Sie kletterte vom Pferd und baute sich selbstbewusst vor ihm auf. Es sah irgendwie lächerlich aus, weil sie einen ganzen Kopf kleiner war als Marc.

Dann sprach sie mit leiser, aber eindringlicher Stimme.

»Marc, du bist mein Freund, und wir beide hüten ein ziemlich brisantes Geheimnis. Ich bin nicht mehr die kleine tugendhafte Paula, die du von früher kennst. Ich bin eine junge, selbstbewusste Frau, die sich auf den Weg gemacht hat. Auf ihren eigenen Weg. Eine Frau, die endlich wissen will, wofür sie auf der Welt ist. Deine Freundin Sandy hat mir die Augen für diesen Weg geöffnet. Und ich bin noch lange nicht an meinem Ziel angekommen, das kannst du mir glauben. Ich habe auch nicht das geringste Problem damit, offen zu dir zu sein. Ich habe dir ja gesagt, was ich will.«

Marc dachte nach, konnte sich aber nicht erinnern, dass sie ihm gesagt hatte, was sie wollte. Wenn sie es ihm tatsächlich gesagt hatte, dann war es ihm entfallen.

»Was war es nochmal?«, fragte er.

»Ich will von mehreren Männern gleichzeitig genommen werden.«

»Dann geh in einen Swingerclub!«

»Nein!« Sie war erbost darüber, dass er sie entweder nicht verstand oder nicht verstehen wollte. »Ich will nicht irgendwelche Männer. Ich will Männer deines Kalibers, Marc. Erwachsen. Erfolgreich. Attraktiv. Tabulos. Und ich weiß, dass du genau diese Sorte Männer für deinen Club rekrutierst, stimmt's?«

Marc schwieg. Er wusste bereits, wie hartnäckig sie war. Um sich aus der Situation zu retten, musste er Zeit gewinnen. Vor allem würde er mit Eric reden müssen.

Paula schwang sich wieder auf ihr Pferd.

»Du siehst gut aus, Marc Feldman«, sagte sie hochmütig. »Am liebsten würde ich dich hier an Ort und Stelle vernaschen. Leider geht das nicht, denn mein Mann erwartet mich.«

Marc war viel zu sehr Mann, um ihr diesen Triumph zu

gönnen. »Das ist genau das, was ich an dir nicht mag, Paula Eastwood ... Deine Feigheit.«

Er sah, wie ihr die Tränen in die Augen schossen.

Sie schluckte, dann stieg sie ruhig wieder ab.

»Du hast etwas an dir, dem ich einfach nicht widerstehen kann. Nimm mich! Sofort!«

»Und dein Pferd?«, fragte er hämisch.

»Max ist erzogen. Der rührt sich nicht von der Stelle Im Gegensatz zu dir.«

***

Am Montagmorgen saß Marc wieder hinter seinem Büroschreibtisch und dachte nach. Er hatte Paula ein weiteres Mal gefickt. Diesmal im Wald. Aber dieser Triumph machte ihn nicht glücklich. Irgendetwas sagte ihm, dass sich die Sache gefährlich hochschaukelte. Paula befand sich in einer sehr gefährlichen Phase ihres Lebens. In sexueller Hinsicht war sie reinstes Dynamit. Und er hatte den Eindruck, dass es mit ihr von Tag zu Tag schlimmer wurde. Sie wollte von mehreren Männern gleichzeitig genommen werden, allerdings hatte er keine Ahnung, ob sie dabei an drei, fünf oder zehn Männer dachte, aber ihm war klar, dass man sie diesbezüglich beim Wort nehmen durfte. Wie sollte er ihr diese Männer besorgen, ohne ihr gleichzeitig Zutritt zum Club zu gewähren? Außerdem mangelte es dem Club selbst ja an Männern. Eric hatte ihm zwar in Aussicht gestellt, zum nächsten Clubtreffen zwei seiner Anwaltskollegen mitzubringen, aber Kollegen von Eric würden für Paula ohnehin nicht in Frage kommen. Vielleicht waren es ja die beiden Herren, die er auf Erics Grillparty kennengelernt hatte.

Das einzige, was er Paula zum jetzigen Zeitpunkt anbieten konnte, war ein Nümmerchen mit Claude, Silvio und seiner Wenigkeit. Aber das würde ihr mit Sicherheit nicht genügen.

Er wollte die Sache endlich aus dem Kopf kriegen. Am besten wäre es wohl, wenn er Paula anriefe.

Sie ging sofort ans Handy.

Drei Männer würden für den Anfang genügen, sagte sie. Sie hatte ja bereits sowohl mit Marc als auch mit Claude und Silvio Sex gehabt, aber noch nicht mit allen dreien gleichzeitig. Dann setzte sie noch eins drauf, indem sie Marc ihre allergeheimste Fantasie offenbarte. Eine öffentliche Demütigung – nackt und völlig hilflos – wäre für sie das Größte. Dass sie auch noch stark exhibitionistisch veranlagt war, hätte er nicht von ihr gedacht.

Marcs Gedanken wanderten zu Emily. Sandy hatte ihm wiederholt angedeutet, dass Emily es faustdick hinter den Ohren hätte. Das mädchenhafte Getue wäre nichts als Show. Obwohl er sich das nicht vorstellen konnte, war er doch leicht verunsichert. Vielleicht irrte er sich ja bei Emily ebenso sehr, wie er sich bei Paula geirrt hatte.

In sexueller Hinsicht war Emily im Grunde eine ganz unkomplizierte Frau, und über sich selbst hatte sie mehrmals gesagt, dass sie ein ganz einfaches Naturkind wäre. Das stimmte zweifellos. Sie hatte ja auch relativ schnell in eine Ménage à trois mit Sandy und ihm eingewilligt, auch wenn es damals nicht wirklich dazu gekommen war. Aber er wusste auch, dass sie aus dem Stand losheulen konnte, wenn es die Situation verlangte. Genauso gut konnte sie plötzlich die raffinierte Schlange herauskehren. Aber sie in der »Vögelbar« beim Gangbang mit mehreren Männern – das war einfach völlig absurd. Trotzdem ließ ihm dieser Gedanke keine Ruhe.

Sein Handy klingelte.

Es war Emily.

Typisch. Er brauchte sich nur gedanklich mit ihr zu beschäftigen, schon rief sie an. Er hatte aufgehört, über dieses

Phänomen nachzudenken. Sie bekam es wirklich jedes Mal mit, wenn er an sie dachte.

»Hallo, mein Schatz. Wie geht es dir?«, fragte sie.

»Liebe Emily, ich habe gerade an dich gedacht.«

»Ich weiß.« Sie lachte.

»Mir geht's gut. Und dir?«

»Auch gut. Hast du heute Abend schon was vor?«, fragte sie.

»Nein, bis jetzt noch nicht.«

»Hättest du Lust, mit mir auszugehen? Ich hab das Gefühl, ich muss mal wieder unter die Leute.«

»Gute Idee. Ich reserviere uns einen Tisch für zwanzig Uhr im ›Little Tokyo‹.« Er wusste, dass Emily keine Männer mochte, die fragten, wo man hingehen könnte.

»Gute Idee. Holst du mich ab?«

»Ich bin um Viertel vor acht bei dir, Schatz.«

***

Eric war zu der Auffassung gelangt, dass es wohl am besten wäre, wenn er seine beiden Anwaltskollegen Simon Sarsfield und Bruce Weingart direkt mit Nicole bekanntmachte. Auch wenn Marc der eigentliche Initiator der »Vögelbar« war, galt ihm Nicole doch als dessen heimliche Chefin. Deshalb wusste Marc auch nichts von dem Termin, den Eric an diesem Montagabend für sich und seine beiden Kollegen bei Nicole gemacht hatte.

»Wie alt ist die Frau?«, fragte Simon, während sie zu dritt in Erics Wagen saßen.

»Fünfundvierzig. Sie sieht allerdings jünger aus«, sagte Eric.

»Das ist aber auch die absolute Obergrenze«, warf Bruce ein. »Ab fünfundvierzig werden die Frauen nämlich ziemlich Banane.«

»Wie meinst du das?«

»Sobald sich ihr Körper verändert, verwirrt sich auch ihr Kopf. Ich hab mal zwei Fünfzigjährige gefickt. Mann, waren die hinterher scheiße drauf. Die haben noch nicht mal danke gesagt.«

»Das lag wahrscheinlich weniger an den Frauen als an dir.«

»Glaub ich kaum, denn die jungen Frauen sind alle verrückt nach mir.«

»Angeber!« Eric lachte.

»Wie weit ist es denn noch?«, wollte Simon wissen.

»Wir sind da.«

Die beiden Neuen waren von der prächtigen Villa, die von einer langen und hohen Mauer umgeben war, schwer beeindruckt.

Und noch mehr von der Eigentümerin. Eric hatte ihnen zwar angekündigt, welche Granate sie erwartete, aber diese Lady hier übertraf ihre Erwartungen bei weitem.

Nicole begrüßte sie in einem ultrakurzen Rock und war hinreißend gestylt.

»Sie sind also Freunde von Eric«, sagte sie, während sie die Herren durch das Foyer nach draußen auf die Terrasse führte. »Nehmen Sie doch bitte Platz!«

Sie hatte eine Ausstrahlung, die Simon und Bruce sofort einschüchterte.

»Wir sind Anwaltskollegen«, sagte Bruce.

»Anwälte für was?«

»Strafrecht, Arbeitsrecht und Familienrecht.«

»Ich bin Fachanwalt für Verkehrsrecht«, ergänzte Simon.

»Und darüber hinaus verfügen Sie über Talente, die Sie gern in unseren Club einbringen möchten.«

»So könnte man es nennen.«

»Eric hat Ihnen wahrscheinlich schon gesagt, dass wir im

Club ein akutes Männerdefizit haben. Wir verfügen hier zwar über ein Großaufgebot von jungen, attraktiven und vor allem sehr geilen Frauen, aber mit Männern tun wir uns immer noch etwas schwer. Unsere Messlatte für das männliche Geschlecht liegt ziemlich hoch, denn unsere Frauen sind recht anspruchsvoll.«

»Nach welchen Kriterien wählen Sie Ihre Männer denn aus?«, wollte Simon wissen.

»Nun, in erster Linie müssen sie dominant und attraktiv sein. Diese Kriterien erfüllen Sie, wie ich sehe, ganz zweifellos.« Sie lachte. »Darüber hinaus müssen sie locker, tolerant und potent sein. Bei uns geht es nämlich absolut tabulos zu.«

»Das hat uns Eric bereits gesagt«, meinte Bruce.

»Die Umgangsformen müssen ebenfalls stimmen. Unsere Männer sollten kultiviert und gebildet sein.«

»Da wird die Suche schon schwieriger«, sagte Simon, den die Selektionskriterien sichtlich amüsierten.

»Eben. Außerdem legen wir großen Wert auf Diskretion und Freundschaft. Unsere weiblichen Clubmitglieder sind absolut tabulos, aber sie sind eben keine Nutten. Es sind Frauen, die großen Wert auf ein kultiviertes menschliches Miteinander legen. Sie wollen nicht nur, dass es ihnen ein Mann richtig gut besorgt, sie wollen nach dem Sex auch ihre freundschaftlichen Gefühle mit ihm teilen.«

»Madame du Barry«, begann Bruce in derselben Tonlage, mit der er gewöhnlich vor einem englischen Gericht sprach, »seien Sie versichert, dass wir den hohen Ansprüchen Ihres Hauses vollauf genügen und dass uns Diskretion über alles geht.«

»Das hört sich gut an, Mr Weingart.« Nicole lächelte zufrieden. »Dann schlage ich vor, dass ihr drei euch jetzt etwas frisch macht ... Eric, du zeigst unseren Freunden die Räumlichkeiten. In fünfzehn Minuten treffen wir uns unten auf der Liebesinsel.«

Eine Viertelstunde später rekelte sich eine splitterfasernackte Nicole du Barry auf der knallroten Liebesinsel. Als die Männer, nur mit einem Frotteehandtuch bekleidet, den Raum betraten, sagte sie: »Ah, meine Gladiatoren kommen.«

Dann legte sie sich auf den Bauch.

Die Männer knieten sich neben sie. Ihre zarte, nur leicht gebräunte Haut verströmte einen betörenden Duft.

»Überlasst euch euren Instinkten!«, sagte sie. Sie schloss die Augen und genoss die streichelnden und knetenden Hände auf ihrer Haut.

»Sie haben einen wundervollen Popo, Madame«, sagte Simon.

»Nenn mich bitte Nicole! Im Club duzen wir uns.«

Simon strahlte. »Dein Arsch törnt mich wahnsinnig an, Nicole!«

»So soll es auch sein. Da drüben steht übrigens Massageöl. Wie wär's, wenn ihr mich ein bisschen massiert, bevor ich euch verwöhne?«

Minuten später glänzte ihre Haut wie ein Otterfell.

»So, jetzt zeigt mir mal eure Kollektion«, sagte sie, während sie sich umdrehte und auf den Rücken legte.

Die Massage hatte die Männer erheblich aufgegeilt. Als Nicole sich aufrichtete, blickte sie auf drei hart erigierte Liebesknochen.

»He, das sieht aber verdammt viel versprechend aus.«

Sie ergriff den riesigen Schwanz von Eric, weil er ihr am nächsten war, und lutschte ihn.

Dann spreizte sie ihre Beine, um sich von den beiden anderen Herren genussvoll ausschlürfen zu lassen. Langsam glitt sie in einen Zustand hinüber, wo ihr alles egal war. Sie liebte dieses Gefühl, ganz Frau zu sein, sich willenlos einfach nur fallen zu lassen und sich hinzugeben.

»Ihr könnt mit mir machen, was ihr wollt«, hauchte sie schließlich. Ihre Augen hatten jetzt diesen typischen verschleierten Glanz angenommen.

Die Männer wurden sich schnell einig.

Eric legte sich auf den Rücken und ließ Nicole eine Weile auf seinem Schwanz reiten. Dann beugte sie sich nach vorn, damit Simon sie gleichzeitig in den Arsch ficken konnte. Bruce, der neben Erics Kopf kniete, sorgte dafür, dass Nicole auch mit ihrem Mund vollauf beschäftigt war.

Es dauerte nur Sekunden, und die Hausherrin ging ab wie eine Rakete. Bruce wollte sie nun ebenfalls in den Arsch ficken, was Simon anfangs gar nicht recht war, weil ihm ihr Hintertürchen maximalen Genuss bereitete. Schließlich willigte er aber doch ein, denn die Chefin legte ja großen Wert auf höfliche Umgangsformen und ein freundschaftliches Miteinander.

Nicole hatte zwei heftige Orgasmen.

»Ich glaube, ihr habt die Aufnahmeprüfung mit Bravour bestanden«, sagte sie erschöpft, während die Männer ihre Schwanzsahne zu dritt auf ihren Bauch spritzten.

***

Marc klingelte um kurz vor acht an Emilys Haustür.

Sie öffnete ihm in einem nagelneuen Prada Kostüm.

»Du siehst hinreißend aus«, sagte er.

»Danke. Du auch.«

Er nahm sie in den Arm und drückte sie an sich.

»Bitte keinen Kuss«, sagte sie. »Denk an meinen Lippenstift.«

Zwanzig Minuten später saßen sie im »Little Tokyo« und studierten die Speisekarte. Emily blätterte nervös darin herum.

Schließlich legte sie sie zur Seite und ergriff Marcs Hände.

»Schön, dass du dir Zeit für mich genommen hast«, sagte sie.

»Für meine Seelenfreundin habe ich immer Zeit«, schnulzte er.

»Das weiß ich.« Sie streichelte seine Hände. »Marc, ich liebe dich.«

»Ich liebe dich auch.«

Damit war eigentlich alles gesagt.

Das Abendessen plätscherte wie ein warmer Regen an ihnen vorbei, und die langen Dünungen der folgenden Stunden wurden ganz wesentlich von den süßen Worten untermalt, die sich Verliebte üblicherweise in die Ohren träufeln. Emily wirkte auf Marc wie eine halbvertrocknete Blume, die auf Biegen und Brechen zurück ins Leben wollte.

Als sie gegen dreiundzwanzig Uhr aufbrachen, um eine halbe Stunde später halbnackt und knutschend auf einer Couch im Wohnzimmer zu liegen, sagte Emily: »Irgendwas hast du mit mir gemacht. Du hast mich verhext.«

Er erwiderte nichts.

Für die Liebe gingen sie ins Gästeschlafzimmer. Emily brachte es nicht übers Herz, Marc ins eheliche Schlafzimmer zu führen. Sie hatte auch keinen Orgasmus, aber sie genoss die Wärme und die Nähe seines Körpers.

»Bleib heute Nacht bitte bei mir«, sagte sie. »Ich fühle mich so allein in diesem großen Haus.«

Dann holte sie ihnen etwas zu trinken. Nach dem Sex wollte sie einfach nur reden.

»Schade, dass Sandy damals die Flucht ergriffen hat«, sagte sie, nachdem sie sich wieder zu ihm unter die Decke gekuschelt hatte.

»Wovon sprichst du?«

»Jetzt sag nicht, du hast das vergessen. Wir hatten uns doch bei ihr auf Liebe zu dritt verabredet, und sie ist dann einfach abgehauen.«

»Ach ja«, fiel es Marc ein. »Sandy hatte es wohl mit der Angst gekriegt.«

»Ja, wahrscheinlich. Dabei hatte ich mich sehr auf diesen Nachmittag gefreut.«

»Hattest du wirklich?«

»Ja. Ich wollte wissen, wie der Sex mit einer anderen Frau ist. Du weißt doch, dass ich ein Naturkind bin. Was Sex betrifft, habe ich ja noch nicht viel erlebt. Vor meiner Heirat mit Edward hatte ich nur einen einzigen Freund, und während meiner Ehe nur zwei kleine Affären mit dir und mit Anthony. Und in den letzten drei Jahren hatte ich so gut wie überhaupt keinen Sex.« Sie kuschelte sich enger an ihn. »Du hast mich wieder auf den Geschmack gebracht. Ich glaube, ich muss eine Menge nachholen.«

Sie meinte das todernst.

»Vielleicht möchtest du mal Sex mit zwei Männern gleichzeitig haben«, sagte Marc.

Er hatte das mehr im Spaß gesagt. Umso erstaunter war er über ihre Reaktion.

»Ja, warum nicht? Ich hab mir das schon oft vorgestellt. Aber du müsstest dann dabei sein, Marc. Mit zwei Fremden würde ich es nicht tun. Wahrscheinlich würde ich diese Mischung aus vertrautem Sex mit dir und dem unbekannten Sex mit einem anderen Mann sehr aufregend finden.«

Verdammt noch mal, Sandy hatte recht gehabt. Dieses zerbrechliche Püppchen war viel durchtriebener, als er vermutet hatte.

»Wie sollte dieser zweite Mann denn sein?«, fragte er.

»Keine Ahnung. Darüber hab ich noch nicht nachgedacht. Vielleicht sollte er so sein wie du.«

»Hm. Und was würdest du machen, wenn ich dir den zweiten Mann einfach mal vorstellen würde?«

»Keine Ahnung. Ich würde es auf mich zukommen lassen. Hättest du denn einen solchen zweiten Mann?«

»Noch nicht. Aber ich würde dir diesen Wunsch gern erfüllen.«

»Du bist goldig.«

Zehn Minuten später liebten sie sich ein weiteres Mal.

***

»Ich dachte schon, ich wäre dir völlig egal«, sagte Inga am Telefon.

»Nein. Bist du nicht. Wie kommst du darauf?«, fragte Marc.

»Du hast meine SMS ignoriert.«

»Sorry, mein Handy war leer.«

»Okay. Akzeptiert«, sagte sie, kaufte ihm das aber nicht ab.

Eine Stunde später saßen sie unter dem gewölbten Glasdach des »KuriMuri« und aßen Seezunge.

Inga trug Hotpants. Sie konnte sie sich auch leisten.

»Du bist wirklich ein sehr interessanter Mann«, sagte sie. »Ich weiß nicht, was es ist, aber irgendetwas zieht mich zu dir hin.«

Er hatte schon bei ihrem letzten Kontakt das Gefühl gehabt, dass Inga sich eine feste Beziehung wünschte. »Vielleicht ist es meine astrologische Kompetenz, die dich fasziniert«, scherzte er.

Sie lachte. »Blödmann.«

Sie studierten die Dessertkarte.

»Wann machst du mir mein Horoskop?«

»Schon bald.«

Als der Kaffee kam, sagte Marc: »Ich habe ein grundsätzliches Problem mit dir.«

Inga machte ein überraschtes Gesicht. »Ein Problem? Mit mir?«

»Ich kann dir keine zehn Minuten gegenübersitzen, ohne ans Ficken zu denken.«

»Das geht den meisten Männern so. Aber bei dir geht es mir genauso. Du gehst mir gar nicht mehr aus dem Kopf.«

»Bist du heiß?«

Sie biss sich auf die Unterlippe und nickte. »Und ganz feucht.«

»Möchtest du, dass ich dir dieses Feuer lösche?«

»So schnell wie möglich.«

Marc ließ sich die Rechnung bringen. Kurz darauf waren sie in Ingas Wohnung.

Inga war eigentlich immer bereit, und man hatte sie Zeit ihres Lebens von hinten genauso oft genommen wie von vorn. Dass Marcs Ständer so wunderbar in ihren Arsch passte, den sie ihm gerade gierig entgegenstreckte, war aber nicht der Hauptgrund, weshalb sie sich so gern von ihm vögeln ließ – der Hauptgrund war, dass sie drauf und dran war, sich in ihn zu verlieben.

Nachdem Marc abgespritzt hatte, lagen sie noch eine Weile schweigend nebeneinander und tauschten Zärtlichkeiten aus.

»Erzähl mir etwas aus deinem Leben im ›Club Soixante-Douze‹«, sagte er schließlich.

»Was soll ich dir erzählen? Es gab nichts, was ich nicht gemacht habe.«

»Wie viele Personen wart ihr durchschnittlich?«

»Es gab Tage, wo nur fünfzehn oder zwanzig Leute da waren. Es gab aber auch Sexpartys, an denen über hundert Personen teilnahmen. Unter den Männern befanden sich viele hohe Tiere. Manche brachten ihre Frauen mit.«

»Hast du's mit denen auch getrieben?«

»Ich habe auch mit Frauen gevögelt. Aber nur ganz selten.«

»Und die Männer?«

»Ich habe sie mit allem genommen, was ich habe – mit den Händen, mit dem Mund, mit meiner Möse und mit meinem Arsch.«

»Und du hast es gern gemacht ...«

»Teils, teils. Ich ficke für mein Leben gern. Das viele Geld, das ich für meine Dienste im Club erhielt, war also nicht der einzige Grund, weshalb ich es tat. Du musst wissen, es gab dort auch viele gut aussehende und potente Männer mit großen Schwänzen, mit denen ich den Sex sehr genossen habe. Aber es gab natürlich auch unattraktive Männer, die ebenfalls zu ihrem Recht kommen wollten. Ich habe es mit allen getrieben. Über die Unattraktiven hat mir meine Fantasie hinweggeholfen Es gab einen Mann, den ich sehr mochte. Er hieß Victor. Mit ihm habe ich mich dann auch privat ein paar Mal getroffen. Aber dann kam es zur Krise. Victor hatte sich in mich verliebt und wollte, dass ich mit dem Clubleben aufhörte ...«

»Hast du aber nicht.«

»Nein, ich mochte ihn wirklich sehr, aber ich liebte ihn nicht. Irgendwann brach er den Kontakt zu mir ab, und er kam auch nicht mehr in den Club. Er konnte es nicht ertragen, mich mit anderen Männern ficken zu sehen. Aber vorher schenkte er mir noch einen nagelneuen Honda.« Sie lachte und tastete kurz nach Marcs Schwanz, um zu sehen, ob er schon wieder hart wurde. »Ich erinnere mich an viele andere Namen, aber die meisten verlieren sich in der Anonymität.«

»Nicole hat mir ein paar der Räumlichkeiten gezeigt, die den Club so speziell machten.«

»Und? Haben sie deine Fantasie angeregt?«, fragte sie.

»Nicht wirklich. Ich glaube, ich neige eher zu konventionellem Sex.«

»Ich eigentlich auch, wobei mir Fessel- und Verkleidungsspiele schon einen ganz besonderen Kick verschaffen, aber das weißt du ja bereits. Allerdings braucht man dafür Zeit und auch die richtige Stimmung. Auf den Partys im Club war das oft nicht möglich. In dem ganzen Durcheinander der anonymen Berührungen und bei den rasant aufeinander folgenden Ficks verliert man schnell den Kontakt zu sich selbst. Deshalb brauche ich hin und wieder einen interessanten Mann, auf den ich mich ausschließlich konzentrieren kann.«

»So wie mich.«

»So wie dich.«

Sie richtete sich auf und hockte sich auf seinen Halbsteifen.

»Denn du«, fuhr sie fort, »bist nicht nur ein interessanter Mann. Du hast auch sehr viel Herz, und so was spürt eine Frau. Und das macht dich noch anziehender. Du siehst in einer Frau mehr als nur ein saftiges Stück Fleisch mit drei schmackhaften Löchern. Angesichts meiner Neigungen warst du also genau der Mann, den ich treffen musste.«

»Danke.«

»Ich erlebe den Sex mit dir sehr intensiv, Marc. Und wenn ich dir sage, dass ich dich sehr, sehr gern habe, dann ist das keine leere Floskel.«

Sie spürte, wie er unter ihr hart wurde.

Aber es waren weniger ihre Worte, die ihn erregten, als der Anblick ihres süßen Gesichts und ihrer perfekt geformten Brüste. Dann sah er, wie sein Schwanz zwischen ihre großen Schamlippen glitt und sie langsam voneinander löste.

»Oh, wie ich dieses Gefühl liebe«, seufzte sie. Ihr Gesicht leuchtete vor tief empfundener Lust.

Ihr Fick war diesmal sehr liebevoll. Als es Inga kam, zitterte sie mehrere Minuten lang.

Marc kleidete sich an und sah auf die Uhr. »Ist schon halb vier! Ich muss noch ins Büro.«

»Sehen wir uns heute Abend, Süßer?«, fragte sie. »Ich möchte dir noch etwas Schönes kochen.«

»Klar, sehr gern sogar. Sag mir, wann ich hier sein soll.«

Sie überlegte. »Hm, so zwischen halb acht und acht?«

»Okay. Bis dann. Ich freu mich.«

Zum Abschied küssten sie sich noch einmal innig.

Als er schon in der Tür stand, sagte Inga: »Mal sehen, vielleicht habe ich heute Abend Lust auf ein Verkleidungsspiel.«

***

Marc hatte das Gefühl, dass ihr das Abendessen noch besser gelungen war als beim letzten Mal. Zum Dessert gab es Himbeer-Mascarpone-Creme, und das war nun wirklich das I-Tüpfelchen.

»Alle Mädchen lieben Verkleidungsspiele und dramatische Inszenierungen«, sagte sie.

»Und was ist daran so erotisch?«

»Na, in die Rolle eines anderen zu schlüpfen. Wenn ich mich verkleide, schlüpfe ich nicht nur in eine neue Rolle, ich empfinde dann auch anders. Neue Umstände erschaffen immer neue Reaktionen und Beziehungen. Das gestaltet das Liebesleben ungewöhnlich abwechslungsreich.«

»Du machst mich neugierig.« Lachend erhob er sein Glas und stieß mit ihr an.

»Es macht wirklich Spaß, durch die Verkleidung in eine neue Rolle zu schlüpfen und abzuwarten, was passiert.«

»Lässt sich voraussehen, was passiert?«

»Nein. So gut wie nie. Es ist jedes Mal neu und aufregend. Die meisten sehen in mir ja eine Person ohne Moral, ohne Tabus, ohne Hemmungen. Ich selbst empfinde mich manchmal ja auch so. Umso mehr Spaß macht es mir deshalb, in die gegenteilige Rolle zu schlüpfen. Wenn ich mich zum Beispiel wie eine Nonne kostümiere, dann fühle ich mich wie in einem geschlossenen Raum, so als müsste ich jeden Augenblick ersticken. Und dann liebe ich es, anal vergewaltigt zu werden.«

»Anal vergewaltigt zu werden«, wiederholte er.

»Ja. Aber nur, wenn ich ein Nonnenkostüm trage. Was anderes ist es, wenn ich Schulmädchenkleider trage. Als ich sechzehn war, erwischte mich mein zwei Jahre älterer Bruder beim Masturbieren. Das fand ich furchtbar. Ich wäre am liebsten im Boden versunken. Aber gleichzeitig war ich auch dermaßen erregt und mein Bruder ebenso, dass wir es auf der Stelle miteinander trieben. Seit dieser Zeit liebe ich es, mich als Schulmädchen zu verkleiden und zu masturbieren, wenn mir ein Mann dabei zusieht.«

»Verkleidungsspiele sind eindeutig deine Leidenschaft.«

»Ja, und wenn man erst einmal auf diesem Trip ist, lässt einen das ein Leben lang nicht mehr los. Wenn man sich diesen Dingen nicht verschließt und sich stattdessen immer neue Rollen ausdenkt, wird man offen für immer neue und fantastischere Erfahrungen. Wenn das Leben immer weiterginge, würde ich wahrscheinlich endlos so weitermachen.« Sie lachte und ergriff seine Hände. »Und wenn ich zu altern beginne, werde ich mich nur noch in Schulmädchenkleidern fotografieren lassen, in denen meine dann hoffentlich noch jugendlich gebliebene Figur vorteilhaft zur Geltung kommt.«

»Und welche Rolle möchtest du heute Abend spielen?«

»Ich überlege gerade ... Vielleicht möchte ich als Zimmermädchen verkleidet und gefesselt in der Ecke liegen ... Nein, ich hab's: Ich möchte eine wilde Katze sein. Ich liebe Katzen. Sie leben ganz ohne lästige Verpflichtungen und sind eben deshalb so herrlich hemmungslos.«

»Mitunter habe ich das Gefühl, dass das Leben eine beängstigende Angelegenheit ist.«

Inga erhob sich und räumte das Geschirr in die Spülmaschine. Marc war ihr dabei behilflich.

Dann verschwand sie im Schlafzimmer, um nach weniger als zehn Minuten wieder zu erscheinen.

Sie hatte sich einen Catsuit übergestreift. Es war der geilste Catsuit, den Marc je gesehen hatte.

Er bestand aus einer Katzenmaske aus schwarzem Leder, einem schwarzen Lederhalsband mit Nieten und einem raffiniert geschnittenen schwarzen Lederslip mit hoch aufgerichtetem Katzenschwanz.

»Nennen Sie mich einfach nur Katze!«, sagte Inga.

»Okay. Du siehst verdammt sexy aus, Katze. Dein Outfit erregt mich. Ich habe das Gefühl, dass du heute Abend noch was aufreißen willst.«

»Ich versichere Ihnen, dass ich noch nie einen Kater aufgerissen habe. Doch bin ich in jeder Situation ohne Zögern durch alle meine Körperöffnungen verfügbar. Ich sage niemals nein, ich lehne nie etwas ab, ich mache nie Zicken.«

»Vielleicht bist du ein bisschen maso ...«

»Lassen Sie es doch auf einen Versuch ankommen.«

Er nahm ihr Kinn, küsste sie und schob ihren Kopf an seinen Schwanz. Sie lutschte ihn auf einzigartige Weise. An dem Druck seiner Hand spürte sie, wann sie schneller oder langsamer machen sollte. Sie war erstaunt, dass sein Prügel so hart wie ein Stück Holz wurde.

Dann riss sein Geduldsfaden. Inga hatte sich so sehr in ihre neue Rolle hineinempfunden, dass sich dieses Gefühl auf ihn übertrug. Vor ihm hockte jetzt eine vollkommen fremde Frau.

Die eigentliche Inga war verschwunden, sie hatte sich einfach in Luft aufgelöst. Für einen kurzen Augenblick wusste er nicht, wie er mit dieser Situation umgehen sollte.

»Geh in die Küche!«, befahl er. Sein Ton war scharf und bestimmt. Die Katze hatte ihn in eine andere Welt versetzt.

Er brauchte keine weiteren Anweisungen zu geben. Sie streifte sich den Slip ab, legte sich auf den Küchentisch und spreizte die Beine. Er verstand. Er sollte stehen bleiben, damit ihre Geschlechtsorgane auf gleicher Höhe waren. Ihre Fotze stand bereits weit offen. Er konnte bequem waagerecht eindringen und bis zum Muttermund vorstoßen.

Wenige Stöße genügten, und Inga erreichte den Himalaja der Ekstase.

Sie kam, wie sie schon lange nicht mehr gekommen war. Sie bebte. Und sie verlor vollkommen die Kontrolle über ihre Harnblase. Während Marc seine Sahne in ihre Fotze spritzte, spritze sie ihm – mit dem Eigensinn einer Katze – mehrere Urinstrahlen entgegen.

Niemand sprach ein Wort.

Schließlich streifte sie sich die Katzenmaske vom Kopf und lächelte ihn beseligt an.

»Beim nächsten Mal verkleidest du dich als Nonne«, sagte er.

***

Die Erlebnisse bei seinem ersten Clubtreffen hatten Eric noch mehr Selbstbewusstsein eingeflößt, als er ohnehin schon besaß. Ob seine Frau, dieses kleine Luder, ebenfalls außereheliche Eskapaden hatte, war ihm mittlerweile egal. Er bumste Paula gerade mit der Kraft und dem Rhythmus einer Maschine. Aber auch mit deren Stumpfheit.

Paula registrierte die veränderte Ausstrahlung ihres Gatten nur allzu deutlich. Seine Gleichgültigkeit irritierte sie. Sie empfand Eifersucht und ein Gefühl des Ausgeschlossenseins. Die Vorstellung, er könnte eine heimliche Geliebte haben, quälte sie. Und diese Qual minderte die Lust an ihren eigenen Fantasien ungemein.

An diesem Dienstagabend kam es jedoch kurz nach ihrem Beischlaf zu einem unvorhersehbaren Zwischenfall. Eric wollte gerade in seinen gut sortierten Weinkeller gehen, um einen Poujeaux 2002 zu holen, als er auf der obersten Stufe der Kellertreppe einen unvorsichtigen Schritt machte. Er verlor das Gleichgewicht und stürzte die Treppe hinunter.

Als Paula seinen Schrei hörte, sprang sie aus dem Bett und rannte zur Kellertür.

Sie eilte die Stufen hinunter.

Eric lag bewusstlos auf dem Boden.

Im Krankenhaus stellte sich heraus, dass er unheimlich viel Glück gehabt hatte. Nur ein paar Brüche und Prellungen, aber keine inneren Verletzungen. Ein mehrtägiger Krankenhausaufenthalt war ihm allerdings sicher.

***

Marc erfuhr es am Mittwochmorgen durch einen Anruf von Paula.

»Das ist ja furchtbar. Wie ist es passiert?«, fragte er.

»Das wissen wir noch nicht. Er kann sich an nichts erinnern.«

»Wie lange wird er ausfallen?«

»Das konnten mir die Ärzte nicht sagen. Aber er muss mindestens für eine Woche im Krankenhaus bleiben.«

»Wann kann ich ihn besuchen?«

»Frühestens morgen. Ich sag dir noch Bescheid.«

»Vielen Dank.«

Nachdem er sich von dem ersten Schrecken erholt hatte, fasste er einen verwegenen Plan.

Als Erstes informierte er Nicole.

»Oui, mon cher. Natürlich ginge es«, sagte sie. »Wenngleich es mir auch ein wenig riskant erscheint. Eric darf es natürlich niemals erfahren. Und es muss sichergestellt sein, dass es bei diesem einzigen Mal bleibt.«

»Ich bin von der absoluten Diskretion unsrer Clubmitglieder überzeugt, Nicole. Sie werden schweigen wie ein Grab. Paula hat es sich so sehr gewünscht, und du kennst ja meine Hilfsbereitschaft, meine Nächstenliebe und meine Anteilnahme an den Anliegen der Frauen. Ich wünsche Paula wirklich, dass sie ihre Fantasie jetzt ausleben kann.«

»Ist sie denn schon bereit dafür?«

»Ich denke schon. Ich habe sie diesbezüglich aber noch nicht konkret gefragt. Ich wollte zuerst mal ein grundsätzliches Okay von dir. Da du aber einverstanden bist, werde ich sie jetzt gleich anrufen.«

»Tu das, Chérie. Bis später.«

»Bis später, Nicole.«

Paula fiel natürlich aus allen Wolken, als Marc ihr kurz darauf dieses einmalige Angebot unterbreitete.

»Und es könnte an diesem Samstag sein?«, fragte sie ungläubig.

»Ja.«

»Das ist ja schon in drei Tagen.«

»Genau.«

»Das kommt aber wirklich überraschend.«

Die Vorstellung, sich vor vielen Menschen demütigen zu lassen, löste bei ihr eine kurze, aber spürbare Hormonausschüttung aus.

»Es besteht deinerseits natürlich keinerlei Verpflichtung«, ergänzte Marc. »Du hast mir deine Fantasie geschildert, und ich hab mich gleich an die Organisation gemacht.«

»Ja, Marc, so warst du schon immer. Immer der große Organisator.«

»Wann gibst du mir dein Okay?«

»Marc, ich bin gerade etwas durcheinander. Lass mich darüber noch einmal in Ruhe nachdenken, ja?«

»Kein Problem, Paula.«

Neunzig Minuten später rief sie ihn zurück und sagte ihm, dass sie sich wahnsinnig auf Samstag freue.

***

Die Clubmitglieder hatten sich vollzählig in Marcs Büro versammelt. An diesem Donnerstagabend, es war gegen einundzwanzig Uhr, mussten Nicole du Barry, Sandy Summers, Claude Lebecq, Silvio Stanga, Simon Sarsfield, Bruce Weingart, Inga Hammarlund, Ivana Dobrynin, Carmen Gutierrez und Claire van Goyen einzeln vor Marc hintreten und einen heiligen Schwur leisten: Bei ihrem Leben nicht zu verraten, dass am kommenden Samstag ausnahmsweise Paula Eastwood, Erics Frau, anwesend sein würde. Diese wünsche sich als höchsten Kick eine öffentliche Demütigung, und die wolle man ihr gern bereiten. Wer von diesem Ereignis auch nur ein Sterbenswörtchen an Eric weitertrüge, wäre dreimal rechtmäßig verflucht und würde umgehend aus dem Club fliegen.

Nach dem Schwur herrschte eine eigenartige und angespannte Atmosphäre in Marcs Büro. Allerdings hatten die Clubmitglieder auch das beruhigende Gefühl, dass sie durch diesen Schwur nur noch enger zusammengeschweißt worden waren.

Die Anspannung löste sich schließlich, als jemand den Vorschlag machte, noch ein bisschen durch die Clubs zu ziehen.

»Das halte ich für keine gute Idee«, meinte Nicole. »Die

meisten von uns müssen morgen sehr früh aus den Federn. Aber wer sich noch ein bisschen entspannen möchte, ist herzlich gern zu mir eingeladen.«

»Ich bin dabei«, sagte Marc sofort.

»Ich auch«, schloss Inga sich an.

Und es ließen sich auch noch ein paar andere begeistern.

Wenig später trafen sie in der Villa von Nicole ein. Sie hatten sich darauf verständigt, dass sie den großen Clubraum nur für offizielle Clubtreffen in Anspruch nehmen wollten. Kleinere Begegnungen konnten hingegen überall im Haus stattfinden. Deshalb teilte man sich schließlich auf die Schlafzimmer auf.

Marc und Inga wollten unter sich bleiben und beanspruchten für ihr Schäferstündchen einen eigenen Raum.

Nicole verdrückte sich mit Claude und Silvio in ein zweites Schlafzimmer. Sie brauchte mal wieder ein deftiges Sandwich.

Sandy stand also im Regen. Ihr blieb nichts anderes übrig, als sich mit Selma und Aline auf eine Ménage à trois zu verständigen. In der Not tat es eben auch eine Lesbennummer, fand sie.

Die taubstummen Zwillinge waren begeistert. In Windeseile hatten sie sich ihrer Kleidung entledigt und sich zu der nackten Sandy auf die weißen Laken gelegt. Und weil sie darauf konditioniert waren, diese als eine Art Herrin anzusehen, begannen sie sie unaufgefordert zu lutschen.

Mit ihren geübten Zungen umkreisten sie abwechselnd ihre Klitoris und ihre Brustwarzen und leckten ihre Löcher wie ein Hund. Sandy stöhnte ohne Unterbrechung. Sie streichelte die beiden Mädchenkörper voller Hingabe und gelangte zu der Einsicht, dass ihr die Weichheit eines weiblichen Körpers grundsätzlich mehr Lust bereitete als ein männlicher. Ihre

Erregung war sehr groß. So groß, dass sie schließlich Alines Hand ergriff und sich damit fisten ließ. Nach ihrem Orgasmus, der sehr tief und genussvoll war, schlief sie ein.

Aline und Selma sahen sich etwas enttäuscht an. Aber dann fassten sie den Entschluss, Sandy schlafen zu lassen und den Raum leise zu verlassen.

Nicole ließ sich gerade von zwei Schwänzen gleichzeitig aufspießen, als sie Selma und Aline durch die Tür schielen sah. Sie schloss schnell wieder die Augen, um ihren Genuss maximal auszukosten, aber nachdem sie intensiv gekommen war und dabei geschrien hatte wie ein Tier, wurde ihr die Aufdringlichkeit der Zwillinge doch etwas zu bunt.

Sie befahl Claude und Silvio, sich die beiden Mädchen zu schnappen.

»Bringt sie in den Keller!«, befahl sie.

Die Männer ergriffen die Mädchen und gingen mit ihnen voran. Nicole folgte ihnen.

»Ich zeige euch jetzt, was mit kleinen Mädchen passiert, die sich nicht benehmen können«, schimpfte Nicole, nachdem sie den Clubraum betreten hatten.

»Was willst du, das mit ihnen geschieht?«, fragte Silvio.

Nicole zeigte mit dem Finger auf die die beiden Double Penetrators in einer der hinteren Ecken des Clubraums.

Die Männer verstanden. Sie fesselten die Zwillinge professionell mit einer Bondagegarnitur aus weichem Kalbsleder, befestigten die Karabinerhaken an den Metall-Ösen und zogen die Mädchen per Flaschenzug auf die passende Höhe.

Dann wurden die Double Penetrators unter ihnen in Position gebracht.

Nicole rieb die vier Dildos eigenhändig mit sehr viel Gleitgel ein, damit sich die Mädchen keine schmerzhaften Abschürfungen zuzogen. Mit ihren glitschigen Fingern kremte sie anschließend Selmas Arschrosette ein.

Silvio betätigte den ersten Flaschenzug.

Selma wurde langsam auf die Maschine heruntergelassen. Es war Millimeterarbeit. Nicole sorgte dafür, dass die Dildos behutsam in Selmas Löcher eindrangen.

Die gleiche Abfolge der Schritte wurde bei Aline eingehalten.

Dann wurden die Fickmaschinen angestellt, die sofort in quälend langsamem Rhythmus ihre Arbeit aufnahmen.

Die Mädchen zappelten gefesselt in der Luft, während die Maschinen ihren Ficklöchern unaufhörlich Genuss bereiteten.

Nicole betrachtete die Szene mit geschultem Auge. Es war wirklich ein schöner Anblick. Feinjustierungen waren, soweit sie das beurteilen konnte, nicht mehr nötig. Die Mädchen wurden optimal penetriert und würden sicher ein unvergessliches Erlebnis haben.

»Perfekt!«, sagte sie schließlich, während sie mit einem zufriedenen Gesichtsausdruck auf die lustvoll stöhnenden Zwillinge blickte. »Kommt!«, sagte sie zu den Männern. »Wir lassen die beiden jetzt für ein Weilchen mit ihrem Genuss allein. Sie haben es sich redlich verdient.«

Sie verließen den Raum, nicht ohne vorher das Licht auszumachen und die Tür zu schließen.

Als sie in den Schlafbereich im ersten Stock zurückkehrten, hörten sie aus einem der Zimmer das Gestöhne von Inga und Marc, in den anderen war es hingegen ruhig.

Nicole drückte die Türklinke herunter und traf Sandy schlafend an. Claude und Silvio standen hinter Nicole und starrten ihr neugierig über die Schulter.

»Das arme Mädchen bekommt wohl zu wenig Schlaf«, sagte die Hausherrin.

Sandy hatte eine Körperhaltung eingenommen, die überaus reizvoll war.

Claude und Silvio sahen sich kurz an. Die Kellerszene mit den Zwillingen hatte sie sehr erregt. Sie bekamen plötzlich Lust auf die Schlafende. Sie legten sich zu ihr und spreizten ihr sanft die Beine.

Nicole setzte sich in einen Sessel neben dem Bett und sah ihnen zu.

Sandy ließ sich lecken, hielt die Augen aber geschlossen, als sei alles nur ein Traum. Dann spürte sie, dass es an ihrem Hintern etwas lebhafter zuging. Auch dies ließ sie widerstandslos geschehen.

Nachdem Marc und Inga erschöpft und befriedigt aus ihrem Zimmer gekommen waren, setzte sich die kleine Gesellschaft im Wohnzimmer noch auf einen Abschiedstrunk zusammen. Es war ein kleiner, aber durchaus gelungener Abend, fand man.

Während der Verabschiedung fiel es Nicole dann plötzlich ein. »Oh nein! Da sind ja noch zwei im Keller!«

Sie eilte aufgeregt hinunter. Claude und Silvio folgten ihr.

Sie öffneten die Tür zum Clubraum, machten Licht und sahen das Malheur.

Selma und Aline hingen ohnmächtig in den Gurten. Unter ihnen die emotionslos arbeitenden Maschinen. Nachdem die Zwillinge über eine Stunde lang ununterbrochen durchgefickt worden waren, hatten sie schließlich die Besinnung verloren.

***

Der heutige Freitag versprach heiß zu werden. Schon am späten Vormittag lagen die Temperaturen bei über achtundzwanzig Grad.

Sandy sonnte sich auf dem kleinen Balkon ihres Appartements und telefonierte mit Paula.

»Hab's schon gehört«, sagte sie, »morgen hast du deinen großen Tag.«

»Ja, ich bin schon ganz aufgeregt«, lachte Paula. »Marc sagte, dass ich die Hauptperson auf der Party sein werde. Er ist ein wunderbarer Freund.«

»Stimmt, das ist er wirklich.«

»Ich habe aber wahrscheinlich gar nichts Passendes anzuziehen. Was tragt ihr denn gewöhnlich bei euren Treffen?«

»Es gibt keine bestimmte Kleiderordnung. Jeder zieht das an, was er möchte. Aber falls du dir was Neues zulegen möchtest – mir ist heute sehr nach Shoppen. Vielleicht können wir zusammen gehen.«

»Super Idee. Wo sollen wir uns treffen?«

»So gegen zwei in der Stadt? Ich möchte mich vorher noch ein bisschen sonnen.«

»Zwei Uhr klingt gut. Was hältst du vom ›MoschMosch‹? Wir könnten da etwas essen gehen.«

***

Sie trafen sich zur vereinbarten Zeit vor dem »MoschMosch«, dem neuen japanischen Lokal. Sie setzten sich nach draußen und bestellten ein Nudelgericht. Unter der riesigen Markise ließ es sich einigermaßen aushalten.

»Wie geht's deinem Mann?«, fragte Sandy.

»Ich habe eben mit ihm telefoniert. Er ist auf dem Weg der Besserung.«

»Gott sei Dank. Wie lange muss er im Krankenhaus bleiben?«

»Mindestens eine Woche. Ich werde ihn heute Abend noch mal besuchen. Die Ärzte dort sind sehr, sehr gut.«

»Das klingt beruhigend.«

Gegen sechzehn Uhr hatten sie ihren Shopping-Marathon

beendet und gingen zurück ins Parkhaus.

»Du hast etwas erschreckend Effizientes an dir«, kommentierte Paula das strukturierte Einkaufsverhalten ihrer Freundin, während sie ihre Tragetaschen in ihrem Wagen verstaute. »So schnell habe ich meine Shopping-Tour noch nie beendet. Wenn du nichts dagegen hast, möchte ich dich jetzt noch ein bisschen an einem freien Ort genießen.«

»Gute Idee. Dann lass uns ins Grüne fahren«, meinte Sandy.

Weit außerhalb der Stadt fanden sie ein verstecktes Plätzchen, das sehr einladend wirkte. Es war eine Ruine, die von einer halbverfallenen Mauer umgeben war. Sie war trocken und lag in der Sonne.

Als sie ihre Kleider auszogen, stellten sie fest, dass sie beide keinen Slip darunter trugen. Das brachte sie zum Lachen. Sie breiteten die Kleider auf dem Boden aus und legte sich darauf.

»Du magst die Liebe im Freien wohl«, sagte Sandy.

»Ja, im Freien kann ich meine Nacktheit besser genießen. Wenn ich die Luft an meiner Muschi spüre, werde ich völlig gefügig.«

Paula schloss die Augen und ließ sich gehen.

Unter dem sanften, freien Himmel wurden ihre Empfindungen irgendwie körperlos. Ein paar kräftige Stöße mit einem Schwanz wären ihr zwar lieber gewesen, aber Sandys geschicktes Zungenspiel bereitete ihr ebenfalls großen Genuss. Außerdem schenkte ihr Sandys Körper mit seinem ganz speziellen Geruch das unbeschreibliche Wohlgefühl der Vertrautheit.

»Deine Möse gefällt mir«, sagte Sandy.

»Weil sie frisch rasiert ist?«

»Das sowieso – nein, weil sie ihr Mäulchen immer so weit aufreißt. Ich möchte ein Foto von ihr machen.«

»Hast du denn eine Kamera dabei?«

»Nur mein Handy.«

»Dann mach! Sie ist jetzt so schön nass.«

Sandy nahm ihr Handy, hielt es nur wenige Zentimeter von Paulas Möse entfernt und machte ein Foto.

»Lass sehen!«, meinte Paula.

Sandy zeigte ihr das Bild. »Zufrieden?«

»Hm, gefällt mir ... Los, lass mich dein Fötzchen auch mal fotografieren!«

Sandy spreizte die Beine.

»Zieh mal die Schamlippen auseinander!«, sagte Paula

Sandy tat es.

Klick.

»He, sie sieht super aus.« Sie zeigte Sandy das Bild.

»Wir sollten eine ganze Serie schießen und dann eine Ausstellung machen«, meinte Sandy.

»Ja. Die Leute würden Schlange stehen.«

»Ich weiß was Besseres ... Wir sind doch zwei kleine Exhibitionistinnen, die sich gern vor einem Objektiv produzieren. Was hältst du davon, wenn wir einen professionellen Fotografen engagieren?«

»Und dann?«

»Na, er könnte zum Beispiel eine Fotoreportage über uns machen.«

***

Marc kam gerade aus dem Krankenhaus, wo er seinen Freund Eric besucht hatte, als sein Handy klingelte.

Es war Emily.

»Hallo, Geliebter«, sagte sie.

»Hallo Emily.«

»Wie geht's dir?« Ihre Stimme klang heiter und unternehmungslustig.

»Gut. Und dir?«

»Sehr gut. Ich fühle mich irgendwie ganz frei. Ich möchte dich sehen, Marc. Hast du Zeit?«

Marc überlegte. Es gab keinen Grund, auf ein kleines Nümmerchen mit Emily zu verzichten. »Warum fragst du? Für dich habe ich immer Zeit.«

»Dann komm jetzt bitte zu mir.«

Fünfzehn Minuten später war er bei ihr.

Sie trug eine kurze weiße Hose und ein weißes Top, und strahlte vor Schönheit. Es war eine Schönheit, die von innen kam. Noch in der Tür nahm er sie in den Arm. Er küsste sie und fuhr ihr mit der Hand zwischen die Beine. Durch den weichen Baumwollstoff konnte er ihre angeschwollene Möse fühlen. Je mehr er sie berührte, desto mehr wurde ihre Hormonausschüttung angeregt. Er spürte ihre Empfänglichkeit.

Sie öffnete den Reißverschluss seiner Hose, hockte sich vor ihm nieder und holte vorsichtig seinen Schwanz heraus. Sie lutschte ihn, bis er sich zur vollen Größe aufgerichtet hatte. Dann erhob sie sich wieder und lächelte.

Es dauerte nicht lange, und sie lagen nackt auf dem Bett im Gästezimmer. Während seine Finger über ihre feuchte Möse glitten, dachte er an ihr Gespräch vom Montagabend. Sie hatte ihm gesagt, dass sie es sich durchaus vorstellen könnte, Sex mit zwei Männern gleichzeitig zu haben.

Noch vor wenigen Wochen wäre er nicht bereit gewesen, sie mit einem anderen Mann zu teilen, aber je mehr er fühlte, wie sich seine Beziehung zu Inga zu vertiefen begann, umso gleichgültiger wurde ihm Emily in sexueller Hinsicht. Ja, wenn er ganz ehrlich zu sich war, konnte er sich durchaus vorstellen, Emily mit einem anderen Mann zu teilen.

Der Gedanke erschreckte ihn. Aber nur kurz.

Marc war ein Mann, der immer schnell in die Handlung ging. Wenn Emily angesichts des Vorschlags, den er ihr jetzt zu machen gedachte, geschockt wäre und es dadurch zum Bruch mit ihr käme, würde er es verkraften.

Allein deshalb tat er es.

»Emily, ich möchte dir ein Geheimnis anvertrauen.«

»Ja?« Sie sah ihn mit verschleierten Augen an.

»Emily, ich habe vor kurzem mit ein paar Freunden einen kleinen Privatclub gegründet, wo wir – in kultiviertem Rahmen natürlich – gelegentlich Sexpartys feiern. Morgen Nachmittag treffen wir uns wieder. Ich würde dich gern dazu mitnehmen.«

Emily riss die Augen auf. »Marc!«

Nachdem er es ausgesprochen hatte, wurde ihm klar, dass das ein Fehler gewesen war. Emily war eine Frau mit wenig sexueller Erfahrung – zumindest hatte sie ihm das wiederholt glaubhaft versichert. Der Versuch, sie zur Teilnahme an einer privaten Sexparty zu überreden, musste einfach scheitern.

»Marc ... aber ... die würden sich doch über mich lustig machen«, sagte sie.

»Wie kommst darauf?«

»Weil ich viel zu wenig Erfahrung habe.«

»Hm, aber du bist da doch zu nichts verpflichtet. Du könntest dich zum Beispiel einfach nur an die Bar setzen, etwas trinken und den anderen beim Sex zuschauen.«

Emily schlug die Hände vors Gesicht und lachte verlegen. Sie wurde knallrot.

An ihrem nach innen gekehrten Blick erkannte er, dass sie lebhaft fantasierte. Er strich ihr liebevoll über die Innenseiten ihrer Oberschenkel, fuhr ihr mit zwei Fingerspitzen behutsam in die nasse Spalte und massierte ihren Kitzler.

Sie stöhnte leise auf. Und dann sagte sie etwas, womit er

nie im Leben gerechnet hätte: »Ja, ich werde mitkommen. Ich möchte einfach wissen, was das für ein Gefühl ist. Ich muss sehr viel nachholen, Liebster. Aber du musst die ganze Zeit in meiner Nähe bleiben. Versprichst du mir das?«

Ihre Worte erregten ihn maßlos. Sein Schwanz wurde so hart wie ein Stück Holz. Er drang heftig in sie ein und fickte sie, wie er sie noch nie zuvor gefickt hatte.

Aber das war genau das, was sie gewollt hatte.

Und weil sie am Montag keinen Orgasmus gehabt hatte, hatte sie diesmal zwei.

***

Marc holte seine verliebte Freundin um halb vier nachmittags von zu Hause ab. Als Emily in seinen Wagen stieg, war ihr vollkommen klar, dass sie gerade aus ihrem gewohnten Rahmen herausgelöst wurde und Marc ihr einziger Fixpunkt auf der Party sein würde. Sie verspürte einen deutlichen Anflug von Angst, aber ihre Neugier war größer.

»Da bin ich ja mal gespannt, was mich erwartet«, sagte sie.

»Wie gesagt, niemand ist dort zu irgendetwas verpflichtet. Schau einfach zu und entscheide dann, ob du mitmachen möchtest oder nicht.«

»Das ist gut.«

»Wir holen jetzt noch eine Freundin ab.«

»Sandy?«

»Nein, sie heißt Paula und ist heute auch zum ersten Mal dabei. Sie ist übrigens die Frau des Mannes, den ich dir neulich vor dem ›Little Tokyo‹ vorgestellt habe.«

»Eric?«

»Hey, du hast seinen Namen behalten.«

»Weiß er davon?«

»Er darf es niemals erfahren.«

»Verstehe.«

»Da ist noch etwas, das ich dir sagen muss, Emily. Eric ist Clubmitglied, aber seine Frau ist es nicht. Sie nimmt heute nur deshalb an der Party teil, weil Eric im Krankenhaus liegt.«

»Wie kompliziert.«

»Ja. Deshalb wirst du ihr gleich die Augen verbinden. Paula darf niemals erfahren, an welchem Ort wir unsere Partys abhalten. Ebenso wenig darf sie erfahren, dass ihr Mann Clubmitglied ist.«

»Das ist ja wie im Film«, lachte Emily.

»Ja, so ungefähr.«

Marc rief Paula übers Handy an, sie solle schon mal vor die Tür gehen, er wäre in fünf Minuten bei ihr.

Als sie zu der Villa gelangten, stand Paula an der Straße.

Marc und Emily stiegen aus und begrüßten sie. Marc machte die Frauen miteinander bekannt, während sie sich die Hand reichten.

»Emily Blokarsky. Paula Eastwood.«

Emily lächelte die Rivalin kritisch an, um zu prüfen, ob zwischen ihr und Marc eine verschwörerische Vertrautheit herrschte.

»Paula, du weißt, dass du heute der Star des Tages bist«, sagte Marc, nachdem Paula auf der Rückbank seines Wagens Platz genommen hatte.

Sie nickte aufgeregt.

»Ein Star zu sein, hat allerdings seinen Preis.« Er legte den ersten Gang ein und fuhr los. »Wie du dir denken kannst, geht es in unserem Club sehr diskret zu. Unser Treffpunkt ist geheim. Einer Person, die zum ersten Mal dabei ist, werden deshalb die Augen verbunden.«

»Du bist wohl verrückt!«, erregte sich Paula.

Marc brachte den Wagen abrupt zum Stehen.

»Steig aus!«, sagte er.

Sie spürte, dass er es ernst meinte. »Marc, was soll das?«

»Akzeptierst du die Regeln, oder akzeptierst du sie nicht?«

Sie schluckte. »Ich akzeptiere die Regeln. Fahr bitte weiter.«

Dann beugte sie sich vor und ließ sich von Emily eine schwarze Augenbinde anlegen.

»Und jetzt den Kopf runter!«, befahl Marc.

Paula gehorchte demütig und versuchte, eine bequeme liegende Haltung auf der Rückbank einzunehmen.

***

Kurz nach sechzehn Uhr fuhren sie bei Nicole vor.

Paula musste mit verbundenen Augen aussteigen. Marc half ihr dabei. Dann nahm er sie an die Hand und führte sie zur Haustür.

Sie konnte nur ihren Geruchs- und Gehörsinn benutzen. Die Sonne schien ihr warm ins Gesicht, und die Luft war von einem angenehmen Blütenduft erfüllt. Die Vögel zwitscherten, was auf einen großen Garten mit vielen Bäumen schließen ließ. Darüber hinaus war es sehr still. Der Ort, an dem sie sich befand, lag also irgendwo außerhalb der Stadt.

Eine Tür öffnete sich, und eine unbekannte weibliche Stimme begrüßte sie.

»Ah«, sagte die fremde Frau. »Das ist also das kleine verzogene Mädchen.«

»Ja«, sagte Marc mit gespieltem Ernst. »Das ist Paula, die vorlaute Exhibitionistin, für die wir uns eine ganz besondere Überraschung ausgedacht haben.«

Paula erschauderte.

Dann wurde sie in das Haus geführt. Es war dort angenehm kühl, und die Stimmen erzeugten einen leichten Hall, was auf ein großes Foyer schließen ließ. Aus dem Hintergrund drangen weitere Stimmen an ihr Ohr.

»Kann ich mir jetzt die Binde von den Augen nehmen?«, fragte sie ungeduldig.

»Untersteh dich!«, drohte Marc. »Ich gebe dir einen guten Rat. Sprich bitte nur, wenn du gefragt wirst.« Und in scharfem Tonfall fügte er hinzu: »Hände auf den Rücken!«

Sie gehorchte und ließ sich von Marc die Hände auf dem Rücken fesseln.

Mit verbundenen Augen wurde sie nun in einen anderen Raum geführt.

»Wir holen dich, wenn es soweit ist«, sagte Marc.

Sie hörte, wie er wieder hinausging und die Tür abschloss. Noch eine Weile zerrte sie an den Fesseln, aber es war aussichtslos. Schließlich gab sie es genervt auf.

Marc kümmerte sich wieder um Emily. Er führte sie nach draußen auf die große Terrasse, um sie mit den anderen Clubmitgliedern bekanntzumachen. Bis auf Eric, dessen gebrochene Knochen gerade verheilten, waren alle gekommen.

Emily sah mit einem Blick, dass es sich durchweg um kultivierte, weltoffene und gut gekleidete Menschen handelte und fühlte sich deshalb auf der Stelle wie unter ihresgleichen. Am meisten überraschte sie, dass auch Sandy anwesend war. Aber wenn sie ehrlich war, hatte sie sich das denken können.

Ein großer, kunstvoll gedeckter Tisch bot Platz für mindestens fünfzehn Personen. Zwei hübsche blonde Mädchen rückten diverse Dinge geschmackvoll zurecht. Mit ihren weißen Schürzchen, ihren weißen BHs und den weißen Spitzenhäubchen auf dem Kopf wirkten sie ausgesprochen sexy.

»Wirklich sehr reizvoll«, sagte Emily mit einem verstohlenen Blick zu Marc.

»Ja, das sind sie durchaus. Sie heißen übrigens Selma und Aline und sind Zwillinge. Leider sind sie taubstumm.«

»Oh, das tut mir leid.«

»Komm, ich führe dich ein bisschen herum.«

Während sie über den weitläufigen Rasen schlenderten, spürte Emily, wie sie der misstrauische Blick einer großen Blondine streifte.

»Wer ist noch mal die große Blonde da hinten?«, fragte sie mit leiser Stimme. »Sie hat sich mir vorgestellt, aber ich habe ihren Namen schon wieder vergessen.«

»Das ist Inga.« Er lachte. »Sie ist eifersüchtig auf jede Frau, die mir zu nahe kommt.«

»Sie liebt dich.«

»Woher willst du das wissen?«

»Marc, ich bin ein Naturkind, und Naturkinder spüren das sofort.«

»Gut, dass du mich wieder daran erinnerst«, scherzte er.

Nachdem sie zu den anderen zurückgekehrt waren, trat Nicole auf ihn zu.

»Es ist soweit alles hergerichtet«, sagte sie. »Ich glaube wir können uns an den Tisch begeben.«

»Okay, dann kümmere ich mich jetzt um unseren Ehrengast«, erwiderte Marc.

»Schaffst du das denn allein?«

»Nein, einer von den Männern soll mir assistieren.«

»Gut, ich sage Claude Bescheid.«

Während sich die Clubmitglieder gutgelaunt um die gedeckte Tafel versammelten, begaben sich Marc und Claude zur Gästetoilette, wo sich die eingeschlossene Paula befand.

»Ich habe eine Scheißwut im Bauch«, fluchte diese, als die Tür aufging. »Es ist eine Unverschämtheit von dir, mich hier so lange einzuschließen.«

»Heb dir deine Wut für später auf«, sagte Marc. Er packte sie an den Oberarmen und zog sie aus dem Raum.

»Wo willst du mit ihr hin?«, fragte Claude.

»Wir gehen in die Küche«, sagte Marc.

Selma und Aline sahen verschreckt auf, als die beiden Männer mit dem gefesselten Mädchen die Küche betraten. Paula trug noch immer ihre Augenbinde.

Die Anwesenheit der beiden taubstummen Zwillinge störte die Männer nicht im Geringsten.

»Die Augenbinde bleibt da, wo sie ist, verstanden?«, sagte Marc, während er ihr die Handfesseln löste.

Paula nickte zögernd. Kurz darauf fielen ihre Fesseln zu Boden, und sie rieb sich die schmerzenden Handgelenke.

»Zieh dich aus!«, befahl Marc.

Ein leichtes Zittern überfiel sie, während ihr trägerloses Kleid lautlos zu Boden glitt.

Sie trug keinen Slip, und ihr Fötzchen war frisch rasiert.

»Tritt einen Schritt vor!«, sagte Marc.

Sie trat aus dem Kreis des Kleides. Das Gefühl der Nacktheit und der Gedanke, von mehreren Unbekannten angestarrt zu werden, erregten sie maßlos.

Claude hob ihr Kleid vom Boden auf und warf es über einen Stuhl.

»Und jetzt?«, fragte Paula herausfordernd.

Marc gab Claude einen Wink, er möge sie festhalten.

»Öffne deinen Mund!«, befahl Marc.

Sie tat es.

Während Claude Paula fest an den Oberarmen packte, schob Marc ihr rasch einen bereitliegenden Gummiknebel in den Mund und zurrte ihn an ihrem Hinterkopf fest.

Sie schnaubte.

»So, meine Liebe, meinetwegen kannst du jetzt schimpfen wie ein Rohrspatz«, spottete er. »Niemand wird dein Gebrabbel verstehen.«

Paula bekam einen Wutanfall. Sie trat mit den Füßen aus, aber die Männer lachten nur.

Während Claude sie weiterhin festhielt, verließ Marc die Küche. Kurz darauf kam er mit einem großen Servierwagen zurück, auf den er ein paar Kissen gelegt hatte.

Paula wurden erneut die Arme auf dem Rücken gefesselt, diesmal jedoch mit Riemen aus weichem Kalbsleder.

Dann packten die Männer die wütend strampelnde Frau und pressten sie mit dem Rücken auf die Kissen. Innerhalb von Sekunden war ihr Oberkörper an den Servierwagen gefesselt. Nun wurden ihr die Beine gespreizt und gegen ihren Oberkörper gedrückt, sodass die Knie fast ihre Brüste berührten. Durch die raffinierte und vor allem ästhetisch ansprechende Fesselungstechnik, die niemand so gut beherrschte wie Claude, ergab sich ein faszinierender Anblick. Ein gut geschnürtes und perfekt geknebeltes Paket mit einer perfekt präsentierten offenen Möse.

Ihre Highheels durfte sie selbstverständlich anbehalten.

Die Augenbinde allerdings auch.

Es war Nicoles Idee gewesen, Paulas Demütigung im Garten zu zelebrieren. Der Grund lag auf der Hand: Draußen war das Licht besser.

Und so wie man eine turmhohe Hochzeitstorte feierlich in den Festsaal schiebt, wurde Paula Eastwood auf einem großen Servierwagen nach draußen gefahren.

Die Freunde jubelten und klatschten, als die Nackte heranrollte.

»Marc, du bist einfach der Größte. Immer überraschst du uns mit Sachen, mit denen niemand rechnet«, rief Simon Sarsfield voller Begeisterung aus.

Und sein Anwaltskollege Bruce Weingart ergänzte: »Wirklich, eine großartige Idee ist das mit dieser kleinen Fotze. Sag mal, kann man die essen?«

Die Gesellschaft brüllte vor Lachen.

Während die Partygäste schlemmten und tranken, war Paula nackter als nackt. Festgezurrt und vollkommen hilflos präsentierte sie der Tafel ihre blitzblanke Möse. Als die erste Hand in ihren Schoß glitt, war dieser so geschwollen wie nie.

Inga hatte diese Szene von ihrem Platz aus eine Zeitlang schweigend betrachtet. Schließlich ergriff sie ihr halbvolles Champagnerglas und erhob sich. Sie ging um den Tisch herum und betrachtete die Gefesselte aus der Nähe. Neugierig schob sie deren Augenbinde vom Kopf, um einen besseren Eindruck von der Frau zu bekommen.

Paula kniff geblendet die Augen zusammen.

Inga goss ihr etwas Champagner über die Möse, neigte sich dann zu ihr herab und leckte sie. Langsam und genüsslich.

Um dieses Verhalten zu verstehen, muss man wissen, dass Frauen nicht nur auf visuelle Reize reagieren, sondern auch den Geruch und den Geschmack ihrer Umgebung aufs Feinste registrieren und in ihre Fantasie mit einbeziehen.

Marc neigte seinen Kopf zu Emily. »Wie findest du das?«, fragte er leise.

Emily betrachtete ihn mit einem Blick, der Neugier und Entsetzen gleichermaßen widerspiegelte. »Puh, ganz schön heavy. Geht es bei euch immer so heiß zu?«

Marc nickte verschmitzt.

»Ihre Feige könnte etwas Honig vertragen«, sagte Inga.

Silvio reichte ihr das geöffnete Honigglas.

Inga goss einen großzügig bemessenen goldfarbenen Honigstreifen über Paulas Venushügel. Dann beugte sie sich hinab und schlürfte den süßen Honig aus ihrem Spalt.

»Ich glaube, sie ist jetzt ausgesprochen gut begehbar. Sozusagen vögelbar! Wer von den Herren möchte als Erster?«

Alle wussten, dass Marc dieses Recht zustand, aber der zögerte noch, weil er es sich mit Inga nicht verscherzen wollte.

»Marc?«, wandte sie sich an ihn. »Ich möchte, dass du ihr die ersten Stöße verpasst.«

»Okay«, sagte er. »Wenn du es dir wünschst.«

Jetzt war sowieso alles egal. Er spürte, wie das Blut in seinem Schwanz pochte.

Er stand auf und gesellte sich zu den beiden Frauen.

Inga ging lächelnd in die Hocke. Sie öffnete den Reißverschluss seiner Hose und blies ihn an.

Paula hatte sich inzwischen an das Licht gewöhnt. Als Marc seinen Schwanz in ihr heißes Loch schob, sah sie ihm direkt in die Augen. In ihrem Blick lag eine Mischung aus Geilheit und Angst. Sie stöhnte, aber der Knebel in ihrem Mund verfälschte den Atem ihrer Lust zu einem surrealen Klangteppich.

Die anderen Männer – Claude, Silvio, Simon und Bruce – wussten, was die Stunde geschlagen hatte und öffneten nun ihrerseits den Hosenstall. Vor den belustigten Blicken der Damen wichsten sie ihre Schwänze hoch.

Ursprünglich hatte Marc nur beabsichtigt, Paula ein paar harte Stöße zu verpassen und sich dann wieder zurück an die Tafel zu begeben, aber letzten Endes wurde er doch ein Opfer seiner Geilheit. Während Inga sich über die Gefesselte beugte und deren Brüste knetete, spritzte Marc ab.

Dann war Claude an der Reihe. Er liebte es, in eine Möse

zu spritzen, die schon zugekleistert war. Aber nachdem auch er seine erste Ladung bei Paula abgedrückt hatte, wurden die anderen Frauen nervös. Es konnte doch nicht angehen, so dachten sie, dass alle fünf Männer diese kleine Schnalle fickten und sie selbst womöglich leer ausgingen.

Ivana beugte sich vorsorglich zu Silvios Schwanz hinunter und begann ihn zu lutschen. Dieser warf seinen Kopf zurück und genoss mit geschlossenen Augen ihr flinkes Zungenspiel.

Wenig später hockte sie auf seinem Schwanz, um ihn professionell zu reiten.

Emily, das Naturkind, tat nun etwas, womit Marc am wenigsten gerechnet hätte. Sie zog sich aus – für eine Frau mit wenig sexueller Erfahrung, aber einem natürlichen und völlig unverkrampften Verhältnis zum eigenen Körper vielleicht die nächstliegende Reaktion.

Nicole warf ihr einen erstaunten Blick zu, lächelte sie dann bewundernd an und tat es ihr schließlich gleich.

Dies war scheinbar das geheime Zeichen. Denn nun schälten sich auch Sandy, Ivana, Carmen und Claire aus ihren Klamotten. Einzig Inga war noch angekleidet. Sie liebkoste Paulas zuckenden Körper, während sie Simon dabei beobachtete, wie dieser Paulas Loch mit quälend langsamen Stößen traktierte.

Bruce genoss indessen die Gunst der übrigen Frauen. Sie zerrten ihn auf den Rasen und setzten sich der Reihe nach auf seinen steifen Schwanz. Die frische Luft an ihren Mösen hatte ihre Körper und ihren Geist gleichermaßen belebt.

Die ganze Szenerie hatte unbestritten etwas Nostalgisches. Während die Samenfäden zäh aus Paulas Loch tropften, wirkte ihr bebender Körper wie eine unbebaute Fläche, auf der jeder seine eigenen Kreationen anbauen durfte. Marc schmierte ihr etwas Dijonsenf auf die Vulva und tunkte zwei hart gekochte

Eier hinein, um sie anschließend genussvoll zu verspeisen.

Dies inspirierte Bruce. Er wusste nicht wohin mit seinen schmutzigen Papierservietten. Auf dem Tisch wollte er sie nicht ablegen, deshalb griff er kurz hinter sich und pappte sie völlig gedankenlos an Paulas senfverschmierte Vulva.

Im Bewusstsein der anderen schrumpfte die Gefesselte schnell auf einen einfachen Gebrauchsgegenstand zusammen – ähnlich einem Papierkorb oder einem Aschenbecher.

Während die Männer eine kleine Fickpause benötigten und angeregt über Politik und Fußball debattierten, kostete Paula den Zustand ihrer höchsten Erniedrigung weidlich aus.

Schließlich schlief sie ein.

Als sich die Herrschaften eine halbe Stunde später entschlossen, die Terrasse zu verlassen, um im Keller weiterzuvögeln, erinnerte man sich plötzlich wieder an Paula.

Marc rüttelte ihren reglosen Körper. Sie wachte auf.

Nachdem er sie von dem Mundknebel befreit hatte, spuckte sie ihm ins Gesicht, woraufhin er ihr reflexartig eine schmierte. Sie zog eine schmerzhafte Grimasse, war aber zu stolz, um loszuheulen. Obwohl sie wunschgemäß genau die gewesen war, die sie sich in ihrer Fantasie vorgestellt hatte, grollte sie ihm.

Marc löste die übrigen Fesseln.

»Glaub bloß nicht, dass wir schon fertig mit dir sind«, sagte er, während sie sich aufrichtete. »Du stinkst übrigens wie ein Puma. Geh dich sofort duschen, anschließend meldest du dich unaufgefordert bei mir.«

Bestens gelaunt trabten die Clubmitglieder in den Keller. Sie verteilten sich auf die Couchen und Sessel und natürlich auch auf die große herzförmige Liebesinsel.

Eine Viertelstunde später betrat auch Paula den Clubkeller. Sie hatte sich wieder angekleidet. Ihr Blick schweifte suchend umher. Als sie Marc auf der Couch entdeckte, ging sie auf ihn zu. Sie wirkte vollkommen eingeschüchtert.

Ihre Augenlider waren angeschwollen. Obwohl sie es zu verbergen suchte, war ihr deutlich anzusehen, dass sie ihren Tränen unter der Dusche freien Lauf gelassen hatte.

»Fahr mich bitte sofort nach Hause, Marc«, flehte sie mit gebrochener Stimme.

»Bei dir piept's wohl«, sagte dieser genervt, während Sandy ungerührt über ihm hockte und ihm einen blies.

»Marc, das war zu viel für mich.«

»Das hättest du dir vorher überlegen sollen, Paula. Entweder machst du hier mit, oder du legst dich oben ins Bett und wartest, bis wir fertig sind.«

»Ich möchte etwas trinken«, sagte sie kleinlaut.

»Da drüben ist die Bar«, kam es barsch zurück.

Aber weil Paula sich nicht von der Stelle rührte, ließ Sandy schließlich von Marc ab und sagte zu ihr: »Komm mit. Wir trinken was zusammen.«

Paula folgte Sandy zur Bar.

Emily saß allein bei einem Glas Champagner und genoss das Gefühl der Nacktheit, insbesondere den kühlen Kontakt mit dem spröden Leder des Barhockers. Als Naturkind nahm sie wie immer alles von der lockeren Seite. Sie wusste, dass sie zum Sex mit mehreren Männern noch nicht bereit war, aber das spielte keine Rolle. Den anderen beim Sex zuzuschauen, war ja schon Genuss genug.

»Das ist eine richtig große Familie«, sagte sie zu den beiden Frauen, die sich gerade zu ihr gesellten.

»Ja, mit all dem Stress, den eine Großfamilie mit sich bringt«, sagte Sandy lachend. Sie holte zwei Champagnergläser aus dem Regal und schenkte Paula und sich ein Glas ein.

Paula nahm das Glas dankbar entgegen und leerte es in einem Zug. »Hm, tut das gut«, sagte sie. »Bitte noch eins.«

»Wie in alten Zeiten, was?« Sandy nahm sie in den Arm und drückte sie. »Das war eben wohl ziemlich hart für dich.«

Paula nickte.

»Aber du hattest es so gewollt. Du kennst Marc. Er liebt die Frauen. Du glaubst gar nicht, wie er sich ins Zeug gelegt hat, um dir diesen Wunsch zu erfüllen.«

»Ich weiß. Meine Reaktion ihm gegenüber war dumm und unhöflich.«

»Gut, dass du das einsiehst.«

»Ich werde mich wohl bei ihm entschuldigen müssen.«

»Das musst du selber wissen. Zumindest bist du heute gut gebuttert worden.«

Paula lachte über diese Formulierung.

Die drei Frauen führten eine angeregte Unterhaltung und leerten dabei mehrere Gläser.

Paula begann sich besser zu fühlen und sehnte sich schließlich nach der Weichheit und der Wärme eines weiblichen Körpers.

Sandy war viel zu sehr Freundin, als dass sie ihr diesen Wunsch verwehrt hätte. »Komm, wir gehen nach oben!«, sagte sie, und zu Emily: »Kommst du mit?«

Diese nickte.

Wahrscheinlich war es die fremde Umgebung, die Sandy schließlich dazu veranlasste, die körperliche Distanz zu der Frau, die sie seit zwanzig Jahren kannte, aufzuheben. Jedenfalls lagen sie nun zu dritt in einem der feinen Schlafzimmer im ersten Stock und tauschten intimste Zärtlichkeiten aus.

Während sich Paula, Emily und Sandy mit gierigen Küssen und kribbelndem Schoß in eine neue Zauberwelt versetzten, öffnete sich ganz langsam die Schlafzimmertür.

Selma und Aline spähten durch den Spalt.

Für jede Art fleischlichen Genusses grundsätzlich offen, begannen die Zwillinge sich unaufgefordert zu entkleiden, um dann zu den anderen Frauen ins Bett zu klettern. Diese lachten und bezogen die Mädchen schnell in ihr Liebesspiel mit ein. Sie waren sich einig, dass sie sehr schöne Mösen hatten.

Eine wunderbare Gelassenheit lag über der Szenerie. Doch einer der schönsten Momente war jener, wo Emily sich auf den Bauch legte und sich ihren entzückenden kleinen Hintern von allen Händen und Zungen gleichzeitig streicheln und lecken ließ. Wie schön wäre es, dachte sie, jetzt Marcs Schwanz in der Muschi zu spüren und gleichzeitig an dem geschwollenen Glied eines zweiten Mannes herumzulutschen.

Aber diesen Genuss würde sie sich für später aufheben.

***

»Kommst du denn ohne mich zurecht?«, fragte Eric.

Er hatte ein Einzelzimmer im Krankenhaus und war glücklich, dass ihn seine Frau täglich besuchen kam. Sie brachte ihm jedes Mal frisches Obst, die beste Schweizer Schokolade und die aktuellsten Zeitschriften mit.

»Ach, Eric, du fehlst mir so«, sagte Paula. »Hoffentlich lassen sie dich bald wieder nach Hause.«

»Wie gut, dass ich hier die besten Ärzte der Welt habe.«

»Ja, die hast du. Gott sei Dank. Und wie geht es *ihm* hier?« Sie fuhr mit der Hand unter die Bettdecke und strich liebevoll über sein Glied.

»Er hat so große Sehnsucht nach dir, das glaubst du gar nicht.«

Sie biss sich auf die Unterlippe. »Und meine kleine Muschi sehnt inbrünstig den Moment herbei, wo du sie wieder richtig stopfst, Liebster.«

»Das weiß ich doch, Paula.«

Als sie das Krankenhaus verließ, improvisierte sie mit geschlossenen Lippen ein Liedchen. Dann fuhr sie zu Marc, um sich bei ihm noch einmal aufrichtig für seine Freundschaft, seine Herzenswärme und vor allem für seine Hilfsbereitschaft zu bedanken.

»TABULOS«
DIE INTERNET-STORY

MIT DEM GUTSCHEIN-CODE
KS1TBXASP
ERHALTEN SIE AUF
WWW.BLUE-PANTHER-BOOKS.DE
DIESE EXKLUSIVE ZUSATZGESCHICHTE ALS PDF.
REGISTRIEREN SIE SICH EINFACH ONLINE ODER
SCHICKEN SIE UNS DIE BEILIEGENDE
POSTKARTE AUSGEFÜLLT ZURÜCK!

Leseprobe: Amy Morrison »Vom Mädchen zum Luder«

Flo lag schlafend neben mir im Bett, während im Nachbarzimmer der Freund meiner Schwester ihr die Seele aus dem Leib poppte. Sie stöhnte und schrie jetzt schon seit über einer Stunde unter seinen gierigen Attacken, die das Bett so laut zum Ächzen und Poltern brachten, dass ich es sogar bis hierher in unser Zimmer hören konnte.

Mir war es feucht und warm zwischen den Beinen, meine Brüste kribbelten und mein Herz wummerte, so sehr erregte mich das.

Aber Flo schlief.

Das ging jetzt schon seit fast zwei Wochen so.

Meine Schwester, ihr Freund, Flo und ich hatten von meinen Eltern für unseren gemeinsamen Urlaub hier auf der Isle of Man ein kleines Ferienhäuschen gemietet bekommen. Wir verbrachten viel Zeit mit Ausflügen zum Strand und Baden im Meer, mit tagsüber in Cafés herumzusitzen und abends Spiele zu spielen. Die meiste Zeit aber waren meine Schwester und ihr Freund am Poppen ... morgens vor dem Aufstehen ... mittags irgendwo am Meer zwischen den Felsen ... und die halbe Nacht durch im Zimmer.

Sex mit Flo dauerte immer nur fünf Minuten. Normalerweise genügte mir das. Nicht aber, wenn meine Schwester und ihr

Freund im Nachbarzimmer zu olympischen Höchstleistungen auf liefen. Dann ließ es mich unzulänglich vorkommen und unbegehrt. Und mein Appetit auf Sex, der sich durch die vergangenen vier Jahre mit Flo nicht gerade zu einem reißenden Hunger entwickelt hatte, war so sehr viel größer, als zu Hause in Liverpool.

Ich war einundzwanzig, Flo zwei Jahre älter, und ich hatte mich damit abgefunden, dass unser Sexleben kein besonderes war; dafür war unsere Beziehung schön. Flo war die perfekte Mischung aus Party- und Cliquenmensch auf der einen und fleißigem Student mit klarer Vorstellung von unserer gemeinsamen Zukunft auf der anderen Seite. Er war witzig, konnte mich zum Lachen bringen wie kein anderer, ging mit mir in Clubs und auf Partys, wo er hin und wieder auch als DJ auflegte, und hatte eine Menge cooler Freunde. Darüber hinaus mochten ihn meine Eltern, und seine Eltern mochten mich; wir unternahmen viel miteinander.

Der Freund meiner Schwester dagegen, wenn man ihn überhaupt als ›Freund‹ bezeichnen konnte, weil beide erst seit zwei Monaten miteinander gingen, war ein wortkarger, wenig unterhaltsamer Typ und sah nicht halb so gut aus wie Flo.

Aber er poppte wie ein Weltmeister – soweit ich das den hemmungslosen Lustschreien meiner Schwester nach beurteilen konnte.

Sie war das Luder von uns zweien, ich war die Brave, das liebe Mädchen von nebenan. Und die meiste Zeit war ich mächtig stolz darauf, dass es so war.

Ich studierte Psychologie im vierten Semester.

Sie kellnerte, nachdem sie erst das Sport- und dann das BWL-Studium abgebrochen hatte.

Ich war groß und schlank, meine Brüste groß und schön.

Sie klein und ein bisschen pummelig.

Ich war hellwach und rollig.

Sie war hellwach und rollig – aber sie wurde gepoppt!

Flo schlief.

Ich schlug seine Decke zur Seite und betrachtete ihn. Er trug, wie immer, Unterwäsche im Bett. Weißes T-Shirt und blaugraue Boxershorts. Wenn er wach gewesen wäre, hätte ich mich niemals getraut, so direkt zwischen seine Beine zu starren. Aber wenn er schlief, betrachtete ich ihn gern ausgiebig. Die Shorts waren gut gefüllt. Darauf war ich stolz, auch wenn ich nicht wirklich Vergleichsmöglichkeiten besaß. Aber meine Schwester hatte ihn mal beim Duschen gesehen und mir danach grinsend zu meinem Glück gratuliert.

»Jaa!«, hörte ich sie durch die Wand hindurch schreien. »Härter! Ja! Ja!«

Meine Schwester war, wie Flo, zwei Jahre älter als ich und hatte seit ihrem fünfzehnten Lebensjahr so viele Jungs und Kerle gehabt, dass sie wohl beurteilen konnte, ob ein Mann gut bestückt war oder nicht.

Und Flo war gut bestückt.

Aber Flo schlief.

Mein Herz schlug schnell und flatternd. Ich merkte, wie meine Finger zitterten und ich mir nervös auf der Unterlippe herumbiss. Warum sollte ich ihn nicht einfach wecken und ihn dazu verführen, mit mir zu schlafen?

»Gib – ihn – mir!«, stöhnte meine Schwester im Takt ihres knarrenden Bettes. ...

Ich war mir sicher, dass die Pensionsinhaberin, eine ältere Dame Mitte sechzig, uns an den erhitzten Gesichtern ablesen konnte, dass wir gerade für ein paar Minuten unanständig gewesen waren und dass wir das Zimmer bei ihr einzig und allein zu dem Zweck gemietet hatten, jetzt gleich noch viel unanständiger zu werden.

Sie begrüßte uns lächelnd, und ich senkte wie ertappt den Blick, wobei ich fühlte, dass ich noch röter wurde. Aber scheinbar waren wir nicht die ersten Gäste in ihrem Pensionsinhaberinnenleben, die ihr Haus nur deshalb aufsuchten, um sich hier miteinander zu vergnügen. Freundlich ging sie über meine Schüchternheit hinweg.

»Wir sind heute so gut wie leer«, sagte sie. »Deshalb gebe ich Ihnen beiden das kleine Appartement unter dem Dach zum Preis des reservierten Doppelzimmers. Da oben sind Sie ungestörter.«

Sie hatte uns durchschaut!

nochröterwerd

Wir ließen uns von ihr nach oben führen. Die ganze Zeit über hatte ich das nicht wirklich unbegründete Gefühl, etwas Verbotenes zu tun. Und ich muss zugeben, dass mich das noch rolliger machte, mich noch mehr erregte.

Dann betraten wir unser kleines Reich.

Das Appartement bestand aus einem recht geräumigen Wohnzimmer mit Sofa und zwei großen Polstersesseln, einem kleinen Bad, in dem es leider keine Wanne, sondern nur eine Dusche gab, und einem rustikal eingerichteten Schlafzimmer mit großem Pfostenbett und Balkon zum Wald hin.

»Bitte, fühlen Sie sich ganz wie zu Hause«, sagte sie, reichte LonelyHeart den Schlüssel und verabschiedete sich lächelnd.

Wie ausgehungert fielen wir übereinander her, sobald die Tür ins Schloss gefallen war!

Wild knutschend riss LonelyHeart mir das Kleid vom Leib, dann den BH, dann den Slip.

Für einen kurzen Moment war es um unsere Gelassenheit von vorhin geschehen, und ich gebe zu, für genau diesen Moment hatte ich, obwohl ich furchtbar gierig und rollig war, auch ein klein wenig Angst. Sehr viel Angst sogar. Angst vor seiner Wildheit, Angst vor seiner Direktheit, Angst davor, dass hier vielleicht Dinge geschehen würden, die ich nicht zulassen wollen würde, auch wenn mir nicht klar bewusst war, was das sein konnte.

Ich hörte auf, mich zu bewegen, stand wie erstarrt da.

LonelyHeart merkte es, reagierte sofort. Er ließ von mir ab und lächelte, nahm meine Hand.

»Hab keine Angst«, sagte er. »Hier wird nichts geschehen, was du nicht selber willst. Aber vieles, wonach du dich sehnst.« Er küsste zärtlich meine Stirn, meine Schläfen und meine Wangen. Als seine Lippen schließlich wieder bei meinem Mund angelangt waren, hatte ich mich wieder völlig beruhigt.

»Zieh mich aus«, flüsterte er mir ins Ohr. Ich schaute ihm in seine grünen Augen und lächelte. Dann griff ich unter sein Shirt und schob es nach oben. Das Gefühl seiner nackten Haut unter meinen darübergleitenden Handflächen elektrisierte mich, und zum zweiten Mal an diesem Tag, nach unserer Begrüßung am Bahnhof, sog ich genießerisch seinen Duft durch die Nase tief in mich hinein.

Er roch gut, und ich fühlte mich wohl.

Ich zog ihm das Shirt aus, küsste zärtlich seine Brust, seinen Hals.

Seine Finger berührten mich an den nackten Seiten, streichelten an meinen Brüsten und an meinen Schultern hoch, während ich seine Hose öffnete und sie nach unten streifte.

Plötzlich war sie wieder da, diese wundervolle, vor Erregung berstende Gelassenheit, die mein Herz schneller und kräftiger schlagen und mein Atmen so viel tiefer und bewusster werden ließ.

LonelyHeart kletterte aus seinen Schuhen und Strümpfen

und schlüpfte aus der Hose. Dann trat er, dabei meine beiden Hände haltend, einen Schritt zurück, um mich zu betrachten.

Und ich betrachtete ihn.

Sein dunkelblonder Wuschelschopf war inzwischen noch verwuschelter als ohnehin schon, seine Augen leuchteten lebendig, als sie mich von oben bis unten scannten, was seine schönen Lippen besonders breit lächeln ließ. Ihm gefiel, was er sah. Seine Schultern waren breit und gerade, seine Brust angenehm trainiert, so wie auch sein Bauch – kein Sixpack, aber flach. Die Beine waren am besten trainiert, vermutlich joggte er regelmäßig oder fuhr Fahrrad.

Wieder wurde ich leicht schüchtern. Denn die ganze Zeit hatte ich bewusst vermieden, ihm zwischen die Beine zu schauen. Fast wünschte ich mir jetzt ein bisschen, es wäre wie bei Flo: Licht aus und anfangen. Aber ich wollte es ja anders, als ich es mit Flo hatte. Also zwang ich mich, hinzusehen.

Er stand leicht nach oben gekrümmt von seinem Körper ab, war, wie ich vorhin erfühlt hatte, gänzlich rasiert und schien mir zuzunicken.

»Gefällt er dir?«

Oh ja, er gefiel mir! Er war kleiner als der von Flo ... was, nahm ich an, nicht so schwer war, weil der von Flo wirklich riesig war. Oftmals zu riesig für mein enges Kätzchen. Aber er sah reiner aus, vielleicht weil er rasiert war, vielleicht weil er in der Farbe heller war, und härter.

Ich nickte nur. Ich war viel zu erregt, um etwas sagen zu können. Ich wollte nicht, dass ich stotterte oder krächzte.

»Dann küss ihn, süße Prinzessin«, forderte er mich lächelnd auf.

Einfach so.

Schamröte und Erregung zugleich schossen mir in den Kopf.

Ich hatte noch nie den Penis eines Mannes in den Mund

genommen. Klar hatte ich davon gehört, dass man das wohl so tat. Die Meinungen meiner Freundinnen darüber waren geteilt. Die einen taten es, um dem Mann einen Gefallen zu tun, die anderen, weil es ihnen selbst sehr viel Spaß machte und es sie zusätzlich erregte. Ich selbst hatte es noch nie getan, zwar schon oft darüber nachgedacht, wie es sich wohl anfühlen und ob es mir gefallen würde, aber nie ausprobiert. Flo hatte mich nie darum gebeten oder es verlangt. Deshalb nahm ich an, dass er es nicht wollte. Und wenn er es nicht wollte, wollte ich es auch nicht unaufgefordert tun, um bei ihm nicht den Eindruck zu erwecken, versaut und verdorben zu sein.

Aber gereizt hatte es mich seit Jahren.

Und jetzt endlich sollte ich ... durfte ich.

LonelyHeart küsste mich auf den Mund, streichelte meine Brust ... und dann stand er wartend da. Nicht ungeduldig wartend, nein, lächelnd.

Das Herz schlug mir bis zum Hals.

Ich griff nach unten, fasste ihn an, vielleicht, um ihn mir vertrauter zu machen ... um meine Angst zu verlieren. Gut fühlte er sich an – warm, hart, samtig, glatt. Mit der anderen Hand fasste ich nach seinen Hoden, streichelte sie mit den Fingerspitzen. LonelyHeart schloss genussvoll die Augen, atmete tief ein.

Diesen Moment hatte ich gebraucht. Das Schließen seiner Augen. Ich fühlte mich nicht beobachtet, fast so, als wäre ich allein im Raum. Allein mit einem Dessert von dem zu naschen man mir verboten hatte ... und das ich deshalb doppelt so sehr wollte.

Ich sank in die Knie, ohne ihn mit den Händen loszulassen, küsste dabei seine Schulter, seine Brust, seinen Bauch.

Jetzt schwebte sie vor mir, seine Männlichkeit, nach Duschgel duftend und prall...

Weitere erotische Geschichten:

Amy Morrison
vom Luder zum MistStück

Begleiten Sie Amy auf ihrem Weg
vom Luder zum MistStück!

Amys neue Liebe entfacht
ungeahnte Leidenschaften in ihr.

Aber Amys sexuelles Verlangen nach mehr
Abwechslung ist übermächtig!

Reicht Amy nun, was der Mann
ihrer Träume ihr bietet?

Trinity Taylor
Ich will dich noch mehr

Trinity Taylors erotische Geschichten berühren
erneut alle Sinne:

Während einer TV-Produktion im Fahrstuhl,
mit dem Ex auf der Massageliege,
mit Gangstern undercover im Lagerhaus
oder im Pferdestall mit dem »Stallburschen«...

Spannend und lustvoll knistern die neuen Storys
voller Erotik und Leidenschaft. Sie fesseln den
Leser von der ersten bis zur letzten Minute!

Trinity Taylor
Ich will dich ganz

Trinity Taylor entführt den Leser in Geschichten
voller lasterhafter Fantasien und ungezügelter
Erotik:

Im Theater eines Kreuzfahrtschiffes,
auf einer einsamen Insel mit einem Piraten,
mit der Freundin in der Schwimmbad-Dusche oder
mit zwei Männern im Baseballstadion ...

Trinity überschreitet so manches Tabu und schreibt
über ihre intimsten Gedanken.

Weitere erotische Geschichten:

Trinity Taylor
Ich will dich ganz & gar

Lassen Sie sich von der Wollust mitreißen und fühlen Sie das Verlangen der neuen erotischen Geschichten:

Gefesselt auf dem Rücksitz,
auf der Party im Hinterzimmer,
»ferngesteuert« vom neuen Kollegen
oder in der Kunstausstellung ...

»Scharfe Literatur! - Bei Trinity Taylor geht es immer sofort zur Sache, und das in den unterschiedlichsten Situationen und Varianten.« BZ, die Zeitung in Berlin

Lucy Palmer
Mach mich wild!

Romantik, Lust und Verlangen werden Sie auf dem Weg durch die erotisch-wilden Geschichten begleiten ...

Ob mit dem unerfahrenen Commander im Raumschiff, dem mächtigen Gebieter als Lustsklavin unterworfen oder mit Herzklopfen in den Fängen eines Vampirs ...

Es erwartet Sie eine sinnliche und abwechslungsreiche Sammlung von lustvollen Erzählungen.

Sara Bellford
LustSchmerz Erotischer SM-Roman

Sir Alan Baxter hat eine Passion:
Er sammelt Frauen!

Er will sie um ihretwillen besitzen

Sie wollen vom ihm gedemütigt und geliebt werden

Gemeinsam zelebrieren sie die schönsten Höhepunkte aus Lust, Schmerz und Qual ...